笙 歌

笙歌

MAN'S LAST SONG

譚炳昌　著

中和出版
OPEN PAGE

目錄

清醒孤寂的笙歌（代序）　彭泓基　　　　　　I

壹

霧　　　　　　　　　　　　　　2

孤獨師太　　　　　　　　　　　6

小徑　　　　　　　　　　　　　9

維多利亞　　　　　　　　　　　16

落葉　　　　　　　　　　　　　24

好心難做　　　　　　　　　　　29

搬家　　　　　　　　　　　　　36

貳

永恆的笑容　　　　　　　　　　40

送麵包　　　　　　　　　　　　46

爸爸的骨灰　　　　　　　　　　49

照鬼超聲波　　　　　　　　　　54

BB小唐　　　　　　　　　　　　58

生死之謎　　　　　　　　61

不育危機　　　　　　　　68

分娩　　　　　　　　　　75

催眠曲　　　　　　　　　77

叁

氣功狂想曲　　　　　　　80

待盡　　　　　　　　　　83

科學道人　　　　　　　　90

牛津太極　　　　　　　　96

終極分子　　　　　　　106

剖白　　　　　　　　　111

Z壹族　　　　　　　　115

肆

石澳淚　　　　　　　　124

出走　　　　　　　　　132

邂　逅　　　　　　　　　　　　139

孤　獨　邂　逅　　　　　　　　155

伍

戰　場　　　　　　　　　　　　162

絕　種　　　　　　　　　　　　171

上　帝　這　回　事　　　　　　175

挖　洞　搞　經　濟　　　　　　184

皇　后　碼　頭　　　　　　　　193

陸

蛆　蟲　宴　　　　　　　　　　198

給　兒　子　的　信　　　　　　203

渡　仱　仃　　　　　　　　　　210

狗　友　　　　　　　　　　　　214

第　一　站　　　　　　　　　　218

掠 影　　　　　　　　　　223

瘟 神　　　　　　　　　　230

柒

生 人 勿 近　　　　　　　240

情 為 何 物？　　　　　　244

不 明 的 大 白　　　　　　258

老 虎　　　　　　　　　　261

清 醒 的 孤 寂　　　　　　268

終 曲　　　　　　　　　　271

清醒孤寂的笙歌（代序）

　　從來欽佩小說家們的才華、魄力與雄心，他們能洞察世情，以精煉的文字，天馬行空的思維，描繪出一幕幕如幻似真的景況，表達出不同的意境，讓讀者身處其中，揣摩其若隱若現的、深邃的內涵，體悟作者內心深處埋藏着的喜怒哀樂與人生哲學。

　　有緣閱讀《笙歌》的英文原著 *Man's Last Song*，當時剛認識譚炳昌兄不久，粗略地翻過，只感到是一個以香港為場景的未來故事。如今再閱中文版，仔細玩味，才悟出一點道理來。那是一連串虛構的故事，穿插於過去與未來，從怪異的人物、香港的沉淪、崩潰與凋零，反映出人類的困境，赤裸裸地點出人性的荒謬與善惡。譚兄中西文化修為深厚，源於西方教育，遍歷各大洲，閱歷極富，卻深受中華文化薰陶，尤喜道佛，瑜伽禪修。其煉歷體悟，盡現書中，包羅萬有，精句俯拾皆是，令人深思。如談及政經，他說：

> 　　有活力的財富，是一個健全制度的果，不是因。只有自由企業精神，才可以製造財富，培養創意。單靠錢的力量凝聚企業靈魂，是不可能的。

論及愛情，他點破浪漫的包裝，坦蕩蕩地剖析：

> 男女之情是動物本能，隨緣生滅，不值得小題大作……一般所謂愛，是發源於私處，再蔓延到其他器官的一種感覺。

毫不做作，直指人心。

作者有着很不平凡的一生，精研煉歷，令他看破人世間的矯飾與虛偽，對人類的愚昧與未來感到失望，嚮往原道，復歸自然。他說：

> 原始人一切依賴本能，不囉嗦，不會甚麼事都假設一番、分析不停。

那是對現代人與知識分子的詬病！我尤其欣賞他那「清醒的孤寂」，如尼采名言「只有孤寂才能達到哲學」！那是華蓋哲人必經之路。書中令人感動的，是在幽默的文采中，處處懷着悲天憫人的憐愛。在《終曲》裡，主角宋笙跟愛人吵架後，自我敲問：「為甚麼對自己最心愛的人，反而一句不讓呢？」只有相處多年的夫妻，才明白婚誓「相敬如賓」的重要。英雄慣見亦常人，目前所擁有的，絕非永恆不變。距離增進敬意，熟稔孕育輕藐（Distance promotes respect, familiarity breeds contempt），也許這就是人性永恆的悲劇，人們只管拚命追求虛幻的未來，卻不懂珍惜當下與眼前人！

還記得第一次有緣認識譚炳昌兄，是在中環國際金融大廈的美國會所。他是我所認識眾多的朋友中，最富幽默感、豁達爽直、卻又帶着深

邃內涵的特性。他的思維敏捷靈巧，常有意想不到的古怪念頭，逗得眾人哈哈大笑，卻又含意深遠，發人深省，是不可多得的良師益友。際此中文版付梓，聊表心意，謹祝出版成功，享譽讀者，造福人群。

彭泓基博士

2020 年 3 月寫於疫情肆虐、陰霾滿佈的香江

笙歌・壹

霧

　　遠處傳來的狗吠聲，令宋笙不寒而慄。幸而這群畜牲聽來狗音未改，令他稍為安心。

　　不少野狗似乎已經擺脫了人類世世代代的悉心改種，回復本色。月圓之夜，它們隔岸呼應，淒厲的嗥聲響徹山頭，替死寂的香江平添恐怖。人類既然不再服侍兩餐，做狗的當然也無須作狀扮寵物。幾個最佳狗友組班獵食，死活通吃；連從前的米飯班主也不予情面，骨頭照啃。

　　上次所見三條大狼狗吃人屍的景象，宋笙仍歷歷在目。發黑的濃血黏滿狗嘴。模糊不清的人雜掛在嘴邊。腐屍給它們一搞，臭上加腥，分外嘔心。其中一頭大狗盯着宋笙，毫無懼意。它誇張地齜牙咧嘴，炫耀與生俱來的武器，一條腸形內臟卡在牙縫：「看甚麼！下次到你啦！」

　　宋笙打了個冷顫。難道今早真的要當狗早餐不成？他喃喃地詛咒了幾句：「人類的最佳朋友？呸！狗娘養的餘孽，名副其實的狼心狗肺，老在等機會將我五狗分屍。我現在給這臭霧醃泡過，肯定更合胃口！」

　　狗本來就是狼。狼出名狡猾，善於群獵，可能比人類更聰明更殘忍。他想像自己被四條大狗大字形按在地上的慘狀：冷冷的牙，暖暖的口，把四肢釘死。他軟弱無力地挪動着，閉目待斃。勉強掙扎徒然增加痛苦，倒不如放鬆接受，讓它們吃個痛快，從速了斷。內臟被一

串串地咬扯出來，他卻不覺痛楚；只有越來越輕，越來越空洞，一口一口地變成狗糧！

「噯！」宋笙把自己從白日夢魘中叱喝回現實。無端事把自己嚇出一身冷汗，簡直神經病。他禁不住傻笑起來。

低頭一看，雙腿插在濃霧，連鞋子也看不清。現在折回瑞涯處沖壺熱茶，休息一會兒，實在未為晚也。不過就這樣回去，面子難過，心裡不服。

「來！別囉嗦！走！」他手執防身和攀山用的木杖，繼續朝山頂小徑走去。

宋笙深深地連吸兩口濕氣，但仍然感到胸口缺氧，腳下沉重。難道這濃霧像煮蛙的溫水，正把他逐漸窒息於不知不覺？四周灰朦死寂，大地似乎正在溶解，霧化。又莫非這是上帝的御用塗改液，意圖把他老人家嚴重失敗的傑作刪除？唉，人世間壽緣已盡，又何必多此一舉呢？

宋笙今早起床，看見外面的霧境，覺得挺浪漫，甚至充滿詩意。誰料早餐過後，周圍突然變得睏悶，令他透不過氣。現在身處濃霧中，心緒更加不寧。他下意識把眼睛儘量睜大，好像這樣能夠看遠一點。但空間失去了景深，無限遠隱約就在眼前。四周死寂，鴉雀無聲。鴉雀怎會無聲的呢？平日成百上千掛在大榕樹吱吱喳喳的麻雀，怎麼一隻也不見呢？宋笙越想越糊塗，覺得神智有些混亂。

難道我已是亡魂，正在陰陽交匯處尋找黃泉大道？
迷失了的野鬼遊魂，究竟有沒有自知之明呢？

3

真後悔沒有聽瑞涯的話多留一會。要走也應該走大路！宋笙滿腦子晦氣，遊魂似地走向下山的小徑。

今早宋笙嚷着要走的時候，瑞涯曾經勸他多留一會：「外面這麼大霧，急甚麼呢？反正沒有甚麼特別事情等着你做。」他也說不出心焦的原因，只是想離開山頂，越快越好，好像要在窒息前搶到山下吸口新鮮空氣救命。

瑞涯沒有強留。

她心不在焉地洗滌昨晚的碗碟。晚上靠燭光洗碗不方便，她一般都留到翌晨才洗。這家務已經有損皮膚，在燭光下幹隨時連開始老花的眼睛也賠上。她一面用指甲刮着碟子上的頑渣，一面盤算如何把那個不應該是秘密的「秘密」說出來。秘密跟腸胃病有些相似：屈在心裡，無法消化，卻又釋放不出來，令人精神恍惚。

何不乾脆轉身，一五一十說個痛快呢？就這麼簡單！

但她沒有轉身，只顧望着雙手發呆。曾幾何時，那雙白嫩的手備受寵愛，幼滑如絲。現在白裡透着黯淡瘀藍。手背的皺紋像禮盒的襯紙，襯托着小蛇似的青筋，駝峰似的關節。唉！衰老是一種累積性侵蝕，順着歲月的單程路以微積分的步伐進逼，日以繼夜，不知不覺。

她眼看指關節一天比一天紅腫，十分無奈。就算一兩顆細胞的分別，也逃不過女人自我審查的無情眼光。駝峰每天承受多一根稻草，早晚也得垮。

　　她隔着一層輕紗似的肥皂繼續檢視雙手。它們看上去像四十八歲嗎？唉，像，挺像！手是最不會隱瞞年齡的器官。四十八啦，對男人還不瞭解？特別是宋笙這男人，絕對不應攻其不備。今天不是時候，還是耐性點吧。想到這裡，心中難免一陣不快。自己又不是犯了罪，為何心虛膽怯，一副準備投案自首的模樣呢？她越想越覺委屈。

　　委屈又如何？為了大局，不能魯莽。反正時間這回破例站在自己這邊，只要耐性，一切都會自然明朗，現在多想無謂。過早攤牌的話，他隨時會反應過激，把事情弄僵。還是耐性點吧！

　　抬頭一看，宋笙已經急不及待，彆扭地站在大門口等待道別了。瑞涯瞟了他一眼，把所有話都吞回肚裡。

　　從窗台門底四方八面入屋的霧水，遇到清冷的牆身，便立即現形。水珠或倒懸天花，或沿壁下滑，無聲無息，像進來行刺的忍者。

　　宋笙覺得太陽穴在「噗噗噗噗」地跳，好像有顆心要破穴而出。他問瑞涯：「真的不跟我一塊下山嗎？」

　　「真的不去了。這裡還有很多家務要做。」

　　「要我到小溪多打兩桶水嗎？」

　　「不用啦。謝謝。過一陣霧散了我自己去打。」

孤獨師太

曾幾何時，香港人都夢想住山頂。高高在上，左鄰右里都是有錢有權的體面人家，自己又會差到哪裡呢？在社交場合，人家順口請教家住何方的話，你氣定神閒地回答「山頂」兩個字，保證當下直透人心，比數十頁的履歷更震撼。誰料這些一度身價數億的豪宅，現在免費任住，卻無人問津。整個山頭只有瑞涯和一個孤單神秘的女人分據。宋笙給她的綽號是「孤獨師太」。

山頂不再受歡迎，實在有其客觀因素。任何人都可住的地方，當然談不上面子效應。家在山上除了出入麻煩，更要長年忍受潮濕。香港剩下的幾千人都一把年紀了，都不願意自困雲端打霧，招惹風濕之患。

孤獨師太本來住離瑞涯只有一個街口。瑞涯剛搬來的時候，未料到會有鄰居。大概過了一個星期吧，她大清早獨坐窗台發遐想。被晨光拉得長長的樹影，在初秋勁風的擺佈下交錯亂舞，在大街上糾纏不清，好像爭奪地盤。她正看得入神，孤獨師太突然在街尾出現，衝着她的方向走來。她個子很高，有一米七以上。單薄的身軀架着紫色鬆身長裙逆風而行，好像隨時都會被吹走。但飄忽的步伐似乎暗藏一股陰力，把她帶動向前飄，飄得出奇地快。

背着熙和的朝陽，她閃閃爍爍，若隱若現，像訊號不清的電視畫

像，又像鬼魅。她雙手很刻意地垂在兩旁，好像挽着兩個隱形水桶，小心不讓水濺出來。

瑞涯一下子給老太太的迷離風采攝住，眼也不眨地望着她迎自己飄來。誰料孤獨師太突然停步抬頭，一眼把瑞涯盯住。瑞涯急抽一口涼氣，背上的毛孔都在蠕動。一口氣吞了下去，她才反應過來，將失控的驚訝化為友善的笑容，向老太太揮手。

從較近距離看，孤獨雖然滿頭灰白長髮，年紀卻不算大，頂多六十出頭。她冷冷地回以一笑，隨即繼續往前走，但腳步較剛才沉重，飄不起來。長髮在修長的背影上輕拋。走了幾步，她突然停下來。瑞涯以為她會掉頭過來打招呼。但她頭也不回地攤開雙手，好像把指頭檢閱一番之後，才匆忙離去。

下午，瑞涯看見孤獨回家，腳步明顯較早上緩慢，每一步都踏得很用心。她兩眼直望，明顯要迴避瑞涯。早上冰冷的一笑仍然緊繃繃的在臉上，像水晶圖案。

瑞涯本想等她回程時跑出去打招呼的，誰知離遠看見她的側影便頓時洩氣。「還是等等吧，等她下次路過，大家有了心理準備才自我介紹會比較自然。」

幾天過去了，還不見孤獨的蹤影。瑞涯終於鼓起勇氣，帶了半打雞蛋睦鄰去。心裡盤旋着應該如何開場。為甚麼過了這許多天才過來呢？

結果甚麼開場白也用不上。

屋內陰寒清冷，毫無人氣。難道找錯了地方？但大廳乾乾淨淨，連塵埃也不多，一束束捆好了的窗簾，整齊地守在窗旁。很明顯，住

客剛剛才搬走，地方肯定沒錯。她搬家前打掃得如此妥當，難道想跟業主討回按金不成？瑞涯突然覺得空洞的大廳很陰森，打了個大冷顫。

又過了大約一星期，瑞涯和宋笙早餐後到外面散步，走到小峽谷的另一端時，離遠看見孤獨高聲自言自語。面對這意想不到的情景，他倆不期然地望着孤獨的背影發怔。就在這愕然的一刻，孤獨收了聲，站着不動。莫非她背後有眼，知道有不速之客？瑞涯和宋笙不約而同地屏息對視。

山頂的清晨寧靜得教人心寒，連陽光打在葉子上的聲音也彷彿可以聽到。在陽光的照耀下，有些葉子在生長，有些在枯萎。宋笙和瑞涯交換了一下眼神，然後小心地轉身離去。腳下的泥沙嚦嚦作響，打破了死寂。自此，他們識趣地迴避了孤獨的淒迷地帶，以為大家各據一方，便可相安無事。

小徑

粗大的榕樹根阻擋着小徑入口，宋笙要半跨半爬才能通過。

沿路邊生長的草木從前都很安分，似乎知道踩過人界會被砍伐，是死路一條。人類息微後，野樹蠻藤逐漸放肆，得寸進尺地奪回被小徑霸佔了的土地。它們好比專業團隊，各有崗位。先頭步隊一旦找到空隙，便會乘虛播種。其它根幹隨即湧上，把細小的裂縫撐成繁殖基地。堅固的混凝土路面轉眼被翻得七仰八倒，面目全非。

宋笙年輕時，這裡是遊客熱點，不到此拍過照算不上曾到香江一遊。每天成千上萬的外地人往這一點點地方擠，一旦在人潮中站穩，便連忙豎起兩根手指，以山下的「石屎森林」做背景拍照。人類一向都很自我欣賞大規模改造自然環境的能力。

當年的旅遊業很蓬勃。安全舒適地周遊列國的五星級酒店和購物商場，很適合老人家。廣告商也不斷提醒大家時日無多，錢不花便白不花啦！有人批評這種商業行徑不負責，利用眾人面對末日的失落發橫財，間接加劇了末世心態。

但誰又有閒情去管它應該不應該呢？

對大多數的人來講，儲蓄無非為了下一代，甚至下十代。不少人拚命幹，恨不得把未來幾十代要花的錢都賺下來，還不是希望子子孫

孫不愁衣食，乳牙未脫便可以躺下來安度餘生？現在既然沒有孩子跟在後頭，的確是不花白不花。在這情況下，經濟來一次末世大起飛是勢所必然。

少許末世風情其實在所難免。能夠為社會增添風情，不論末世與否，也未嘗不是好事。不過總有一部分人天生多愁，本性多慮，喜歡埋葬在擔憂與痛苦中嗟嘆。對他們來說，昨天的世界充滿罪惡，明天的世界一片空虛，反正左右做人難，不做人也難。

有些宗教人士卻很興奮，甚至激動：「吶！看！絕路當前啦，哈哈！我早說過上帝會大清洗的啦，你這班人就是冥頑不靈。懺悔吧！現在一起禱告，懺悔求情，也許為時未晚！」可惜大部分人都不懂得及時懺悔。他們班照上，馬照跑，舞照跳，股票樓花繼續炒。因為他們沒有選擇。在世界完蛋前，大家還得活着。而懂得改變方式生活的人，向來都是鳳毛麟角。

山頂小徑無須再服侍人類，像個贖了身的奴隸，日趨自我，漸漸融入了身周的大自然，為存在而存在。

宋笙小時，差不多每天跟爸爸來這裡晨運，媽媽間中也會參加。爸爸宋煥對小徑有偏愛，平日在報章雜誌互聯網看見任何有關報導，歷史資料或典故常談，都會打印一分，整理保留。他在「小徑檔案」的封面內頁寫下了這樣的評語：「山頂小徑見證了兩個世紀的滄桑，依然故我，在香港是個奇跡。」

小徑是 1860 年由港督羅便臣下令建造的，當時並無任何交通目的，可能只是為了方便自己在秋高氣爽的日子找幾個苦力把他扛着遊

玩而已。他的接班人麥當奴於 1867 年在山頂首建港督別墅。頂爺上了山，下面的達官貴人便一窩蜂跟上。山頂頓時變了頂級住區。

為了防止華人跟風，從 1904 到 1930 年間，政府立了「山頂區保護條例」法，以確保洋人不被污染。法律這東西就是那麼玄妙，公義往往只為一小撮人度身定制。這也是殖民地主人分外器重「法治」的原因之一。反正有法所規，除了僕人和得到特別批准的名牌華人如怡和買辦何東爵士等之外，中國人一律不許到山頂。分界線是海拔 788 英尺。

「為甚麼是 788，而不是 790 或乾脆 800 英尺呢？」宋笙好奇地問。

「倒沒有想過這點。可能英國人覺得 788 好意頭吧。」

在那個年代，海拔 788 以上的香港除了高貴，亦龍蛇混合，住的盡是帝國精英過江龍：販鴉片的爵士、銀行家、聽命於毒品大亨的警官、拯救靈魂的傳教士、政府高官、會說幾句中文的「老中國手」、深諳「境外特權法」賦予外國人不必遵守當地法律的青天大老爺等等。山頂在單純的西洋面貌背後蘊藏了多元化活力，是個非一般的住宅區。

洋人們都不介意被叫「鬼佬」，因為可以與華人劃清界線。很多英國人最後都長住下來，索性把鄉音也改了。他們老家的人單憑口音便可以把人定位成貴、高、中、低、賤等不同等級。移居殖民地後，很多人為了調高檔次，把鄉音改成半標牛津。不過經此一改，回家便有點尷尬了。

迷人的小山徑限於地勢，設計原始，結果終生未遭汽車踐踏，是香港罕有的行人專用道路。十九世紀時，洋紳士和帶帽的淑女上下山都靠轎子。

小宋笙看着微黃照片裡的轎夫，兩眼無神，瘦骨嶙峋，明顯不敬業樂業。

「樂業？別發神經咯！他們不過求兩餐白飯加幾塊鹹菜罷了。」爸爸解釋説。

「連肌肉也沒有，哪來氣力抬那麼大個頭鬼佬上山呢？」

「嘿！你太低估肚餓的力量了！」

小宋笙想不通肚餓的力量從何來，但懶得追問。他望着照片中的轎夫，聽着宋煥形容他們抬轎的情景：英國乘客的屁股肉厚油多，色澤粉紅，冒着汗，壓上了藤椅的編織紋，濕滑地跟隨着藤椅的節奏搖蕩。

咿哎咿哎：轎子的嘆息聲催促着轎夫。

咿一聲，走一步。

哎一聲，又一步。

快啦快啦！還有一千兩百九十一步便到啦。

客人，卻越來越沉重。

兩個轎夫一前一後，眼盯着地，默默地扛着走。

突然間，其中一個會大嘆一聲，然後「喀吐」！濃痰應聲而出，打斷了藤椅「一哀一哀」的催眠節奏，把紳士和淑女從亞熱帶的半昏沉中驚醒。紳士回顧淑女，互相白眼一翻，鄙視盡在不言中。紳士暗暗立下宏願，要運用影響力把中國人吐痰這壞習慣徹底收拾。治亂世得用重典。對！罰款！罰鉅款！立個法：再吐，要你家破人亡！

轎夫吐了口痰，胸口舒暢了少許，又回復沉默，一步步走着。有經驗的轎夫都知道，命運不好只有見步走步。看得遠，想得多，只會令人氣餒，把可以愉快的一天看成辛酸，何苦呢？

「我們也要像他們一樣，見步走步，不要多想。」宋煥利用每一個機會教導兒子生存之道。

「你又怎知道他們心裡的想法呢？」宋笙對爸爸有聲有色的歷史情景半信半疑。

「我喜歡看書，看歷史故事，有甚麼不知道？」

宋笙乖乖地「哦」了一聲，心裡卻鈎了個大問號：「像他們一樣？」他再看看照片，皮膚黝黑的轎夫手執草帽，盯着鏡頭。疲倦的眼神透露着不耐煩，可能是被那要求多多的老外攝影師弄得有些煩厭吧。

到了山頂，客人下了轎，肩膊暫時休息。爸爸說轎夫肩上那兩塊肉是每餐幾碗糙米飯造的，頂多參點青菜鹹魚，基本上雜質不多，是轎夫的隨身資產，「搵食工具」。

在烈日之下，各有各在冒汗。紳士淑女們為了形像，打扮有如身處清涼的蘇格蘭高地，結果全身濕透。轎夫們大熱天時扛着高大的老外跑上跑落，當然大汗淋漓。這多民族臭汗混雜了淑女的古龍香水，一滴滴被花草土壤吸收。歷史沉重客觀的腳步，一步步從它們的身上踏過去。

十來歲的宋笙，一口氣跑上跑落也不需半句鐘。晨運客都是些中老年人，宋笙是唯一的小伙子，又是國際名人，當然大受歡迎。

「晨運之友」是一群親切的陌生人，保持着適當距離的老友記。大家幾乎每天見面，風雨不改，都是老黃老張老陳老李，但甚少過問私生活。這是個心照不宣的契約。天色未及半亮，大部分都市人仍然在夢寐與拚搏的交接時分輾轉，他們便來到這裡活動，減壓充電，修補

靈性。白天的煩惱是非，不宜在此分擔，一切也得放下。連平時保守含蓄的老人家，每清早也有幾分「隨便愛怎樣便怎樣」的奔放精神。

宋笙覺得這群老人家既古怪又可愛。

就看張伯伯吧。七十多歲了，每朝上落倒着行，説是因為到了「凡事回頭看」的年紀，又説倒行可以把聚積了一生的晦氣逐步褪消。他這「倒行清孽法」居然吸引了十幾個門徒。早上在小徑倒行逆走的人多的是，見怪不怪。

有位不知名女士，是唯一的「匿名」老友。她例穿一身高檔粉紅衣飾，重複唱着一首歌：意大利的國際名曲 *O Sole Mio*「我的太陽」。人家叫聲「早晨！」她會回以親善微笑，有時也會揮手招呼，但口中輕唱不會稍停。

聽得多，小宋笙也會了，間中跟着和唱，逗得「粉紅歌手」很開心。某天，她唱着歌把一張寫紙交給宋笙，上面有「我的太陽」的原版那不勒斯歌詞，旁邊有英文翻譯。那是她僅有的一次跟晨運老友發生近距離接觸。之後，她繼續保持神秘，高度自我，全情熱愛着一首歌。從醫學角度來看，她可能精神有問題，但晨運之友並未因此而不當她是一分子。

可能因為粉紅歌手比較特別的緣故，大家禁不住在背後來幾句猜測。聽説年輕時是個甚麼偉大部長的情婦呢！粉紅色的愛，愛得太用勁，發了紫。唔！那個年代就是這樣。不是嗎？搞權術的人都狠心，都是如此這般……

有人曾經在中環看見她駕着一輛形像海龜的名貴德國跑車，車身黑色，內部粉紅。她雙手緊握駕駛盤，全神貫注路面情況，沒有唱歌。

破例的閒話也就到此為止。

O sole mio……

我的太陽……

　　在一個人口迅速老化的大都會，個人不過是千萬分一的螻蟻，跟
着群體蠕動，同時競爭：崗位、工作、金錢、時間、資源、地位、水、
空氣、房子、空間、給車跑的空間……在香港，甚麼都要爭，排着隊爭。

　　只有在大清早，晨運客們可以暫且放下，與世無爭。他們共享美
麗的晨曦，和帶有輕微碳酸味道的新鮮空氣，是互相的朝陽。

維多利亞

自從瑞涯搬到山頂之後，宋笙又再經常使用那久違了的小徑。可惜他的童年樂園已經面目全非，而且每天繼續在變，變得越來越陌生，好像那護林的土地公公，從傳說世界回來了，再次主持大局：

「唷，是你呀！哪去啦？足足有兩個世紀了吧。」

「哎，一言難盡。當時實在呆不下去。結果自我放逐，變了神話角色。現在好了，不怕啦，解放啦！」

「真的？太好啦！人類呢？」

「都死光了吧！」

死光？且慢，還剩幾個⋯⋯

現在宋笙每次路過樹林，總覺得到處是眼睛。花鳥蟲蛇，樹妖精靈，魑魅魍魎，都在暗處盯着他，監視着他。還有野狗！他肯定那些狗娘養的死畜牲經常伺伏林中，垂涎欲滴。所有東西都屏息在等，等他死。等到最後幾個人都死掉後，大地便可以更放膽重生。對它們來說，人類可能是地球最大的敵人，最可怕的妖怪！

宋笙小時候閉上眼睛也可以走通的一段路，現在危機滿佈。

由山頂沿小徑往下走兩百米是個小洞天。晦氣的天空像正在溶化的蠟像，滲入灰暗的地平線，一同混濁，是個沮喪的海天一色。濃霧

後的維多利亞，彷彿有股散不去的冤魂在嗚咽，在申訴，悼念着往昔的繁華。

大家熟識的「中環」，原來的官方名字是「維多利亞城」。當年以維多利亞命名的地方很多。太平山本身又名「扯旗山」，身高 552 米，港英政府把它改名「維多利亞山」。連接着的山峽，山腳下的海港，通往西邊的大路，坐落東面的公園，甚至監獄，軍營，學校，碼頭，通通都改名維多利亞，只有公廁從來沒有跟女皇陛下拉上名分。看來高傲的英國官員，骨子裡其實很懂得奉承的藝術，實行也很徹底。

從太平山頂下來，小徑上半段蜿蜒曲折，以「之」字形前進。穿過一小段亞熱帶森林後，不再左拐右彎，索性直搗位處半山的「兵頭動植物公園」，將它一分為二。

過了公園，當年是另一番景象。山上的寧靜遽然消失，化為姿彩。煩囂的小街，像蜘蛛網般縱橫交織，亂中有序。市場，攤檔，古董店，酒吧，和世界各地的風味食肆，被困在蜘蛛精的網中掙扎，拚命賺錢，交租吊命。過了蜘蛛網，街道漸寬，車也更多，更大，更豪華，開得更慢。快到中環了。

中環地勢平坦，從太平山腳到海邊像一塊版，很不自然。原來這世界級金融中心是用垃圾堆成的。香港在十九世紀末開始填海，到二十世紀中葉更加速猛填。當時經濟發展快速，製造了大量建築廢料。有人想出好主意，把垃圾扔到海裡。解決垃圾之餘，土地同時增長，壯大中環，一石二鳥，果然妙策。就是維多利亞的海岸線要受點兒委屈，像中年男人的髮線一樣，節節後退。

17

宋笙從小住半山，離中環不遠，卻不認識。小時候中環是大人的地方。長大後，中環已經奄奄一息。他對這紅極一時的金融中心的印象，都是從老人家的口中聽回來的。

爸爸的看法最簡單直接。「中環？通街都是人、車、商鋪銀行、茶樓食肆、與香港其它地區沒有兩樣，但空氣較差，如非必要我絕對不去。」

宋笙的老友尊信在中環工作多年，對這黃金地段充滿追憶。他認為中環的意義比它的金融地位深遠。這一小塊地方簡直是正統資本主義的樂土，企業家精神的最後基地。想當年，真正商業自由在他老家美國因為不敵長期政治騷擾而名存實亡，香港卻竟然在社會主義的大環境下單獨支撐了好一段日子才放棄。沒錯，中環的空氣不算太好。但覺得清新空氣比經濟繁榮更重要的人，都應該搬回鄉下種田呀，對不對？要知道中環混濁的空氣裡面，蘊藏着一種獨特的攝人魅力。

身處中環人潮，被活力帶動，人只管往前擠，根本沒有機會胡思亂想，不自覺身心兩忘，可能比打坐更禪。當然，有些人——宋笙知道每當尊信說「有些人」的時候，眉額一提，便是暗指自己的太極師傅馬依力——會認為這種活力充滿銅臭，是財奴的精神病徵。「這看法完全錯誤！」尊信肯定地告訴宋笙。有活力的財富是一個健全制度的果，不是因。只有自由企業精神才可以創造財富，培養創意。反過來，想單靠錢的力量來去凝聚企業靈魂，是不可能的事。

不出宋笙所料，師傅馬依力對中環的評價和尊信的完全相反：「垃圾！一句話：垃圾！徹頭徹尾，裡裡外外，從地下的泥土到地面的人群，通通垃圾！」

哇，宋笙不禁質疑，真有那麼多垃圾？

有！絕對有！還不止呢！你猜在垃圾堆成的黃金地段下面是甚麼？是糞便！

香港人錢多，吃得也多，但精神緊張，消化不良，馬馬虎虎穿腸而過的一大堆，惡臭難當，污染特強。順手一沖便眼不見為乾淨，盡了好市民的責任。再花錢妥善處理已經沖掉的屎尿不划算，有違經濟原則。於是越來越大口徑的排污管越伸越出，把污水灌入大海，搞其「魚吃屎兮人吃魚」的互惠循環。這個手段有名堂，叫做「深海自然處理法」。好聽嗎？有創意吧？尊信說的創意可能就是指這個。

地面上的活動表面看來體面，內裡更髒。

垃圾堆上活了大批銀行家。他們不停動腦筋，搞五花百門的「衍生工具」，越多越好，越亂越好，越難明越妙。銀行家都不顧天氣現實，喜歡在高溫下穿西服束領帶。反正有空調，熱人不死。馬師傅強調：「你可能不會相信。從前的人很古怪，看見你大熱天時打領帶穿外套，不單只不懷疑你思覺失調，反而覺得你道貌岸然，可以信賴。」

銀行家的左右有大批律師，他們的任務是把衍生工具弄得更玄，更有法律依據，對銀行家更有保障，他們也穿西服束領帶。法治的精粹是字面功夫，所以字眼不能馬虎。律師們迂迴曲折地重複敲定各方責任：投資者要承擔一切風險；銀行家要保證合法利潤。遇到糾紛，法治社會有專才應付。他們頭頂奶白馬毛假曲髮，腳踏漆黑膠底軟皮鞋，以莫扎特的裝扮，莎士比亞的詞令，主持公道。

有增無減，變化多端的法規，也是在中環搞出來的。中區東邊有座外貌莊嚴的立法會，原身是高等法院，建於二十世紀初的新填海區，

19

基礎也是垃圾。立法會內經常一片喧嘩，氣氛熱鬧。屋頂有個女神像，用長銅螺絲穿過腳板釘死在支架上。女神下面的行人都用手絹捂鼻，過濾汽車廢氣，她自己卻用手帕蒙眼，分明諷刺法律盲目。她一手仗劍，表示老娘雖然看不見，卻不惜使用暴力維護法紀，另一手拿着個空天平，像個剛賣光了貨的小販。

整個中環都是忙碌的人。

會計師忙記錄：甚麼也得記錄，一記七年。

技術員忙維修：高樓大廈電梯不能停，空調不能斷。人都在高溫環境下結了領帶，空調一停，隨時弄出人命。

形形種種的餐廳，為形形種種的忙人提供飲食。較高檔的容許輕嚐慢嚼。賤價的會用各種手段逼食客狼吞虎嚥。午飯時分一到，數以萬計的白領通街找吃，群情洶湧。尊信所謂的「活力」大概是指這種空着肚子，血糖不足的精神狀態吧！吃飽了，捧着滿肚快餐趕回辦公室，待會到廁所一拉為快。舒服！又一堆匆匆消化過的殘渣被沖進維多利亞的懷抱，參加「深海自然處理」。

「你知道嗎？當年的經濟要避免崩潰，就必須不斷增長，無止境地擴大。」馬師傅自言自語地問宋笙。還沒有給他機會作答，便接着說下去：「人越來越多，都要有工作。無所事事的人會替自己找麻煩，連累大家。於是人人為了工作而工作。工作變成了經濟『自我循環』的動力，與生產不一定有實際關係。」

看！人人有工作，賺了錢都想買車買房買電視。於是工程師不停地設計新大廈，不停把排水管延長，追趕那越填越遠的海邊。舊大廈被拆掉，順手扔到海裡造地皮。那麼多房地產項目，看來搞工程的人

才不夠呢！搞地產要融資，看來銀行家也缺啦！當更多銀行家搬進中環的時候，商廈也不夠啦！看！經濟發展蠻有勢頭，肯定需要更多的律師和會計師啦！

速遞人員跑來跑去，把「非常重要」的文件傳來遞去。轉頭，清潔工人把切碎了的重要文件送到堆填區漚沼氣。

哇！不得了！經濟膨脹，繁榮昌盛，形勢一片大好：車水馬龍！車水馬龍！混凝土車、公交巴士、地面小汽車、地底大火車、垃圾車、貨車、的士、警車、泥頭車、救護車……通通都趕時間，互相爭路。

室內空調高開，人在發抖，哪來的能源呢？

離開中環不遠有人在發電。在更遠的地方有人滿臉黑煤在開採。在遠得厲害的地方，有人在殺人放火，改朝換代，以保障銀行家的紙幣可換汽油，可換一切資源，讓他們隨意浪費。

充滿幹勁的人不停穿梭世界各地。航空公司自動自覺把「碳足印」呈交網上供世人公審，透明度十足。透明度高就是文明，足夠啦！實際行動是另外一碼事。大家不坐飛機成不成？不成吧？那麼，飛機要飛，不能光靠風吹對不對？既然飛機要耗能，留下個巨大碳足印是科學因果，理所當然，試問航空公司有啥辦法？行政人員不可能不飛：既要搞衍生工具，又要參加可持續發展和社會責任等國際論壇，不飛不成。

最後召集啦，還囉嗦？快快快！來！走！飛！

好一個充滿活力的金融中心：本來海水一團，養些鮮魚蝦蟹。人類弄來大量垃圾把它填成遍地黃金。大家就圍着黃金夢轉，不停的轉，拚命地扒，直至筋疲力盡，精神崩潰；直至下一代的前途盡毀；直至

一切復歸於無，連魚蝦蟹也蕩然無存。

馬師傅若有所思地說道：「這大概就是尊信所講的經濟靈魂吧。」

宋笙聽來，各有各的道理。

不過甚麼企業精神，自由經濟等一大堆概念，孰是孰非對他來說都意義不大。他小時候離遠看見過文明的背影，但當他漸漸長大，一步步走近社會的同時，文明便像海市蜃樓般消失在眼前。馬師傅的看法不能說沒有道理：人忙碌一生，到頭來還不是一場空？何必呢？宋笙雖然理解，但有選擇的話，他還是希望體現一下車水馬龍的群體滋味，嘗試過過緊張的生活，為前途奔波，為家庭努力。難道這是人性？一個未經煎熬的人生，想直接歸於平淡，絕非易事。

宋爸爸從小教他無論如何得向前看，過去的都不要管，只望將來。其實他要管也管不了。過去的日子，昔日的是非，永遠都快他一步，走在前頭。馬依力和尊信兩位老人家無聊的時候，老愛環繞着昨天的世界辯論不休，宋笙只有聽的分兒，能插嘴的空間不多。昨天的世界與他有緣無分。他沒有昨天，也沒有明天。

維多利亞的陰魂，躲在濃霧背後喃喃細訴往事，回首前塵，宋笙聽出了神。灰色的天空，籠罩着中環，有如來自天外的變形巨蟲，張開了天羅地網，不慌不忙地把他包圍吞噬。

宋笙面對眼前的無盡朦朧，看不見出路。他像斷了錨鏈的船，隨水流漂泊。他很想有個目標，但心知自己的人生並無甚麼目標可言。他渴望有個實在的答案，卻連問題是甚麼也毫無頭緒。從前的人抱怨要為生計操心，誰料沒有了衣食住行的煩憂，生命更難捉摸，更不踏實。

宋笙一方面活潑自信，一方面失落猶豫。他很愛瑞涯，卻不知情為何物。再者，他們之間的「可愛時光」最近經常斷片，具體原因莫名所以，反正跟以前感覺不同。就昨晚吧，他倆飲飽食醉後上床做愛，本應人生一大樂事。誰知纏綿背後好像有個黑影在監視着他，令他無法集中。難道是思覺失調？又或許是變了心？

沒有沒有，肯定沒有，絕對沒有，真的沒有。兩樣都不是。

可能是想得太多吧……

這倒有可能。哎，不經不覺，他跟瑞涯一起七年了，會不會是七年之癢準時發作呢？那豈不麻煩？整個香港也沒有第二名六十歲以下的女人，找誰來搔這個癢呢？

又或許是自己更年期？

早了點吧！他提醒自己：「我才剛剛四十二，可能是全世界最年輕的人呢！」

宋笙其實的確是全世界最年輕的人。

落葉

「走!」宋笙喝停了灰暗的白日夢,輕拍自己面額兩下,繼續下山。

再過一百米左右是段比較陡的斜坡。滿地落葉黏糊糊的鋪砌了一幅腐爛拼圖。宋笙去年在這裡被一條三米多的緬甸大蟒蛇嚇了一跳,腳下一滑,跌了一跤。幸好蛇大哥看見他來勢洶洶,連忙嚓沙嚓沙地逃了。自此,每當宋笙路過此處都會格外留神。

落葉令他想起鍾伯,有好幾年沒有見到鍾伯了。

在政府徹底倒閉前,鍾伯打掃小徑已經有二三十年之久了。晨運之友都很欣賞他,視他為一分子,笑稱他是唯一晨運有工資的幸運兒。

他個子很小,耳朵特大,像小飛象。颱風的日子,他好像需要刻意運勁保持頭部穩定。他一生人從未擁有過甚麼,但從來不渴求甚麼,命運奈他不何。他溫和的眼神蘊藏着一種可以承受任何打擊的自信,認識他的人都可以感受到這分低調骨氣。

圓鼓鼓的小鼻子皮繃肉緊,穩守中央,亮晶晶像個銅鈕,反映着外面的顛倒世界。小眼睛和小鼻子下面是個大嘴巴,向上彎的嘴角經常掛着笑容。大嘴巴只顧笑,說話不多。鍾伯的智慧很單純直接:世界太複雜,甚麼事情都有很多道理,所以甚麼事情都說不清,還是不開口好。煩惱皆因口招徠。是非吞下肚裡,消化後變個屁放掉,煙消

雲散，對自己有益，對別人無害。

　　他平常身穿的藍斜布制服，色調極難看，連「不自然」也談不上，只有政府官僚才有本領買到這樣獨特的廉價料子。為了管理和存貨方便，「垃圾佬」的制服採用「一碼制」。通通裁了大碼，所有人都穿得下。反正垃圾佬不計較衣服稱身，計較也可以不理。穿在鍾伯身上，褲子長了足足二十公分。一大堆多餘布料皺疊在不透氣的橡膠長筒靴面，令他遠看像個還在長高的孩子，聽媽媽話預穿三年後才合身的褲子。橡膠靴看上去也大得不合比例，可能鍾伯雙腳和耳朵嘴巴一樣發達，也可能是統一化制服的效果。

　　為了公平，清道夫的崗位經常調動，但鍾伯在小徑一掃就幾十年。大熱天時跑上跑落是苦差，況且富貴人家投訴多，狗也兇，誰都怕。由於鍾伯從不抱怨，主管便隻眼開隻眼閉，把小徑撥為他的永久封地。

　　由於人類不育，死一個少一個，鍾伯服務的部門終於要關門了，但他繼續每清早拖着大竹掃把上山掃地。起初他仍然收到銀行每月轉賬的政府工資，後來工資停了，他仍然工作不斷。他說落葉總得有人打理，否則不單只難看，還很危險。反正那時候錢已經用處不大，很多人開始以貨換貨，想把沒有用的東西換點新鮮東西吃。都市裡，連窮人也滿屋雜物。大家甚麼都有，只欠新鮮食品。小型耕園相繼出現。不過一般的香港人連豆芽也不會發。一下子改行務農，效果並不理想。

　　滿山落葉，鍾伯不會袖手旁觀。葉子好天落，不好天更落，秋天落，春天也會落，金、黃、橙、綠的樹葉，像天上掉下來的殘虹，飄散在地上，其實充滿詩意，是很漂亮的一刻。可惜人們都沒空欣賞。

　　宋笙爸爸見鍾伯對葉子鍾情，曾經嘗試給他解釋光合作用。葉子

嘛，是用水呀，碳氣呀，氧氣呀，跟泥土中零零碎碎的東西造成的。

鍾伯聽後開心大笑：「葉就是葉嘛！那麼簡單的東西，給你說得那麼複雜！」

有一次，鍾伯拖着宋笙，着他聽掃地：「好聽嗎？」

宋笙禮貌地答了句：「好聽」，跟着順口問他為甚麼喜歡掃地。鍾伯笑了笑，回答道：「因為好聽。」

某天，鍾伯的大掃把突然變得很重，提不起來，掃不出聲。穿了洞的橡膠靴越來越沉，拖不動了。幾十年對一個人來說，是半輩子，一段很長的時間。

政府究竟甚麼時候消失，大家都不清楚。它存在時好像沒有了它天下會大亂。但隨着官僚架構逐漸消失，社會又不覺得有甚麼缺失。

兩家發電廠的關閉比政府拉閘相對高調，有閉幕儀式和雞尾酒會。宋笙爸爸曾經努力遊說各部門及早把高危設施妥善關閉。發電廠、加油站等，都必須「人道毀滅」，所以父子倆也應邀參加了關廠儀式。

儀式上有重要人物講話，他們異口宣稱關廠只不過是臨時措施，以防萬一，並不表示絕望。「總有一天，在不久的將來，我會在這裡跟大家再見，一同慶祝電廠重新啟動。」與會人士都很不合邏輯地激動鼓掌。

「現在請大家一同倒數：三，二，一⋯⋯」

不少嘉賓，包括宋笙爸爸，都黯然下淚。

宋笙可能是唯一感覺少許興奮的嘉賓。他自小便知道有這天的來臨，不停為它作準備，年復一年，日子久了，難免有些麻木和不耐煩。

反正無可避免的一天，倒不如早點面對，及早適應。新紀元的序幕今天終於被揭開了：時間是 2075 年 7 月 2 號，星期二，下午兩點正。在兩點正這一刹那間，他的世界正式脫離文明，邁向洪荒。

倒數完畢，廣播系統靜了，全場鴉雀無聲。大家片刻間都反應不過來。過了十數秒，一位主禮茫茫然地向台下揮手，大家才逐漸蘇醒，低聲議論，有幾個特別蠢的鼓了幾下掌，發覺沒有人加入才尷尬地停手。

宋煥本來打算用發電機把基本生活再維持一段日子的，最終也放棄計劃。勉強把電燈冰箱延壽幾個月意義不大，倒不如早點開始適應。他另外提議把動物園的危險動物也趁早毀掉，免除後患，可惜支持的人不多。宋笙當時也覺得父親杞人憂天。自從遭遇大蟒蛇後，他才知道爸爸有遠見。那條大蛇肯定是附近「兵頭動植物公園」的釋囚。其實一不做二不休，老早應該把所有的狗也殺掉。太遲矣。

政府關閉過程中公帑如何處置，誰也不知道，也不關心，反正金錢即將變成廢紙了。教育部最早倒閉，於 2062 年關門，令宋煥兩公婆鬆了一口氣。宋爸爸認為教育官僚們都有神經病。「人都快絕種了，還教剩下的幾個孩子社會制度和公民知識？簡直荒謬！教他們生火，分辨植物，和野外求生就差不多！」問題是香港的老師自己也不懂得生火，又怎樣去教小孩子野外求生呢？況且全世界的官方立場一致：不育乃暫時現象，隨時完結。完結之後會有一輪新的嬰兒潮。為了這大批嬰兒，為了將來，社會上行之已久的制度一定要保存。當年為政者思覺失調是發達社會的普遍現象，老百姓習慣了也不以為然。

絕了育的社會不斷老化，平均年齡不斷上升，70 年代初已經達到七十多歲。幾年後，卻出奇地回落。原來一旦停電，大量在高齡頂峰

掙扎的老人家便捱不下去。現代醫療服務在停電一刻相應氣絕，先進社會的預期壽命隨即驟降。

樹葉的時辰一到，便安時處順，撒手而去，隨着氣流尋根，絕無半點囉嗦。人類則遠遠不及樹葉瀟灑。全球數以十萬計的人長期用電力吊命，吊着等死。縱使呼吸已經失去自主，心肝脾肺腎也逐一枯竭，連靈魂亦準備投胎別去了，但只要花錢，多插幾台高檔儀器，屍體仍然可以勉強滿足法律對「生命」的定義，好歹得花點錢留着……現在停了電：留不住啦！

有幾家醫院好像戴了維命系統，半昏迷地支撐着。院內有幾個痴呆老醫生駐守，接受好心「病人」送來食物吊命。

今天，在宋笙身周的人年齡分佈十分簡單。

除了他和瑞涯外，都是些六七十歲的長者，共同過着原始生活。

好心難做

　　過了山腰，濃霧漸散。一團團零散煙霞，像迷路的步兵，三五成群地尋找方向。雀鳥在叢林裡啼囀跳躍，一切都開始實在。宋笙沒有被野狗吃掉，也未被蟒蛇生吞，一如平常，平安平淡，他奇怪地感覺少許失望。

　　再拐個大彎，便是個大型豪宅廢墟。破裂的外牆上掛滿生了鏽的空調制冷機，中間有幾棵小榕樹在裂縫中抓住了生命空隙。黃殘支架與嫩綠樹幹新舊替換，相映成趣。俗氣的大堂早被野生植物霸佔，遠看像一群冤鬼在等電梯。搖搖欲墜的帆布遮篷，隨風打着拍子。車場滿是名貴房車的遺骸，被黃沙埋葬了大半。幼樹從塌陷了的沙井探頭，活像好奇的未來主人翁，急不及待要看看外面的世界。

　　整個園區，對植物來說充滿活力，對人來說陰森恐怖。

　　在彎位有塊直徑一米多的大石，是去年颱颱風時滾過來的，攔在路中央，沙泥在後面聚積成小平台。宋笙剛爬過平台，便從眼角看到斜路盡頭有個黑色物體在蠕動。一見到他從石後現身，便立即停止，緊靠土牆。

　　野狗？

不會！野狗沒有那麼大。再者，野狗群獵，落了單的在這情況還不夾着尾巴逃？斜坡下方的霧更稀薄，只有輕輕的幾縷煙霞。但宋笙越看越模糊，越不肯定。可能只不過是塊石頭？是幻覺？

咦！剛剛又擺動了一下！這次肯定不是幻覺！

怪物似乎往牆邊靠緊了少許，難道準備攻擊？宋笙環顧周圍。回頭往上跑，肯定不夠四條腿的野獸快。兩邊的坡長滿了野竹，硬闖不過去。

前有伏兵，後無去路！

宋笙把手上的「打狗棒」攥緊，直到手指發白，差不多搾出棍汁。

山豬？狗熊？

香港有狗熊嗎？以前的動物園肯定有。而不少動物園的管理員愛動物多過人類，在關園前通通放生，完全不顧後果。現在很難估計有甚麼飛禽走獸在這山頭駐紮，摸索自己在食物鏈上的應有地位。

那東西又搖了兩下，今次絕對沒看錯。

究竟是甚麼鬼怪？全身都是毛！

宋笙感覺它的眼神有如殺手槍上的激光瞄準，從密麻麻的獸毛後盯着自己，伺機……

算它是狼是虎，住過動物園的畜牲對人總有幾分懼意。反正別無去路，來就來吧！

　　宋笙靠着路邊慢慢走過去，手中的打狗棒異常沉重，好像知道大敵當前。

　　咦，好像是個人。

　　真的是個人，是個老人……

　　一個渾身是毛的老頭蜷伏在斜坡。他臉貼地，雙手交叉胸前，像隻剛由下水道鑽出來的巨型老鼠，又像個朝聖信徒。他除了間歇抽搐幾下，基本上全身不動，與死人無異。

　　宋笙腳下這陌生人滿頭打了死結的灰白長髮，像發了霉的枯樹根。身上的毛原來是貂皮大衣，油脂污垢和死皮塵埃把頭髮和大衣揉成一片，有幾分印象派油畫的味道。

　　大衣看來是名貴貨色，跟頭髮搞在一起，變成了身體的一部分。貂皮大衣過去很流行，天氣稍發微涼，太太們便套上皮草亮相。香港的氣候會令獸皮下的腋窩發臭，貴婦們需要生理改造。最基本的手術是把腋窩刮乾淨，然後用止汗膏等化學物打底，最後塗上防臭劑。也可以斬草除根，把汗腺割掉，或採用焦土對策，用鐳射死光掃射，直到寸草不生。

　　這貂皮先生似乎也對氣候不敏感。身上的獸毛大衣看來很久沒有替換過了。

　　宋笙兩年來都沒有在小徑碰見過任何人，這半死老頭究竟是如何爬上山腰的呢？他伏在這裡應該沒有多久，否則一早已被野狗啃掉。

　　宋笙移前兩步，如臨深淵，頭上迷糊，打狗棒仍然指向老頭。

　　「老伯，沒事吧？」

　　老伯對這多餘一問並無反應。

宋笙高高在上，倚杖而立，六神無主。他很想幫忙，但毫無辦法，甚至有些抗拒。他現在可以看見那老人的側面：滿臉長鬚，跟頭髮和貂鼠毛黏混一起。身上發出腥臭味，令宋笙肚子裡的早餐倒湧食道盡頭，蠢蠢欲出。此人的體臭濃厚攻鼻，滲透性強，在呼吸道留連不散，回味令人嘔心。

真矛盾！大家「狹路相逢」，也算緣分。看他的可憐相，實在不忍見死不救，但無從入手。明知幫不了的忙而勉強為之，究竟算一番好心？還是假仁假義呢？

一股臭味跟着熱氣上升，直熏宋笙。

真倒霉⋯⋯

他摀着鼻往下走了兩步，直到與那人平排，但儘量保持距離。一線柔弱的陽光穿過樹梢，灑在那人身上。臭氣被照個通明，像卡通片的狐狸尾巴。

他實在令人作嘔⋯⋯

也實在急需救援⋯⋯

半死的人，只有一半是人，另一半已成新鬼去了。

那名副其實的臭皮囊開始偷步，提早腐化⋯⋯

宋笙的鼻子告訴他，有人在貂皮大衣內進行了大小二便。他爸爸以前曾自我安慰說：「不用遭受文明羞辱，在醫院裡插滿膠喉穿着尿布等死，已是人生一大幸福。」不過就這位老伯的情況而言，紙尿布也確實有用得着的時候。

宋笙見過不少死人，親手也燒掉了好幾個，但看着活人過渡死亡，

這還是第一遭。

又一陣臭氣迎面攻來，打斷了宋笙的思潮。

他掩着鼻子，硬着頭皮再問：「怎麼啦阿伯，要幫忙嗎？」他把聲調略略提高，像個護士，但自己也覺得聲音空洞，缺乏誠意，甚至多餘。一個垂死的人，處於昏迷狀態，又可以如何作答呢？難道：「沒事沒事，你走你的路吧！我等一會便死了，費心啦！」

出奇地，那老人居然微微擺動，好像表示收到。他接着把頭拗側少許，窮餘生精力去面對宋笙雙腳。一隻眼睛撐開了窄縫，肉隙間露出一線枯萎了的眼珠。破裂的雙唇癱瘓在路面，夾着風乾了的黃痰，流不出來，吞不回去。從宋笙的角度，他口裡沒有牙齒。鼻子瘀黑紅腫，可能是摔了一跤所致，現在只能經口腔呼吸。

他的喘息淺弱無力，喉頭的泡沫跟隨着呼吸微響，斷斷續續。可憐，無奈，無助。宋笙俯前，想更清楚看看這陌生人。迎面一陣臭氣，令他幾乎把早餐噴在那人面上。

宋笙急忙站直身子，回頭吐了口胃酸水，感覺一陣暈眩。面對腳下這齣臨終悲劇，他問自己究竟可以做些甚麼？他根本沒有條件去幫這個垂死的人。既然無能為力，何不接受現實，一走了之？看這人的狀況，應該捱不了幾個小時。他在這裡團團轉，婆婆媽媽，只會騷擾人家，同時令自己難受，何苦呢？倒不如老實過路，過幾天回來，假如野狗未有把他吃乾淨的話，再為他打理遺體，了個緣分？

對，走吧！

宋笙理性的腦袋嚷着要走，但那講情不講理的心卻死不放人。「見死不救，還算是人嗎？」唉！難道要眼巴巴看着阿伯斷氣才算有良心，

夠道義？他腦筋越懊惱，心裡越難過。

今早也算倒霉！老頭呀老頭，你為何不早些順時安息，讓我替你來個嚴肅恰當的衛生安排呢？現在……

他後悔不聽瑞涯的話多留一天。

那老人突然對着宋笙的波鞋漏了半口嘆息。微弱的半嘆，不知總結了多少辛酸。一生人的成敗悲歡、希望、野心、沮喪、憂心、情話、謊言，都在這薄暮時分隨着半口氣消逝。

宋笙突然想到，此人可能千辛萬苦爬上半山，目的是找個寧靜安詳的環境往生，免受騷擾……

就像爸爸說的大象一樣。

想到爸爸，宋笙的眼睛禁不住泛起紅圈。

難道爸爸也是這個下場？

那他豈不是無意中把老人家莊嚴的最後一刻打擾了？

對！我太多事了。走吧！

宋笙堅定地往下走了幾步，隨即又停下來，轉身看着老頭，心想：既然緣分安排他們在這關鍵一刻遭遇，他何不送佛送到西，幫忙阿伯減少痛苦呢？只要對準頸後使勁一棍，便一了百了，大概是最合人道，最近人情的做法。嗯，用大石可能比較容易下手……

宋笙放下打狗棒，找來三塊石頭，一塊不夠保險，執行要徹底。他把石頭放在那人頭頂一米左右的地上。三塊大石差不多一模一樣，

大約十公斤一塊，看上去有幾分神氣，也有些冷血，活像身負使命。

那老人仍然望着宋笙剛才站過的地方。但宋笙已經站到他頭頂處，準備將他人道毀滅。這畢竟是人生的最終一刻，是否應該説幾句道別話呢？他是否應該解釋他這樣做是出於人道，並無惡意呢？

老伯，你安心上路吧。
希望你很快找到死去的家人和朋友。
別再投胎人道啦！
我們都跟着便來。

還是簡單一點好：再見啦。祝你好運！

好運？這話怎説？

宋笙最後決定以簡單老實的一句：「老伯，請安心上路！」作為這人道處決的序言。

等等！先把頭遮蓋，是否較為莊重呢？也可以減低恐怖程度。附近有株芭蕉，宋笙過去採了幾塊大葉。回來時，發覺那老人竟然把頭仰高了少許，頸脖也跟着扭了過去。

空洞的眼睛，似乎盯着宋笙。

宋笙第一次看到他的正面。灰白的眼珠，像不再透光的靈魂之窗。死神的爪牙在後面耐心等着，輕輕哼着喪魂曲。

搬家

「媽媽我們去哪呀？」

「我們搬家啦小甜豆，搬到山頭的另一邊。」

「為甚麼要搬家呢媽媽？」

「街頭來了個陌生人，可能不是好人。外面壞人太多，我怕她把你們拐走，我們還是躲起來好。」

「就是那天在窗口跟你招手的女人？」

「對。我告訴過你不要再提她，你忘記啦？」

「對不起哦媽媽。」

「你發誓永遠永遠永遠不再提起她！」

「媽我發誓永遠永遠永遠不再提起她！」

「那才是我的好乖乖咯！別哭啦，我不是罵你，只是太疼你，擔心你，知道嗎？除了你們，我甚麼都沒有了。」

「我知道。」

「小東東呢？」

「他一直站在你後面呀！」

「嚇死我啦小東東！以後永遠永遠不准再這樣知道嗎？」

「媽媽，小東東從來不出聲的哦！」

「我知道。小東東很乖，是不是。熊貓拿了吧？」

「拿啦！手袋跟名片也拿了！」

「名片不能給陌生人，記得嗎？」

「當然啦！我見到陌生人會躲起來的哦！」

「真乖！是你把窗簾捆好的嗎？」

「好看嗎？」

「好極啦！整整齊齊，小甜豆真乖！我先把垃圾拿到外面去。你拖着小東東。跟房子說再見，跟鋼琴說再見吧。」

「再見啦房子！再見啦鋼琴！」

笙歌・貳

永恆的笑容

Yksi. Kaksi. Kolme……

一，二，三……夏麗用芬蘭語輕聲數着針數，全神貫注手中的小冷帽。她督促自己不能分心……

甚麼也不要想……專心編織！

小得那麼可憐，太可愛啦！要不要加多幾針？

Neljä, viisi, kuusi……四，五，六……

夏麗能説四種語言，平日主用英語。但心算時還是以芬蘭話為主。數字這東西很奇怪，似乎只喜歡母語。她的愛人宋煥也有同樣經驗。他在辦公室和家裡都要靠英語溝通，習慣了，連做夢也中英合璧。但心算時仍然偏袒廣東話。不過中文太容易啦：一二三 —— 噹噹噹 —— 簡單響亮，哪有芬蘭語那麼複雜？一二三在芬蘭的另一官方語言瑞典話是 ett, två, tre，也挺清脆。德語嘛是 eins, zwei, drei，大有日耳曼人一就一，二就二的倔強。連最熱衷於把事情複雜化以求浪漫的法國人，也不介意 un, deux, trois 單調平庸。

一二三這麼常用的數字，在夏麗懂得的語言中都很簡潔。唯獨是

出名沉默直截的芬蘭人，卻把它弄得出奇地複雜。不信再數下去看看：七八九十是 seitsemän, kahdeksan, yhdeksän, kymmenen。要深呼吸才能一氣呵成。在她的老家倒數元旦，起碼得花上二十秒。芬蘭沒有「七十一」實在有其原因。Seitsemän Yksitoista 又長又繞口，怎似一家便利店的字號呢？

每個字都那麼費勁，難怪我們寡言。

白日夢在夏麗內心引發的微笑，像由湖底升起的小氣泡，在平靜的水面漾起柔波。多月來，她好像戴了人皮面具，把真面目與外界隔絕，薄薄的兩片嘴唇經常保持着一個難以捉摸的假笑，心滿意足的背後透露着叛逆。在面具的掩護下，她並沒有忘記高度克制。身邊的每個人，每樣東西，包括在自己體內動蕩的激素，都好像串通來對付她，想把她迫瘋。

嘿！沒哪麼容易……

維持一個永恆笑容實在勞累，令她想起蒙娜麗莎。

她首次瞻仰這幅名畫，是在巴黎盧佛爾博物館。人龍很長，她排在遊客老李夫婦後面。雙腿累得發漲的遊客碎步推進，終於來到了蒙娜麗莎面前。老李的老婆即時進入半興奮狀態，聲浪上調二十分貝。

「看呀老李，這是不是『甫拿麗莎』？」

「呃，沒錯。就是！漂亮吧？」

「就是顏色比較沉悶，一點也不鮮艷！」

「可以拍照嗎？」

「不理它。來！站這裡！」

　　夏麗看着蒙娜麗莎，心想這位中世紀的佛羅倫斯女士，可能造夢也想不到會淪落到這地步。除了週二博物館休息外，她每天朝九晚六被吊在這裡賣笑。她忽然覺得那笑容背後蘊藏了百般無奈。面對只懂拍照，不解風情的遊客，她肯定滿肚牢騷，只是有口難言。

李先生，走快兩步吧，後面不知所謂的人多着呢！

　　唉，每天成千上萬的遊客慕名而來，當中有多少人對那神來之筆背後的天才、激情、掙扎和挫折有感受？又有多少人知道她那耐人尋味的一笑，笑的是甚麼？

　　「老李呀，這笑容有甚麼了不起呀？我笑得比她甜吧？」

李太太，請你尊重一點好嗎？

　　「你地上撿到錢肯定比她笑得甜，笑得兇！」

唉……

　　「你狗口長不出象牙！」
　　「我長出象牙來，你還不等我睡着時拔掉去賣！」
　　「我呸！」

唉唉唉……

「算啦算啦,看了半天畫,快悶死啦。腳也發脹。去找點東西填填我這個狗口好嗎?」

太好啦!再見。有空最好不要再來。別忘了帶走你的老婆哦!Arrivederci Signore!

蒙娜麗莎在天之靈可能最緬懷當年與油畫大盜一起的逃亡日子。憑她一笑而身價不蜚的名畫,被竊匪如珍似寶地收藏起來,也是一種寵幸。不像現在……唉!再讓時光繼續倒流,在油畫尚未完成的日子,神秘的畫中人跟着畫家流浪,如影隨形。她自問平淡的嫣然一笑,竟然在他的腦海中慢慢凝聚,一點一筆地化為不朽。

對了!夏麗突有所悟,笑容背後蘊藏的原來是蔑視!

你看!那不是鄙視是甚麼?達文西當時的社會封建迷信,被宗教壟斷。雖然仰慕他的粉絲不少,主要都是附庸風雅,人云亦云,真正瞭解和接受他的是鳳毛麟角,所以他擅用密碼把不尋常的才華藏匿。幾筆油彩,把他對世人一分蔑視和失望掩飾,好方便大家附和讚賞。

沒錯!那一笑其實是蔑視 —— 含蓄的蔑視,好一個迷人的秘密。

夏麗現時的處境有些像蒙娜麗莎。

她也需要經常保持着常規笑容。笑本來是喜悅的表現,但強制的笑容也可以裝飾自己,和增強決心。憋嘴一笑,整個人便心裡有數地堅強起來。夏麗就是用這暫時的永恆微笑來支持自己與外界對峙。她

的世界和蒙娜麗莎的有點兒相似：都充滿了愛意和無知，也都頗為討厭。但她不斷提醒自己要容忍，要死忍，不能失控。

為了肚裡的小寶貝，絕對不能失控。

他們的出發點是善意的。

冷靜……冷靜……容忍。

小寶貝，不用怕：媽會一切聽從這群有精神病的笨蛋。他們其實都想我們好。媽會保持積極、健康、快樂，等你出來。

我們很快就見面啦！

夏麗捏了下身旁的線球，看來仍然足夠完成手上這頂小帽。雖然第六感告訴她腹中的寶貝是女孩，為保險計她還是選擇了比較中性的顏色。

Neljä, viisi, kuusi……她輕絲絲地數着「四，五，六……」護士們都取笑她：「香港這天氣，一頂已經有多啦。那麼多，你不怕小寶寶生熱痱嗎？」唉，她們懂個屁。這是芬蘭傳統。小孩子剛出世，頭上絕對不能招涼。五六頂一點不多。再者，編織不單只是拒人於一米之外的有效手段，一針一線地重複穿插還可以集中思緒，壓制念頭，其實大有禪機。她開始明白從前參禪的人為甚麼可以天天擦馬桶，擦呀擦，擦呀擦，一擦十載而突然開悟！

Seitsemän, kahdeksan, yhdeksän……她舉起那細小得不像樣的帽子欣賞一番，心裡一陣甜絲絲的暖流。

媽媽玲娜坐在咖啡桌的另一邊。咖啡桌方正笨拙，特大奇醜。用

那麼多木頭來承托幾杯咖啡，真個小題大做。只有在政府機關才有這樣的傢具。玲娜身子筆直，手放大腿，望着女兒傻笑。夏麗用眼角瞥了母親一下：幾十歲還坐得那麼直，像個幼兒園學生等老師派糖果。她對媽媽又羨又憐，既愛且惱。玲娜看着女兒編帽子，卻覺得很滿足，可以看上一天。

Yksi, Kaksi, Kolme, 夏麗故意低頭數針。

媽媽無條件，無聲無息，無時無刻的關愛，有時令她感到窒息。不過母愛就是如此！自己快做母親了，還不瞭解？

偉大歸偉大，夏麗但願偉大的媽媽能夠找本書看，或者學宋煥找個房間小睡。又或者到外面散散步，好給自己片刻私人時間。要不然學學編織，兩母女同坐「編織禪」也未嘗不可。都沒有興趣的話，那麼拉個肚子，到廁所獨坐一回也比整天坐在這裡盯着自己傻笑有意思呀！想到這裡，夏麗有些內疚：怎可以詛咒自己的母親呢！她抬頭看看玲娜，深長一笑，算是暗中道了歉。

玲娜把握機會，打破母女間親切的沉默對峙：「這毛冷很漂亮。」

「喜歡嗎？」夏麗眼光已放回小帽：「竹造的。又軟又自然。在芬蘭不好買。」

「哦！真的嗎？」玲娜毫無頭緒地問。

送麵包

　　玲娜上次來香港是六年前的事了，那是她生平第一次離開歐洲。

　　女兒在大學專修國際貿易時，到上海一家芬蘭電子產品公司暑期實習。短短的幾個星期，她便跟香港去的工程師宋煥互相着迷。其實大部分的男女關係都屬一見鍾情，把戀愛拖長談無非作狀，培養信心和社會交待而已。夏麗回國後，他倆便經電郵繼續發展。宋煥只要抓到任何藉口，都會跑到芬蘭受訓學習，或開會交流。

　　2041 年，夏麗移居香港。

　　女兒搬到地球的末端不過幾天，便發來驚人訊息：她希望媽媽寄她一些硬朗粗糙，營養豐富的芬蘭黑裸麥包。據說香港的麵包軟綿綿，白濛濛，吃到肚裡一陣空。媽媽收到要求，心如刀割。

這是甚麼鬼地方？黑裸麥包也沒有？

　　她想起有關中國的電視新聞，好像都是負面的。當然，電視新聞一般都是負面的；好消息沒有市場。但她總得親眼看過才放心。第二天她訂了機票，把一個大行李箱塞滿黑裸麥包。雖然香港的名字很熟悉，但出發前夕她還是翻了一下地圖。唷！就只有一點，一個句號那麼大。裡面的人比整個芬蘭還要多，不可能吧！

坐長途機原來挺難受。赫爾辛基到曼谷一程還可以，乘務員都會芬蘭話，也有芬蘭作風，對她不大理睬，各有各坐飛機，高度尊重互相的私人空間。

在曼谷等轉機那三個小時卻認真受罪。

熱鬧的機場像個市集。形形種種的商鋪，五光十色，看得玲娜心花怒放。到處都是人，每個人都在發聲。笑的笑，叫的叫，與寧靜得教人耳鳴的芬蘭相比，是兩個極端。

她從未見過那麼多絲綢。紅黃橙綠金，應有盡有，不應有的也有。平日在樸素的芬蘭穿可能太奪目，但出席音樂會的時候應該可以。她的男友霍啟今年六十歲，在管弦樂團拉大提琴，算是個音樂家，出公家糧的，也算是個公務員。他咿咿呀呀地拉琴可以吵上一天，人卻沉默寡言，坐到釘子上也不吭聲，是個典型的老派芬蘭男人。不過他心底裡畢竟是個藝術家，喜歡創意。玲娜如果穿上耀眼的真絲晚服，孔雀般現身霍啟的音樂會，他肯定不會開口大讚，但會暗自歡喜。好！就來一套！

除了漂亮的真絲，好東西多着呢！精緻的茶具，相框，皮革，手袋，電子產品，用象牙雕的小榕樹，用榕樹頭雕的小笨象，她甚麼都想買。可惜這個聲浪世界只懂英、泰、華、日語。要衝破語言隔膜不但費勁，還很傷神，甚至傷心。玲娜除了芬蘭話，還懂瑞典話。英語嘛，用不着的時候還可以，到用得着的時候，一句也說不出來，於是甚麼也買不成。

三小時變了一百八十分鐘，一萬多秒：忐，忑，忐，忑地捱過去。每捱過一秒，她便多添一分不安。學了那麼多年英語，到哪啦？怎可

能一句也派不上用場？她怪責自己從前不用功，出發前又不準備。機場的廣播系統似乎有重要宣佈，聲音很着急。急甚麼呢？她毫無頭緒。她平常很少哭。現在卻很想痛快地哭一場。她開始感覺到時差帶來的困倦，心內很不踏實。

　　四圍都是人，玲娜卻覺得前所未有地孤單。她問自己，為何要受這個折磨。為甚麼要離開熟悉的環境，親切的家和沉默的霍啟，千里迢迢來到這個機場市集鬧頭暈呢？

爸爸的骨灰

　　玲娜屈在經濟艙委屈了十多個小時，跨山越洋，上洗手間也要排隊，還不是為了母愛？女兒雖然已經有自己的家，但一個人身處異邦，一個連像樣的麵包也沒有的怪異之邦，做媽媽的可以袖手旁觀嗎？

　　時間是生命的盜賊，再過幾個月女兒便二十五了。

　　對一個女人來說，二十五是個危險的尷尬年齡。她一方面還年輕，捨不得少女情懷，另一方面被時間迫得喘不過氣，要開始面對成熟的負累。心情好的時候，二十五是精彩人生的開始。不好的時候，二十五是懸崖的盡頭，前路急轉直下，一不留神還會掉進谷底，粉身碎骨。

　　玲娜二十五歲時就十分迷糊。

　　昨天還好好的在準備着迎接幸福來臨，不知怎的，一下子風起雲湧，一切都被黑蒙蒙的現實籠罩了。四分一個世紀溜走了，怎麼沒給她留下半片彩雲？多年的夢想凌亂地重疊着，真假難分。當她沉醉在青春美夢的時候，身體這叛徒不停在暗地裡謀反，到今天終於露出端倪了：在二十五歲的青春背後，有個老太婆的影子鬼鬼祟祟，準備當家作主。

　　別人可能看不見，但她自己不用鏡子也照得一清二楚。老太婆已經急不及待要現形，小女孩還想繼續做夢？

做夢？做甚麼夢？

她一下子竟然想不起她曾經做過甚麼夢。

人驚醒了，才發覺光陰已逝，連個像樣的夢也沒有做好，簡直枉費青春！

玲娜突然感到事態嚴峻！她的少女夢，就像小時候媽媽吹的肥皂泡，一個個在眼前飄走，不能抓，一抓便會爆破消失。如此不實在的東西，可能根本沒有存在過。擺在眼前是個模糊，絕情，不耐煩，冷冰冰，沒有斟酌餘地的現實。

沒錯，是時候啦。

幾個月後，玲娜便和夏麗的爸爸結婚了。

他倆一起長大，算是青梅竹馬。她才會走路，他便已經鬼上身似的着了迷，經常任她欺負，發刁蠻。冤孽，很明顯是前世的冤孽，今生化為情緣償還，有冤報冤，有債還債。他碧藍的眼睛好像從未歇息過，下面掛着瘀藍色的眼袋，疲累得令人看見心酸。年復一年，他眼巴巴的看着她像潮水般在他的生命中往來。一下子湧進來，讓他充滿希望；一下子湧回去，消失得無影無蹤。她每次退潮還會有意無意在他脆弱的心靈上刮上一道血痕。連一句「唔，不好意思，痛嗎？」也沒有。

他也只能怪自己無條件的痴迷。玲娜和閨中密友談到他時，評價是：「人品還可以，就是可靠得有些煩！」原來「可靠」也可以是一種罪過。外面勢頭好，她把他扔下便跑，眼也不眨。外面世情轉惡，她吃了虧，受了傷，便哭着回來。他反正風雨不改，老站在那裡傻乎乎地

等。見她回來，便遞上毛巾給她擦眼淚。

　　他肯定是個好男人：誠實可靠，是本區超市的出納。她在隔壁賣樂器的小商店當售貨員，希望有一天能搞點藝術，碰個好運名利雙收。街坊們都說他們是天生一對，但沒有說明理由。他人特別溫厚，但心裡話總是說不出口。多喝了兩杯伏特加後，想說的話，要嘆的氣，都會化成眼淚外流。

　　結婚翌年，夏麗出生後，他陰差陽錯地患了「產後長期抑鬱」，開始越喝越多，越哭越傷心。夏麗五歲生日後的星期六是個風和日麗，秋高氣爽的日子。太陽還未下山，他便與伏特加和眼淚開始了一場生死搏鬥，把整個廚房搞得愁雲慘淡。玲娜吃過晚飯，等夏麗睡好後，抱着她哭泣的丈夫的頭，在耳邊說了句：「你不去死！」，才自己上床，用枕頭蓋着耳朵抱頭大睡。第二天清早，玲娜被他的咳嗽聲吵醒。十五個小時後，他便在醫院死去。醫生說是一種罕見的急性肺炎。原來肺炎在那個年代已經流行，並不是甚麼新的死亡藉口，只有玲娜知道他其實是聽自己話去死的。

　　在芬蘭，差不多每家每戶都有間湖濱渡假屋。湖多人少就有這個好處。他生前好像提過，也好像沒有提過，希望死後骨灰撒在陪他渡過童年的湖裡。玲娜決定假設他生前確有此意，好為他的終結抹上一點浪漫色彩。

　　北歐的初秋，是熙和陽光與凜冽寒風交替的時令，每天氣候不同，可以差異極大。撒灰那天，陽光與冷風都同時在場。玲娜帶着夏麗，踩着腳踏小船到湖中心。夏麗的面頰和耳朵給秋風颳麻了，冷冰冰的

沒有感覺。火葬場給玲娜的木盒子，沉沉的壓在她大腿上。她第一次從丈夫身上得到一種說不出的穩重和安全感。

玲娜把盒蓋打開，本想跟骨灰說點甚麼，但找不到合適的話，唯有默默地把丈夫凌亂的殘渣在船邊撒入湖中。她本來希望有個詩意的道別，看着他的骨灰在湖面漾起柔波，一環一環地把她再次擁抱，一環一環地帶走他與生俱來的愛意和無盡的憂鬱。可惜天不做美；一陣疾風把他在人間最後的一口灰粗暴地吹走，未留半點依戀。

他一生人都在痴痴地等，為何到最後一刻要如此無情倉促呢？

玲娜轉過頭來望着夏麗，帶着命令的口氣：「跟爸說再會吧！」

救生衣把夏麗凍僵了的脖子磨擦得有點紅痛。五歲的她，大概知道發生了甚麼事，也大概不知道：「爸爸，拜拜。」

玲娜隨手把空盒拋得老遠。

「媽，我很冷。回去好嗎？」

玲娜哭了。六年來，她第一次流淚。哭一直是他的專利。現在他不在，玲娜可以再哭了。

第二天吃過早餐，把行李放上車後，玲娜拖着女兒到湖邊作最後道別。夏麗一眼便看到爸爸的骨灰盒在蘆葦堆中，大概是晚上被沖上岸的。玲娜把它撿起來，猛力一揮，再扔了出去。「別的不見你那麼眼利！」她毫無道理地怪責女兒。

經過一晚上，風已吹竭。湖面平靜如鏡，蓋上了薄紗似的煙霞，與玲娜本來想像的情景很相似。盒子撞落水面，一聲脆響，嚇得幾隻水鳥從蘆葦間飛起，連聲尖叫，像成功逃出了鬼門關的冤魂，劃破了寂靜的北國晨空。

　　玲娜拖着夏麗的手，大步往車子的方向走去。夏麗給媽媽拉着，邊走邊回頭看。那盒子突然給無情地拋棄，好像覺得有些冤屈和不解，愕然地浮沉着，漾起一圈圈的微波，慢慢奔向岸邊。

照鬼超聲波

「竹毛冷？」玲娜出奇地問：「竹子也可以造毛冷的嗎？」

「可以，怕有幾十年歷史了。」口氣中沒有絲毫不耐煩或者覺得媽媽無知。

媽媽不加思索地又補上一句：「就是顏色比較單調。」

夏麗心想：「我的媽呀，你三分鐘前才說這毛線很漂亮！」但口裡還是慢條斯理地解釋着：「我故意挑中性顏色，男女合穿，彈性較大。」

除了準媽媽夏麗之外，差不多全世界都知道即將面世的寶貝是個男孩，但沒有人夠膽向她透露。玲娜很瞭解和尊重女兒的心意。與自己的孩子初次見面，是人生最珍貴的一刻，不應該把這分驚喜刻意破壞。然而那珍貴的一刻，亦是最令人擔心的一刻。小男孫會活着出來嗎……？

夏麗不許任何人在她面前猜度孩子的性別。醫生們看兩眼超聲幻影便當了自己是神仙，能知過去未來，其實不過白日見鬼。超聲波那東西本來就是照鬼鏡。她懷孕三個多月的時候，帶着緊張好奇的心情和宋煥第一次去照超聲波。誰知螢光屏上出現的小胚胎令她失望，震

驚，傷心，甚至毛骨悚然。

一團灰中帶粉紅的肉瘤，浮沉在屏幕玻璃後面，毫無生氣，像隻泡在河面的爛蘿蔔，又像剝了皮的死老鼠。模糊的頭部，大得不合比例。手腳看上去幼小無力。其中一隻手以太空漫步的姿態擺了幾下，懶洋洋地向大家揮了一揮。

甚麼新生命！這鬼東西很老，老得很！

未打「照鬼鏡」之前，夏麗本來覺得腹中這塊肉無論肉體靈魂都是自己一部分。但浮現眼前的卻是個不慌不忙，在她體內吐呐養神的老幽靈，一隻準備借她的身體搞投胎的野鬼！她看了兩眼便無法看下去。淚水一下子忍不住湧出來。未經過專業訓練，她和宋煥當然看不出死老鼠是男是女。

「夏麗，好消息：看來一切良好。是不是很想知道小寶寶是仔仔還是女女呢？」黃醫生用專業口吻，得意地賣了個關子。

「你不用說！我不想聽！」夏麗重重的一句，把黃醫生的興致硬邦邦地截斷。黃大夫還未反應過來，她便接着發命令：「叫其他人也不要自作聰明，在我面前猜三度四。是男是女，生了出來自有分曉。到時用不着專家幫忙，我自己懂得鑒定。」

黃醫生給夏麗突如其來的連環悶棍打了幾下，默不作聲，像個鬧脾氣的小孩子。他望着表情尷尬的宋煥，示意着：「老兄，老婆是你的？那麼兒，你來應付吧。」

宋煥本來對這最新一代的三維空間超聲波掃描技術很有興趣，想借機跟黃醫生交流一下。現在事態有變，只有把好奇暫且擱置，把老婆的心情平復了再說：「你放心，這點我來保證。」

夏麗聽了老公的保證，才平靜下來。

她一閉上眼睛，腦海頓時充滿了剛才的鬼影。它胸有成竹地向她招手，似乎在取笑外面的人。

老子要來要去，變男變女，你管得了嗎？

夏麗覺得自己只不過是個靈魂回收站，負責把這老幽魂的過去洗擦乾淨，重新組裝，翻新，包裝成一個新生命……

除了天氣預報，夏麗對一般的預測都興趣不大。

不論是星座運程、占卜算命、或者是統計推斷、聲波掃描，不管你當它是科學還是迷信，預測通常只會帶來無謂的不安和焦慮。凡事都有它的時候。時辰未到，只宜安心等待，盲猜瞎算沒好處。這人生態度本來頗有東方哲理，她老公卻偏偏沒有這種修養，甚麼都想預知，想計劃，反而要她這個鬼婆來平衡。

其實人就算偶憑僥倖或小聰明準確預測了未來，最終也不能改變事實。全球暖化就是個好例子。數據多的是，但搞政治拿主意的望着數據，不明所以，胡扯瞎鬧，利用來作秀或談判籌碼，結果甚麼實事也做不出來。最後除了氣候之外，其它通通不變，所有研究推測變成白費，簡直多餘。

夏麗希望那多餘的掃描，沒有影響在她體內成長的小寶貝。她肚裡的生命，跟黃醫生那長短波加混雜聲描出來的翻新遊魂是兩碼事。甚麼解像度，像元單位等一大串似是而非的名詞，用來形容宇宙間最

神聖，最不可思議的一件事，何止荒謬，簡直放屁！

她打算叫她 Sonja ── 宋妮。夏麗不用甚麼鬼掃描也知道她是個女孩。可惜人們都情願相信機械，也不信媽媽的第六感。小宋妮在她肚子裡又暖又安全，翻身抓腳吃手指過日辰。不急，慢慢來，一切順應天時。時辰一到，自然相見，半秒不差。

見面的時辰既然未到，母女暫且分秒不離，合二為一。中國人說的甚麼天地為一，萬物為一，心神合一，都是紙上談兵。有甚麼比媽媽和腹中骨肉的結合更實在，更自然，更徹底呢？雖然這二合一的重量都由她一個人負擔，實在有些吃力。

那麼重，會不會是個男的呢？

但夏麗心裡只有個小女孩，像個娃娃，令她想起自己的童年。自從懷孕後，夏麗對玲娜分外諒解，覺得媽媽的喜怒哀樂，希望和擔憂，突然間都較以往合理。夏麗一向很疼愛媽媽，只不過希望玲娜有些地方能夠改變一下。至於具體方面，怎麼講呢……算啦算啦，不講啦。

想到這裡，夏麗感到一陣溫馨直湧心頭。她抬頭看着玲娜，想起來繞過那巨大咖啡桌，吊着肚子把母親擁抱。剛好這時玲娜揉着肚皮，站起來準備去廁所：「唔，肚子感覺有些古怪。不會是吃錯了甚麼東西吧……」

哎喲！我剛才咒你拉肚子，只不過是無心牢騷，想不到那麼靈驗！真對不起哦媽媽！

BB 小唐

　　一共有來自八個國家的十二位頂尖專家負責照顧夏麗。反正搞婦產科的大夫們平時都閒着。

　　政府搞了本小冊子,長十二頁,除了沒有鳴謝支持單位和贊助商外,咋看好像歌劇場刊。開場白由香港特首和芬蘭領事一唱一和地宣佈即將出生的小生命,將會為全人類帶來友愛、希望、繁榮昌盛等數不盡的好處。接着的詳細工作清單,逐項表明政府已經盡了最大努力,把準備工夫做到最好。假如仍有差錯,乃屬不幸,與當局無關。

　　冊子附有專家們的像片和履歷。專家們個個身穿白袍,頸上吊着聽診器,面上掛着大同小異的專業笑容:鎮定,自信,親切中帶幾分冷漠。領隊黃鐵龍醫生,雖然談不上甚麼國際知名度,但由於土生土長,所以由他掛名領班。首席麻醉師是芬蘭的 Dr. Nelimarkka。還有一大堆來自中國大陸、歐洲和美國(全世界哪裡有人生仔,美國都會要求派員參加監視)的專家,陣容鼎盛。

　　除了醫生,還有數不清的護士和助產士。警察把整個瑪麗醫院婦產科都包圍了。被拒於門外的還有記者和看熱鬧的人群。難怪夏麗透不過氣了。

　　方圓最少一千公里內,夏麗是唯一的孕婦。瑪麗醫院的婦產科,

平日除了偶然來個白撞或思覺失調的病人外，根本無人光顧。政府索性把整棟大樓徵用來給夏麗生產，以示隆重。社會上本來有聲音要把婦產科殺掉，或者吸納到忙得要死，卻一事無成的生育科，以省公帑。但院方和政府一直反對，認為關掉產科在原則和心理上不能接受。夏麗的懷孕，替政府挽回不少面子。

為了接待夏麗，院方首先把中央通風系統重新設計安裝，把婦產科與醫院其它部分隔離。上次婦產科大派用場是三年前的事，主角叫 BB 小唐，出來幾天就死掉了。雖然可惜，但也屬意料中事。過去幾年來，全世界絕大部分的嬰孩都活不到一歲。但香港市民認為應該傷心憤怒的時候，掃興的理論和分析都聽不入耳。

好好的一個 BB，幾天就死掉了。誰來負責？

沒錯！肯定有人要負責！

那，還用説？

有人問：「嗯，會不會是通風系統交叉感染呢？」

大部分人起初都不明白甚麼是交叉感染，但這個推測相對容易理解，交叉感染四個字又好上口，於是很快便被瘋傳，交叉感染就這樣成了事實。

「那就是疏忽！無能！」大家嚷着要找人背黑鍋，以洩心頭之憤。還是院長蘇醫生反應敏捷，有理無理衝上電視台鞠躬，認錯落淚，先發制人，才保住了烏紗和勉強平息了風波。

這次，蘇院長可決心不再做代罪羔羊了。政府也決定全力支持：

寧可掛萬，不能漏一。做多了，花的是納稅人的錢。動作不足，受害的是公務員。利害如此鮮明，唯一的選擇是不惜工本。據說特首親自下了命令：「不要跟我說盡了力！光盡力是不夠的。要過火！越過越好，以方便市民見證。」只要宋家母子能夠活着離開醫院，便算大功告成。回家後各安天命，一切與政府無關了。

說到嬰兒死亡率，也的確夠人心寒。

過去三年來，全球嬰兒死亡率暫時是百分之八十二。一共八百四十四個出生嬰兒當中，只有一百四十七個活過了週歲。還有五個寶貝的父母，正在戰戰兢兢地等待着這個離奇關口的來臨。如果將紀錄拉長一點看，過去十年的死亡率是百分之三十七，也夠恐怖。想當年，在香港出生的嬰兒，一千個裡面最多死兩三個。想不到在過去的五年內，香港只生了兩個，便死掉兩個。用聯合國的報告單位來說，是每一千死一千，百分百。

BB 小唐是最近的一個，活了不足七十小時便死在這設備一流的醫院裡。名醫和老師們都在場，卻也反魂無術。死因是急性肺炎。

又是肺炎？！

生死之謎

　　大概由於心理作用吧，超聲波掃描後，夏麗經常重複做幾個噩夢。在其中一個夢境，她獨自裸體在一片無際平原奔跑，逃避一股冰寒的龍捲白煙。人怎跑得過龍捲風呢？她被追上了。龍捲煙往她體內鑽。她很快被透心寒氣完全佔有，感覺呼吸困難。肉體上的快感，令她加倍慌亂。她無力反抗，也沒有反抗的意志，只有閉目接受，有次竟然尿了床。

　　在另一個怪夢中，她在床上分娩。一個小木乃伊在沒有絲毫感覺下隨着一口灰塵噴了出來，躺在她雙腿之間。小木乃伊無聲無息，動也不動，不知是死是活。周圍站滿了人：醫生、護士、宋煥、玲娜等都在，連她不大認識的外祖母也在。大家望着小孩指手畫腳，頻頻點頭，輕聲交談，但沒有人把他抱起，或轉頭看夏麗一眼。夏麗想坐起來抱小木乃伊，但全身動彈不得。她急得歇斯底里地破聲大喊：「把孩子給我！」一直喊到驚醒，渾身冷汗，淚流滿面。

　　夢境有意思嗎？巫師們說有，大心理學家也說有，宗教家也說有。但這些纏繞她的夢是甚麼意思呢？是生命的預告？死亡的啟示？兩者之間的糾纏？糾纏甚麼呢？

　　夏麗對生死這些大議題一向興趣不大。她明白幾千年來所有哲人聖者都解答不了的宇宙級奧秘，不是一般人工餘時間花幾滴腦汁或上網搜尋可以解破的天機。

　　誰料懷孕以來，她突然一百八十度轉變，不由自主地不停思考生命如何形成，如何結束等等心知沒有答案的問題。開頭主要是好奇心驅使，在網上找有關 BB 小唐和「不育危機」這些變了有切身關係的背景資料。但知得越多，便想得越多；想得越多，更想知道的也就更多，相對明白的也便更少。生與死究竟是勢不兩立的對抗，還是天衣無縫的配合呢？生命的成分，只不過是男精女卵各帶一堆碳氮氫氧磷等化學品的偶然組合嗎？組合那一瞬間，生命同時發生了嗎？還未有的話，甚麼時候才正式啟動呢？她在掃描看見的「腹中塊肉」有生命嗎？夏麗不自覺被引進了「生死」這千古迷宮。

　　這方面，她反而對自己老家的傳統解釋最沒有信心。

　　整部歐洲史，大部分時間被迷信野心家所壟斷。經過千多年的宗教文明，西方對生死這大問題連皮毛也沒有摸好。像美國那麼科學發達的社會，至今還有大半數人相信宇宙是六千多年前由一位蓄鬍子，穿長袍，「不翼而飛」的赤腳上帝花了六天創造的。它老人家某天悶瘋了，大喝一聲：「要有光！」，據說光便乖乖的出現了。但當時宇宙尚未出世，連一粒可反光的分子也沒有，開了燈也同樣是黑森森的一片無明虛空，簡直浪費能源。

　　在無明光下，上帝用灰塵做了兩個人：生命就這樣開始了。亞當夏娃這一男一女要開枝散葉，是否早晚都要亂倫？這些倫理問題就不要多問了，免得尷尬。反正有生命的信眾，千百年來互相廝殺，無非

為了證明誰想像出來的神較真，殺傷力較大。最後，對生命的認識沒有增加，卻製造了不少無謂死亡。

一個很原始的故事，居然偉大地統治了差不多兩千年，還屢次把歐洲的科學胚胎打掉。當然，科學也不一定是好事。經驗證明人知的越多，破壞力越大，自我滅亡越快。但科學起碼有軌跡，可跟着一步步探往無窮的神秘。

西方宗教勢力終於被科學逼退了，代之而起的哲學家靠人不靠神，也好不了多少。脫離了長大黑的宗教陰影後，哲學家借用形而下的科學思維探討形而上的問題，是緣木求魚，狗追尾巴，最明顯的成就是把本來簡單直接的人間事發酵成長氣牽強的邏輯。

中國聖人最實際，搞不通的乾脆不搞。莊子申明聖人對六合之外存而不論。人生苦短，談別的吧！多睿智！宋煥是這態度，夏麗以前也是同一取向，不過現在是非常時期。不嘗試瞭解生死，對不起肚裡的新生命！

研究一番後，夏麗的意外發現是釋迦牟尼對生死最有見地。據說他老人家來地球出差，目的就是要了生死！這聽落莫名其妙的大事因緣，背後還有不少道理。更奇怪的是這位尼泊爾王子的心得理論與現代有限的科學發現並不違背。連她老公，骨子裡絕對唯物的實惠型工程師宋煥，也認同很多佛學的基本概念：「因果當然有啦！整個宇宙由大爆炸一刻開始，每粒分子都隨着因果展開，息息相關，秒秒相連，直到這刻，直至永遠，是不爭的事實。我肚子餓，想下個麵吃，你要不要？」

「我不餓。你吃吧！那麼六道輪迴你又如何看法？」

「輪迴也是客觀事實哦！我未讀過佛經，但我們身體上每個細胞，

每粒電子，最終都會被大自然回收回用。我們有靈魂的話，應該也是同一命運，完全沒有理由相信我們是宇宙中唯一的例外！」

沒錯！夏麗很認同老公的看法。人死了餵蛆蟲，蛆蟲長大變蒼蠅。田雞吃蒼蠅，人再吃田雞，是個充滿因果的生息大循環。這不是輪迴是甚麼？

怪不得人類充滿蛆蟲特性！小小的地球是我們集體狂嚼的屍首。屍身上每樣有機物，每滴原油，每塊煤炭，我們都不放過，要吸光燒淨，耗盡化掉，去氧還原，直至只剩石頭，灰白的骸骨……

「從這角度看」，宋煥一邊煮麵，一邊繼續推測：「人的軀殼不外乎一小堆微不足道的電子核子電磁物，活的時候實質上是條未成熟的屍體而已。」

「那麼這條『生屍』究竟由甚麼驅動，變得暫時會跑會跳會吹牛吃飯拉屎的萬物之靈呢？這生命的本質是否就是靈魂呢？人死後，靈魂又何去何從呢？灰飛煙滅？宇宙中存在徹底灰飛煙滅的東西嗎？」

「哇！老婆！你真的認為我會有答案嗎？」

夏麗恍然大悟地說：「其實所有問題都沒有答案！」

「對呀！一早告訴你啦！」

夏麗非常明白：明知沒有答案，猜測實屬多餘。可恨腦袋不由己，放不下這些沒有答案的疑問。

生命固然神秘，死亡卻除了神秘外，更令人覺得壓迫，無奈，甚至恐怖。

生命可憑直覺接受。一個人活生生的有血有肉，有汗有淚，有屎有尿，假不了。死亡則抽象多了！在生的人都未嘗過死的滋味，大家

只知道它絕不妥協，而且比較公平，人人有分，令一般人怕得要死。

死亡的絕對陰影時刻威脅着脆弱的生命，大家毫無對策。詩人面對死亡只懂長吁短嘆，科學家想研究往生沒有經費，只有專收買靈魂的宗教人士和安排殯儀殮葬的地下工作人員比較實在，知道所有人都會死，是個穩定市場。

有人說：不怕！生前多捐獻給教會，死後可升天堂，歡渡永恆。但天堂這地方，夏麗越想越恐懼。坐在上帝之右，要眨多少眼才渡過幾萬億年呢？過了幾萬億年又如何？永恆才算剛開始，有得坐呢！坐在天主旁邊，不敢放肆，半句怨言冒犯了上帝，可能會被踢下地獄，永不超生，又來一個永恆，另類折磨，反正沒完沒了。

相對之下，因果輪迴的確比較有分寸有比例。業債隨身，大不了努力償還，一生還不盡，來世繼續供。做牛做馬，變豬變狗，其實也可以精彩一生，亦照顧到物種多樣性。

「老婆哦！六道輪迴的概念我雖然也不清楚，但似乎跟你這西洋演繹有些出入哦！」宋煥笑着抗議道。

夏麗沒有理會。她正很認真地思考死亡。所有東西都難免一死……所有東西……所有東西？

但死亡的大前提是生命！未及生，焉能死呢？

對！所以他的孩子無論如何一定要生！為何所有人都偷步擔心她的寶貝活不成呢？她越想越沮喪，傷心，憤怒，迷糊，也很擔心。

這樣胡思亂想，會想出答案嗎？不會！只會想出病來，甚至影響孩子！

「哎……看來這千古謎永遠也不會讓智人這瀕臨絕種的光身猴破

解了。」

「瀕臨絕種？你不是堅決不相信人類瀕臨絕種的嗎？為甚麼突然改變主意，變得如此悲觀？」宋煥不解地問道。

夏麗笑了一笑，笑得有點兒勉強，沒有回答。

BB 小唐那張跟他長度相約，中英對照的死亡證上的死因是：肺炎 —— pneumonia。蓋了章的，有醫生簽字，絕對算數。他一生從未咳嗽，卻死於肺炎。看他臉龐紅潤，眼睛閉上，睡得多香！噓！輕聲點，讓他睡，睡好便會醒過來。

他一直睡了八十三小時。一生人就這樣溜了過去。

醫生說是自發性肺炎。

有人說：「廢話！肺炎哪有自發性的！」

有人附和：「對！我看八成是那老醫院通風系統的交叉感染。」

「交叉感染？甚麼來的？肯定是！」

「那不是人為疏忽嗎？一定要有人負責！」

就這樣鬧了好一陣子。

網上都有詳細記載：審查記錄、公開聆詢、會議紀要、院長屢次道歉，通通都有。BB 小唐的資料夏麗從前沒有留意。現在細心翻看，越看越慌，越混亂，越難過。

甚麼不育危機，嬰兒死亡率等，活像世界末日，簡直危言聳聽！不過香港過去五年生兩個，死兩個，是事實。小唐在這家醫院虛度一生，也是事實。

夏麗差點兒擔心成流產。

　　這一切肯定有原因，只是無法確定。甚麼自發性這，自發性那，交叉感染，不測感染，通通都是廢話。為了肚裡的 **BB**，夏麗知道不應該再研究下去。她決定暫時與外面隔絕，甚至與自己的思想隔絕，只留下假笑敷衍世界。

　　一切都得往好處想，最好甚麼也不想，只顧一二三四地數針數編毛衣。為了孩子，這生死之謎不能再分析，不能再思考，不能再碰。

不育危機

如果不是懷孕，夏麗可能永遠都不會深究「不育危機」到底是甚麼一回事。她和宋煥都在「災難世紀」中成長。自懂看新聞以來，每天都有災難頭條，見怪不怪，漸漸麻木。所以人類不育這問題雖然耳熟能詳，具體的卻說不出來。反正她這一代對生兒育女興趣不大，人類喪失了繁殖能力縱使影響深遠，對個人來說卻沒甚大不了。

但夏麗有孕後，人類不育變了切身問題。到底何謂不育危機？甚麼時候開始的？有何解救？不育比氣候暖化、禽流感、愛滋病都嚴重嗎？比能源和食物危機更麻煩嗎？一大串問題困擾着夏麗。

她不停上網搜尋。

資料多得驚人：成千上萬的論區，你一句我一句，百花齊放，意見多如繁星，可惜都沒有答案。二十多年過去了，人類越生越少，箇中原因仍然是個大謎。

在某些問題上，少許共識是有的。譬如絕大部分人都認為情況會繼續惡化，直至完蛋。這普遍的悲觀，令夏麗有些愕然和沮喪。搞科學的也有些共同看法：他們大致同意，導致絕育的元兇肯定躲在大氣。只有大氣是全人類不分貴賤，莫論東西，每分每秒都共同分享的。可能是一種放射線？也可能是一些古怪的微量化學品，或者游離基之類

吧。於是全球的科學家分頭去找。結果是大豐收，找到了很多疑兇，但疑兇太多，真兇更難現形。大家被泛濫的數據和主張包圍，熱烈爭辯，場面混亂。美國有位大明星趁機出位，穿上太空衣，聲言與大氣決絕。有些模仿的人整天戴上全面罩，當然也於事無補。

不少人都認為集體不育跟現代生活和繁殖習慣有關。

信神的列出了罪行清單，幾乎都歸罪於性行為：打胎、避孕、同性戀、亂搞關係，甚至被成年人遺忘已久的手淫，通通都可能激怒了上帝。他老人家一氣之下，來個諷刺的大懲罰：「你們既然濫殺胚胎，把我親自發明的精蟲沖落馬桶，那以後就別指望再生了！」神職人員提出這方面的論調時都很神氣，帶有勝利口吻，使人覺得人類不育是天大好消息。

沒有宗教信仰的人，也認為人的生活方式是禍根。有環保人士指出：「從二十世紀開始，『直立消費人』在地球為患，瘋狂繁殖，拚命消費，榨取天然資源，把辛辛苦苦挖出來的物質製成隨手扔掉的消費品，根本就是星球害獸。『物料平衡』早晚要算賬！」

把人類視為害獸，有些人不以為然：「胡說八道！每一條人命都是神聖的，獨特的，不容侮辱。以人類的智慧和不撓精神，定可排除萬難！消費是人權，是現代文明。我們應該為此驕傲，而不是妄自菲薄！」大部分人都覺得這類說話比較積極，容易入耳。

夏麗雖然覺得「人命神聖論」有些自大，但「星球害獸論」也實在令人難堪。再者，就算現代人的生活方式真的有問題，又如何解釋一竹竿的全人不育呢？反正眾人忙於強調自己的看法，漸漸忘記了問題重心。

雖然不育之謎沒有答案，人口過剩卻是個公認的大問題。為甚麼國際社會竟然長期坐視不理呢？

她繼續搜尋，找到一些看法。

其中一個意想不到的原因是經濟。經濟？對！過去的世紀經濟掛帥，直接間接主導所有政策。原來人口是繁榮的種子，買了東西轉手扔掉可以刺激消費，推動繁榮，是自由經濟的美態，資本主義的靈魂。人多買得多，扔得快，從經濟角度看是好事。不論這做法是否正確，世界已經全盤依靠經濟發展，騎虎難下。但這經濟老虎周身暗病，動不動便憋氣，嚇得大家要死。最流行的搶救方法是狂印銀紙，拚命寬鬆，刺激消費。這辦法簡單奏效，十試九靈：印刷機一開，經濟又復蘇啦！幾十億消費人又開始蠕動，購物，往地下挖東西了。社會再次欣欣向榮，全靠大家合作，努力消費。這個經濟關係十分奧妙，夏麗百思不解。

另外一個基本因素是集體與個人之間的權力鬥爭。

在很多國家，繁殖是基本自由，滋生是人權，沒有商榷的政治空間。更多餘的人也是選民，萬萬不能得罪。於是一個威脅着人類長遠命運的問題被隱了形，變了不存在。再者，幾十年來國際間要應付的天災人禍令人疲於奔命，把精力都花在處理接踵而來的當前急務。有本事頭痛醫頭，腳痛醫腳，已經很了不起。股市剛被印刷機救醒，「不自然暖化」帶來的自然災害又在搞鬼：昨天旱災，今天水災，退得水來，又鬧瘟疫。瘟疫剛過，蘇醒不久的金融市場又滿嘴泡沫，搖搖晃晃，唯有不由分說，加印銀紙！好不容易才把局面穩定，大家便一窩蜂湧回市場投注，看看誰的眼光獨到，把錢押在下一輪災害中最有機會受惠的公司。

在這難得一刻，歌舞昇平，誰又會提出人口過多這掃興的辣手課題呢？

聯合國最喜歡數據，不管有沒有用，甚麼都統計，是夏麗在網上搜尋的熱門去處。

據統計，世界人口在廿一世紀二十年代初達到最高峰，有八十五億左右。夏麗當時還未上幼兒園。有些專家估計實際數目要再高十到二十億。那麼多人，數不清也很合理。大體來說，八十五跟一百億的區別不大，反正太多。太多？不算吧！另有專家說一百億也不多呢！跟較早前估計的二百五十億峰值還有很大段距離呢！那個年代專家多，都要謀生，都想出位，吸引注意，唯有語不驚人誓不休，放膽狂猜。

擾嚷中，不經不覺來到了 2024 年 —— 好令人困惑的一年。經過多年的持續升勢，2024 年的出生率竟然驟降一半，由每年兩億一下子跌剩一億。宋煥望着夏麗下載的曲線圖，起初也很驚訝：「哇！跌得那麼急，那麼突然，肯定會引起動蕩！」經過粗略一算後，看法又有不同。「一億個嬰孩排隊，可以環繞赤道一圈，還剩一千多萬，實在不算少了！」

這個「反常現象」，大家熱鬧地討論了一陣。

生物學家、醫生、家庭計劃指導、經濟學家、社會學家、政治家、記者、宗教人士、銀行家、搞保險的、革命的、環保的，都對出生率驟降的因由，程度和長遠影響有自己的一套看法。

翌年，出生人數又再減半。一個多世紀來，全球第一次達到人口平衡。出生率就這樣年復一年地下降。

事隔二十年後，宋煥面對急劇下滑的出生人口圖表，估計當時會

引起恐慌，未嘗不合理。但一切資料顯示，當時情況大致如常。一億個小朋友對負擔過重的地球來說，仍然是個不小的擔子。2024那年，五千萬人按常死去後，年底總結時世界還是增添了五千萬人。沒錯，出生率無故減了一半，的確令人不安。不過憂心只在表面。心底裡，不少人暗自鬆了一口氣。目前人口過剩是硬事實，不育則老實說是下一代的問題。試問一群正在與洪水搏鬥的人，又哪來熱情去關心十年後可能會發生的旱災呢？

北美洲局部地區的人民比較愛鬧，借勢狂暴了一輪。但搶劫和祈禱的熱情過後，終歸也得靜下來，專心上班下班，吃飯拉屎。社會上的競爭不僅沒有減退，還有加劇跡象。謀生仍然是每個人的當前急務。

一番吵鬧之後，大家又將注意力放回現實的問題頭上。

有報章社論提醒大家：「越來越少人工作，將來的勞保退休金，會出現結構性問題。」

一言驚醒夢中人！那怎麼好？辛辛苦苦供了一輩子，到頭來甚麼也沒有？開玩笑！絕對不能接受！政府受到壓力，變戲法也得變個解決辦法出來！但今次的戲法不好變，連印銀紙也解決不了。

最終還是基金經理有辦法。據他們解釋：整個公積金系統即將結構失衡，令管理變得十分複雜。要降低風險，唯一辦法是增加管理費。翌年，保險界把管理費加了0.5%，大家便冷靜了下來。

與人類長遠前途有關的重大題目，在世界各大報章的社論和短評間歇出現了好幾年。當沒有甚麼選舉醜聞和大型天災時，這問題總會被挖出來討論一番。不過從資料中，夏麗可以看得出不育危機很快便失去了新聞價值。讀者們愛看的是新聞，重複舊聞沒有市場。

有關不育危機的報告，逐漸被五花百門的生育補藥和產品廣告取代。孕婦裝變成時尚。當時流行橡皮肚兜，形狀和孕婦的大肚一樣，可裝錢包電話和音樂機。有線耳機可從橡皮肚臍穿出。有些男人也馱一個，招搖過市。

孕婦享受的社會優惠越來越多；懷孕不單只光彩，還帶來可觀收入。因為根據市場智慧，只要有足夠經濟誘因，所有問題早晚都可以解決。

夏麗被證實有孕後，即時享有終生產假。香港政府每月發她港幣82,347 的津貼，按年根據物價指數調整。只要孩子還活着，一家人坐飛機火車巴士都免費。還有各樣的福利和私人機構贊助一大堆，數之不盡。唯一的條件是孩子必須活着。否則從死亡證簽發日起第二十五個工作天後，所有公家優惠自動停止。不過政府會負責安排大型喪禮和一切相關費用。

現在是 2048 年。

出生率已經連續下降了二十四年，但全球人口仍然有七十億，平均年齡 63.2 歲。醫藥生產商的生意越做越大。造酒商的股票，二十年來漲了十多倍；全球只有 0.03% 的人不夠歲數進酒吧。大批中年人膝下無孩，退休無期，都喜歡多喝兩杯，麻醉現實。為了捍衛退休金的完整，大部分國家把退休年齡延到七八十歲。反正當時的人均壽命男的九十，女的九十四，多幹幾年也是應該的。

七十億人當中，六十八億是中老年，年輕人是稀有動物。從 2038 到 2048 這十年間，全球只有十八萬四千兩百七十一個嬰孩出生。在二十一世紀初，每十二小時便不止這個數。這還不算，在這一小茬新人當中，百分之三十七活不到一週歲。

死因都是肺炎。老是肺炎。剛抵埠的新生命，小半過不了肺炎這關卡。

成人也多了門路歸西。超級大風，地震海嘯，一年比一年多，一個比一個強勁。自然災害不管你是發展過頭的國家，還是從未有機會發展的國家，一律要吹便吹，要淹便淹，不分貴賤，一視同仁。不少偉大工程，經不起一個超級大風的考驗。本來打算過千秋傳萬世的建設，捱不了幾秒鐘的地殼顛簸。非洲的饑荒越來越狠，連亞洲和美洲較為富庶的產糧區，也會間中鬧糧荒。

假如風沒把你吹走，水未把你淹過，塌下來的山埋你不中，乾涸了的田園也餓你不死，還有細菌殿後。與其它災害相比，瘟疫似乎更有戰略：有攻有守，忽虛忽實。細菌最擅長殺人於措手不及，飽餐一輪後，未等疫苗研究出來，便鳴金收兵，消失於無形。捲土重來之日，已換上了輕易瞞過疫苗的新裝，和一副更兇狠莫測的姿態。

2048 年的人類社會依然繁忙昌盛，一街都是中老年忙於奔命，努力謀生。他們一方面為人口過剩的今天煩惱，一方面為後繼無人的明天憂心。他們意識到人類很可能是下一批給智人趕絕的地球物種，但年紀開始老邁，也無法改變幾十億人集體相處的生活方程式。現在來搞社會大革新已經太遲：既沒有魄力，也不知道從何着手。人類唯有拖着疲乏的腳步，按着原來的老方向，繼續走向自己安排的末日。

分娩

　　玲娜從洗手間回來，看見黃醫生和兩名助產士正在指導夏麗深呼吸。宋煥本來在隔壁房間午睡，給一名興奮的護士叫醒了，鞋也來不及穿，赤着腳站在一旁，六神無主地緊張着。產科專家黃醫生手忙腳亂，似乎從未見過孕婦臨盆。

　　十二個小時後，產房內歡聲雷動。

　　在一片喧鬧聲中，無數雙嫩白能幹的手擁護着宋煥，把肚臍上了夾子的小宋笙放在夏麗胸前。

　　夏麗興奮得滿臉眼淚，不停地說：「真漂亮……真漂亮……」別的甚麼也說不出來。透過淚珠，她看見模糊的媽媽站在床頭，哂着 Nelimarkka 醫生一早偷運進產房的暖香檳，與老鄉交談着。玲娜濕潤的眼光沒有離開過夏麗一刻。她輕輕地跟女兒招手，微笑點頭，驕傲的心情盡在不言中。

　　宋煥鼻子通紅，不停按摩着老婆的肩膊，說着：「夏麗你真勇敢……夏麗你真勇敢……」夫妻倆都突然患了口吃病，說來說去都是重複的同一句。

　　夏麗周圍都是戴着手術帽的人頭。大家欣喜若狂，都在擁抱道賀。有幾個護士更哭不成聲。數月來令她煩厭的一班人，一下子都變得十分

可愛，都是她的至愛親朋。她不知有多久沒有睡過了，但絲毫沒有倦意。

　　新鮮出爐的宋笙伏在她懷裡哭，哭得很起勁。小伙子餓了，但還未掌握到吃奶的本能技術。看樣子他很心急開始他的生命旅程。他肯定能活，夏麗一眼就看得出來。

　　多個月來在心裡陪伴的小女孩，已被夏麗忘記得一乾二淨。一直籠罩着她的死亡陰影，在這歡樂一刻也不見蹤影。終於知難而退，決定放過他們一家？哈！只不過稍歇而已，很快便會回來的。新生與死亡誰是最終的勝利者，大家心裡有數。

催眠曲

「媽媽我睡不着，我害怕。」

「怕甚麼，傻瓜。你看小東東睡得多香！」

「這房子很多怪聲。」

「那是風聲。風在屋子裡轉來轉去，找音符。以前的房子也有的哦。」

「這風跟以前的不同。這風邪，壞！」

「別胡説！風不壞。只有人才會壞！」

「媽媽媽媽！怎麼音樂停啦？」

「我也不知道。可能都上了廁所吧。」

「他們上廁所幹嘛？」

「媽媽不知道，也管不着。別提他們啦好嗎？」

「好，那麼你唱催眠曲哄我睡吧！」

「好，趁他們不在，就一首。你要乖乖的睡哦。」

　　山谷對面

　　吹來陣陣輕風

　　它來自老遠

經過夢幻滄海

穿遍月影銀宮

來到小乖乖的睡夢中

乖乖快快睡

快睡咯小乖乖！

在夢裡，我把你緊緊擁抱

在夢裡，一切可以成真

黎明再來的時候

我們乘着露水

升上天空

飄着，飄着，回到老遠的家

再也不見影蹤……

笙歌・叁

氣功狂想曲

　　馬依力盤腿跏趺而坐，身心兩忘。他頭端正，顎內斂，虛凌挺拔，手結三昧入定，體內氣機徑走奇經八脈，有序而流，丹田暖暖的，空空蕩蕩，眼簾內一片光明，箇中愉悅非語言所能形容。

　　宋笙曾多次問到丹田到底是啥，但馬師傅也無法說清。那位置本應藏些小腸尿囊之類的人雜內臟，久經苦練後，好像被偷空了。他起初對這種感覺難免有些擔心。後來放棄了科學精神，不再用物理學家的思維去鑽研，倒好像似是而非地參透了少許。

　　「氣」為何物就更不好說了，不過「氣」這個字倒蠻有意思。最早的丹經道書都寫作「炁」：大概表示一切能量靜止，屬火的心也淨滅下來，於是无火謂之「炁」。不知怎的，「炁」慢慢變成了「气」。「气」其實是古字。籀文、篆書，都是這個寫法。後來可能由於社會退步，人變得市儈俗氣，萬事必須有米，否則無神無氣，於是加了粒米進去調動積極性，變成了「氣」字。呃，再後來搞個革命，講理想，省筆劃，又再次把米去掉，變回了「气」。不少鍾情繁體字的衛古之士，還以為這是無產階級洩了氣，走了米呢！

　　反正氣和高能粒子一樣，都是幻有幻無的鬼東西。

　　馬依力觀空冥想時其中的一件觀想物竟然是扇鋼門。厚厚的鋼

門，表面堅硬實在，從物理粒子的層面看，卻百分之九十九以上是空間，剩下比較「實在」的原子核，比例有如幾顆葡萄乾各佔了大型宴會廳一角，而葡萄乾之間有十顆八顆比塵埃更細小的電子以光速巡邏。就這樣，忙得很，很簡單，基本上空無一物。把葡萄乾和塵埃再拆細的話，更空得徹底！老佛爺說得對：空，一切皆空。這是物理學，馬依力的老本行。妙！

從物理角度看，鋼門不外幻覺，何況肉身？最了不起的人，本質也是空空如也。但空洞的傢伙，硬闖空門，肯定頭破血流。科學家的解釋是電子飛動帶出巨大能量，所以穿越不過。馬依力心想：那，不就是氣嗎？

反正理解歸理解，很多東西信則有，不信則無。不是嗎？算你有「鐵一般的事實」擺在眼前，你看一個樣，我看又一個樣，他看又另一個樣。大家各持己見爭辯一生，結果各自抱着懷疑和不忿躺進棺材。歸根到底，通通都是主觀幻覺。但要真正做到空空蕩蕩，身心兩忘的幻境，還必須下苦工。馬依力花了十年以上的時間才掌握到箇中奧妙。不過一旦掌握，那實實在在的虛空，又確實妙不可言。

他現在閉目運氣，仰天而呼，好像把宇宙吐吶於胸腹，同時飄蕩其中，遨遊無窮之鄉，無際之境，與天地為一，不分內外人我。

不可思議？馬依力認為打坐冥想，運氣練功，可能跟迷幻藥在腦袋創造另類現實有幾分相似。不同者是練功有益，吃藥則傷身敗命而已。說到底還不是靠點生理反應，製造色空易位？再者，宇宙之大，來源是小得不能再小的天文奇點。那麼得法地運動真氣，調整思覺，把時空壓縮，將自己與宇宙混為一體，又似乎不足為奇。

馬依力這位物理學家的思維，就像那個「氣」字一樣，最初由簡變繁，又再由繁變簡，返璞歸真，復通為一。最重要的是，氣脈通了有很實惠的好處。通則不痛，痛則不通。都通了，在沒有止痛藥的年代，是袪患良方！

他也曾經懷疑過，「氣」這東西就是他曾幾何時努力尋找的「終極分子」。終極一詞其實非同小可，不應輕率濫用。稱得上終極，便不可再分，不能再小，是簡無可簡的原始狀態，甚麼質、量、磁場、氣味、轉向、體積、電荷，一概消失，否則便可以再分，可再分就談不上終極啦！所以終極分子其實是抽象概念，連名字也不應該有。因為甚麼特色也沒有了，憑甚麼來起個恰當的名字呢？道可道，非常道；名可名，非常名！從現代科學角度看，哎呀，老子有道理！

氣就是這樣：然於然，無處不在。由浩然之氣凝聚而成的萬物，無非暫時現象，猶如淤血，早晚必散，回復純真，盡歸於無。難怪宇宙中可見的事物和現象一律不穩定，沒有長久持續的可能性。老佛爺一句「無常」道盡了！

對馬依力這物理學家、道士、哲學家、太極和氣功高手，間中迷信的無神論主義者來說，「氣」即是終極分子這個想法，起初越想越合理。但多年來想多了，又越想越多問題。問題想多了，又好像都根本不是問題。

最後，算啦！不想啦！悟啦！

反正想對了又如何？

錯了，那又如何？

待盡

　　姑勿論氣為何物，馬依力的真氣最近似乎有些凝滯；早上打坐運功越來越長，否則神氣不十足。他心想，這樣下去早晚要一年閉關 365 天，每天入定 24 小時，與死人無異。

　　以六十九高齡來說，老馬的健康其實好得不能再好了，身體像個三十來歲的中年人。但最近開始覺得體內有種說不出摸不着的不對勁，在等機會找麻煩。可能是他對自己的每條筋肉，每口呼吸，過分着意，造成神經過敏吧。但幾十年的修煉習慣改不了，也沒有想過要改。他的師傅史葛太太經常教他要聆聽自己的身體，要對它尊重，關心，留神，「靈與肉」才會合作愉快，將來才有機會好好分手。

　　史葛老師傅也說過：假如身心修為到家，打通了奇經八脈，長生不老並不出奇。

　　「《聖經》裡一大堆人活到幾百歲，還娶妻立妾，生兒育女，你看會不會都是氣功大師呢？」年輕的小馬調皮地問。

　　老師傅回答道：「雖然《聖經》跟《封神榜》的可信程度相約，但上古的人沒有現代人分心散神。他們的功力和道行，我們很難想像。其實剛出生的嬰兒，任督二脈是通的，所以生存和自然復原能力極強，可與野獸相比。可惜在長大過程中，萬物之靈吃不純淨，坐不端正，心多

妄念，滿腦歪思，導致經脈漸塞，人未亡而氣先散，還很自以為是呢！」

小馬問：「那麼老子活了多久呢？」

「誰知呢？中國古代有道之人都是隱士，來去飄忽，充滿神秘。他可能還活着呢！」

馬依力想，老子還活着？不會吧！但直覺告訴他史葛師傅可能尚在人間。當他打通了任督二脈那年，他們還有聯絡，他發了個電郵告訴她。她的回郵很簡短：「我早知你會過這一關的，是天分，也是緣。現在先忘掉一切，好好地活吧。」

對，先忘掉一切，才能好好地活。那我最近在囉唆自己些甚麼呢？難道修煉一生，到現在才貪生怕死？

老馬心知自己並非怕死。死，就是重歸大道，沒有甚麼好怕的。但通往死亡關的路上陷阱重重，有條深灰色的夾縫，比生和死更深沉冷酷。人越老，這深灰地帶顯得越寬，越深，越恐怖，一不留神便會掉進去，求生不得，求死不能……

顛倒夢想！這還不是顛倒夢想？！
來！打坐，遠離顛倒臆想！把它空掉！

過不了幾天，那臆想又潛回腦袋，散播妖言：哎，老馬，別自己騙自己啦，人老了，算你經脈盡通，也比不上年輕人的復原能力。一切順利當然好，一旦發生甚麼意外，沒有醫療，隨時小事變大。摔一跤

分分鐘要你終身躺下，眼巴巴流口水。再不然來顆爛牙又如何？痛得你入心入肺，忍不住要拿條鉗子，沒有麻醉，對着鏡子把它連神經線拔掉。看！鏡中人滿口鮮血，下巴腫得像隻河馬，還在流眼淚呢！哈！要命吧？

一向隨遇而安的馬依力，開始體會到宋煥七年前出走的心情。當年「已經七十二啦！」的宋老頭，今天看來，就「只不過七十二！」時間過得真快。

説到底都是宋笙老爹的神經病，連累馬依力也染上了杞人憂天症。

宋老頭七十歲那年，吃飽飯沒事做，把他自創的「壽命指標」按當時情況重新複算。左算右算一番後，才把最新答案向老馬宣佈：「我們這群『死剩種』的標準壽命，原來已經跌到七十左右。夠鐘啦！」他指着自己的鼻子説。馬依力回了句：「阿彌陀佛！大吉利是！」但看得出宋煥興高采烈的表情背後，隱約有陣哀愁。

宋煥是個不折不扣的工程師，甚麼東西都要推算。當大家興高采烈地猜度人類不育這新鮮危機的原因的時候，他已經用電子表格這簡單手段一點一格地預測將來。一大盒打印出來的結果，擺放在書房一角，等待着時間考驗。

未來，年復一年地變成了過去。現實和他的預測，在細節上雖然頗有出入，大體來説卻出奇地吻合。宋煥的紙上未來，也反映了他心存的一點希望：假如人類再育的話，他的公式可以讓社會隨時再生，慢慢復蘇。但隨着人越來越少，越來越老，這機會已經變得萬分渺茫。

根據他的估算，世界人口到 2085 年會降到一億以下。他認為這是

臨界線。往前再推，由於人口不足，現代社會會基本解體。這階段的香港人口大概十萬。結果社會瓦解比他預期早了足足十年。可能他估計的臨界線有偏差，也可能群體結構沒有他想像扎實，人口下降的速度也比他預計的快。宋老頭自我檢討時，發覺當初也低估了瘟疫、饑荒和其它天災的一次性毀滅力度。加上停電比他估計早，而現代人的生命力相當依賴電力；電一停，死亡率便急升。

沒有了能源供應，細小的世界再次變得大不可及。小撮小撮的人被走不過的路程和游不過的海水相隔，漸漸回復原始生活。遠古人類的慾望很單純：只要能吃飽肚子，睡好一覺，睡眠中沒有被其他生物吃掉，便算成功地活過了一天，多爭取了生兒育女的機會。文明過後的原始人，要面對的毒蛇猛獸不多，卻要對付懷緬往昔的心魔糾纏。再者，失去了兒女這股強大的原始動力，也大大削弱人的掙扎本能。

宋煥把宋笙從小訓練身心，以應付文明過後的洪荒世界：「記着：不要多想，只管活着。只有適者才能生存，只有生存才有明天，只有明天才有希望。」

經修訂的人均壽命對宋煥有啟發，也有衝擊。他決定對兒子做心理工作：「笙，沒有藥物和醫療，你不可能勉強照顧我，否則只會互相拖累。你爸早晚會像大象一樣，老死前自動消失，安靜地去，保持尊嚴。」

「爸，你說到甚麼地方去啦！」宋笙被父親生離死別的感嘆弄得一頭霧水。「難道你老了我不服侍你？」

「你當然會。不過在現在這情況下，我們一定要理性。記得適者生

存嗎？人早晚都要去。我不用躺在醫院，一身插滿喉管，屁股包塊熱烘烘的濕尿布等死，已經很感恩了。自己一個人終老是好事，沒有甚麼好傷心的。」

自此，宋煥一有機會便對兒子說教：「想想看：假如我中了風，或者摔斷了腿，再不來個嚴重糖尿，你能怎樣看護我？」宋笙並非不明白爸爸的擔憂，不過人生本來就充滿危機，能擔心多少？況且床上倒頭一睡，自此長眠的利落例子多的是，又何必杞人憂天呢？

做父親的並沒有放棄，一有空便洗兒子的腦：「我知道你孝順，但這個年代，理智重於一切，包括孝心。」

「我有你這樣的爸爸，肯定天生理智過人，你少擔心吧！」

「你再想清楚，假如我長期臥床，你每天得餵我吃飯，幫我梳洗，清潔大小二便。我拉了床你還得打理……」

「我小時候你跟媽不也替我擦屁股嗎？也得給個機會我反擦哦！」

「唉，小孩子的屁股對父母來說是香的。況且一轉眼你便自己會擦了，你媽還不願意停呢……」宋煥頓了頓，吞了口水，才繼續說下去，聲音多了點沙啞：「老人家的屁股需要擦多少年，誰也說不準。」

宋笙撇着嘴，沒有作聲。

「還有」宋煥搗着鼻子，希望逗宋笙笑：「老頭子的屎特別臭。」

宋笙沒有笑。

「笙，我們要理性面對現實，否則有一天你會暗中希望我快些死。到時你的心會傷得很透，甚至痛上一輩子。何苦呢？」

宋笙撇着嘴，沒有作聲。

宋笙慢慢習慣了爸爸灰暗的臨終演習，也十分理解父親的理性擔

憂。不過理解歸理解⋯⋯

兩年後某天，宋笙和老馬去淺水灣探望馬依力的老婆，住了兩天。回來時發覺宋煥出走了，只留下了一張字條。宋笙看完後也失了蹤。整條羅便臣道頓時靜得可怕。

過了足足一星期，宋笙突然回家，出奇地神采飛揚。老馬問他到哪去找老爸了？他回答說沒有找，只是想一個人單獨思考，想不到交了個女友。跟着他補充了一句：「爸爸沒錯，他這樣做很對。」馬依力以為他受了刺激，語無倫次，但不久瑞涯便出現了。

宋笙經常會提起父母，但從不猜測爸爸的去向。老馬也識趣，不作無謂推測。這件事就此成為過去，大家都不再提了。

老宋煥還在生嗎？他出走實在不無道理，不過⋯⋯

「想到哪去啦！」馬依力打斷了自己的胡思亂想。

天地與我同生，萬物與我為一，生死何別之有？多年來，他除了靠修為冥想觀天地奧秘，亦從科學角度參悟生死，引證虛無。他的結論是人有不滅精神，死後從臭皮囊解脫出來，有如刑滿出獄，是終身大好事。

沒錯沒錯，的確如是！但他目前憂的不是死，而是死不去，半天吊！都是那宋老頭不好，在老馬的潛意識埋下了憂慮種子，現在發芽了，怎辦？難道一世修為就這樣敗於一朝？他從未料到「老而不死」這般無聊的通俗問題，竟然會臨老發難，打他個措手不及，令他有幾分尷尬和迷茫。

罷了罷了！老馬提醒自己，神仙也有心情高低的時候，何況末世

凡夫？這幾天情緒比較低落，過兩天便好了，還是不要囉嗦自己吧。反正暫時仍可練氣化神，理它是真是假，是終極分子還是神經錯亂，效果還算可以，袪不了百病也可暫時止痛，養住精神。

　　順着生命走，下步自然到。還是當下安心，不亡以待盡吧⋯⋯

科學道人

宋笙背靠石牆，盤膝而坐，居高臨下看着馬師傅在空中花園靜坐。老馬身旁的新鮮豆角，引得他肚子咕咕作響。上午的刺激遭遇，早把早餐消化掉了。

看樣子老馬仍然魂在太虛，不知何時返地球。也好，宋笙滿腦子都是那老頭的恐怖模樣，可以趁機平復心情。

半山雖然沒有濃霧，空氣卻依然濕悶。水分隱藏在大氣中，熏着頭髮，黏着皮膚，一進肺便沉沉的不願出來。比起早上的山頂，氣溫要高出了幾度，有點兒像六月天了。

老馬的空中花園，本來是橫跨半山區羅便臣道的行人天橋。由於連接行人電梯，所以橋面特別寬大，用以緩衝繁忙時段的人流。當年甚麼都要互比一番：最長的橋、最高的大廈、最深的陷阱、最大的圈套。香港這電梯系統，據說全世界最長。每天早上，喀咚喀咚地運送大批住在中半山的中年中產到中環上班。晚上，電梯又喀咚喀咚地倒向滾他們回家吃飯看電視，刷牙睡覺。老馬十年前把它改建為小農園和半露天居所。

那麼多豪宅不住，偏要露宿？一街都是土地，卻在高架橋上種菜？就是！不過馬依力這選擇其實經過認真考慮，並非純粹怪癖。

街道上雖然積聚了幾十公分厚的泥土，但沙分太高，不宜種植。再者，下水道堵的堵，陷的陷了。每逢大雨，整條街會變成小河。在路面種植會經常被沖走。

天橋上寬敞開揚，算得上冬暖夏涼。橋後有石牆靠山，兩旁有高樓屏風，既可阻擋北風，亦可抵禦雷暴。在悶熱難熬，滴風不起的晚上，更不時有幾絲涓涓海風，順着電梯在山下「石屎森林」刮開的通道湧上半山來，勝過雪中送碳。

有蓋高架橋還有其它優點。香港的氣候，多年前已經由亞熱帶變為熱帶，每天下午總會下一陣大雨。宋煥在出走前，幫老馬把上蓋的去水渠改裝為一個簡單實用的雨水收集系統，大大減輕了挑水灌溉的需求。

老馬把雞養在緊貼東邊的豪宅內，方便打理，狡猾的野狗也無從下手。

老馬除了是宋笙的太極師傅、叔伯父老、哲學老師、「老友記」和鄰居外，更兼任蔬菜鮮雞生產主管和洋酒監督，是他們這撮殘餘分子的核心人物。

看着他氣定神閒打坐練功，宋笙的心情平復了不少。不過他知道馬師傅雖然入定時像尊活佛，卻沒有一般的菩薩心腸，令他不禁擔心師傅對自己今早的「慈悲」行為會如何判決。馬師傅說過最顧忌滿口仁愛的人：「道法本自然。而一般人的所謂慈悲都很表面，甚至造作，往往缺乏邏輯。看見老鷹擒白兔，便可憐小白兔，自我欣賞愛護小動物的菩薩心腸。老鷹沒有獵獲，餓死了，他又灑同情之淚。根本是兩頭蛇！」

宋笙覺得師傅似乎很有道理，亦似乎充滿歪理，於是嬉皮笑臉地請教：「敢問師傅，人與人之間的慈悲又怎麼個看法呢？」

「笙仔，在你長大的世界，人人被迫活在當下，安分等死，反而比較單純實在。我年輕時的世界荒誕無恥，卻聖人泛濫。他們一邊滿嘴公義人權，一邊姦淫擄掠，濫殺無辜。莊子說得好！『聖人不死大盜不止』。真的如是。很有智慧。」

「依你的看法，慈悲通通都是虛偽的啦？」

「呃，我從未如此說過！我只是認為慈悲應該發自心性，不可着意，更不應捧着自己血淋淋的善心遊街示眾，自我吹噓。我們這些末世凡夫，對不同的人和事都會產生不同的情感反應，反應程度視乎業力和緣分。這跟聰明愚笨，高矮肥瘦等，同屬與生俱來的自然現象，沒有甚麼值得誇耀的。真摯合理的善意善行，會令內心坦然自在，是大福分。但這種自在屬於個人體驗；就好比拉屎，雖然對身體有好處，也挺舒服，卻不宜打鑼打鼓邀人欣賞，更不應該強逼別人跟你一起拉。」

宋笙現在想起老馬這番話，覺得滑稽之餘有幾分擔心。他並無意打鑼打鼓請馬師傅看他拉屎，只不過很渴望老馬能夠替他的良心辯護，說兩句令他安心的好話，或簡單客觀地裁定他今早處置那老頭的手法就算說不上慈悲，也不算虛偽，更不是罪過。

宋笙的師傅是個科學道人，認為宇宙萬物不外乎陰陽平衡，相生相剋，黑中必然有白，白裡肯定有黑，所以出世不忘吃飯，入世不着痕跡。但他最近似乎有些心事，偶爾還會流露前所未見的老態。宋笙倒覺得師傅脆弱的一面比遠離人間的一面更近人情，比較可愛。

宋笙跟馬師傅除了是忘年老友，也是師徒。宋笙的運動根基好，

太極學得很快，很到家，但氣功老不上手，對氣機這回事半信半疑。某天練功完畢，宋笙帶着想放棄的口吻問老師：「師傅，氣機這東西，會不會是你老人家心理作用的幻覺呢？為甚麼我老感受不到呢？」

馬師傅答道：「肯定是心理作用。」

「那麼不是真的啦！」

「萬法唯心，一切都是心理作用。你和我都是心理作用合成，有甚麼真與不真？」

「哎呀，師傅，你不要取巧弄玄啦！你明白我的意思就指點一下，盡盡老師的責任吧！」

馬依力一邊笑，一邊用小手指挖耳朵，沒有回答。

「那感覺究竟如何呀師傅？」宋笙追問下去。

「癢，癢得要死！」

「哎，我是指氣機，不是你的耳朵呀！」

「小宋吾徒」，老馬一本正經地說：「如果我從未嚐過酒，你能否把波爾多紅酒的味道用語言形容給我聽，解我大惑呢？」

宋笙一手拍額頭，兩眼朝天，嚷道：「哎呀我的媽！哎呀我的媽！」師徒倆同聲大笑。

宋笙雖然習慣了馬依力神神化化，似是而非的理論，但知道可能的話，師傅一定會盡心相授。無奈有些經驗真的不能言喻，非要親身感悟不可。馬依力本人便窮了一生精力，不顧事業名利，潛心學習修煉。他常說：「光靠看書思考，不切身修煉求證，永遠不會成就。長期望梅止渴的人，早晚只有渴死。」

「師傅，你算不算是個有道之人呢？」

「哎呀，你這問題問得太不恰當了！當我完全不去想的時候，可能天曉得地有些開悟。但刻意一想便肯定不是了。」

「哎呀我的媽！又來啦。」師徒倆又莫名其妙地大笑了一餐。

得道與否，馬依力卻真的很能夠跟隨命運闖蕩，走便走，留便留，絕不婆媽，也不埋怨。他的人生道理很簡單：人生如是！莊子說的然於然，不然於不然！

他銀白色的平頭裝，參差不齊，是宋笙的傑作。他現在入了定，閉上眼睛，的確與世無爭。不過間中受了甚麼刺激的時候，雙眼一睜，目光仍然隱現霸氣。緊密的邏輯，飛揚的本性，又會蠢蠢欲現，挑戰多年來的修養。

陰陽對照，剛柔並重，老馬這個面相本來頗有深度，也算得上體面有型。可惜由於一時的人為錯誤，現在豬膽鼻梁上架着了一副令人啼笑皆非的眼鏡。

深度近視的老馬，去年不小心把眼鏡掉了下橋，摔破了。那本來並不打緊，那麼多眼鏡店，怕找不到一副合適的替換？有是有，多得是：一塊塊圓圓的，有塑膠，有玻璃，不同光度，一應俱全，都預早在工場精確打磨好，封套上有明確標籤。但要把鏡片切成形狀，安裝到鏡框上，問題便大了。本來預計幾個小時的工夫，變了一整天又一整天的掙扎。轉眼間，差不多一個星期過了去，老馬的眼睛仍然處於半盲狀態，心情也越來越差。宋笙跟尊信兩位好兄弟也越幫越忙，越忙越慌。老馬模糊地看着一塊塊的上乘鏡片毀在他們幾個笨手笨腳的人手中，心裡着急。

唉，那麼容易的事，怎麼會弄到這個地步呢？

他媽的！算啦！

他終於屈服，把兩塊光度合適的鏡片，用萬能膠黏在一個大鏡框的外面。這副經過千辛萬苦才妥協完工的眼鏡，架在他巨大的鼻梁上，像隻駱駝馱着兩塊碟形天線，有意想不到的現代感，也有點另類大漠風情，但也算是毀了容。

馬師傅第一次戴着新眼鏡亮相，大家都忍着不發笑。尊信本着好心安慰了一句：「唔，還可以呀！」老馬瞥了他一眼，尊信還不識趣，繼續做好心：「現在你回復了視力，大家沒有了焦急的壓力，何不慢慢再搞幾副像個樣的來替換？」

誰料老馬冷冷地回了一句：「這副不像樣嗎？我做人不似你，從來不搞後備。」

「唔唔唔，不搞就不搞啦，算我多口吧！」

常道磨練磨練，想不到馬師傅這樣一磨，那苦心修煉的無為境界竟然給折磨了一半！在這個新蠻荒時代，丟了眼鏡原來是一件頗為煩惱的大事。

一年前發生的眼鏡事故，現在想起來仍然令宋笙微笑。他開始覺得比較輕鬆自在，不再左搖右擺。肚子咕咕作響，胃口又來了。他吞了口水充飢，再嘗試閉目靜坐。

一閉上眼睛，那老頭的影像又在腦海浮現。

他不透光的眼珠，在死亡陰影中痴痴地凝視着外面的世界。他不願放棄，押上了最後的半絲氣息在哀求。他的呼吸，散發着嘔心的臭味。沉重的身體上有層厚厚的泥垢，被濕氣軟化了，粘粘濕濕的，在宋笙的指間游移⋯⋯

牛津太極

　　馬依力於 2022 年 12 月 15 號在香港出生。客觀來說，他的來臨絲毫不值得大驚小怪。人類當時的繁殖能力正處巔峰，同一天就有六十多萬個小朋友在全球各地出生；正所謂多一個不多，少一個不少。他們和小馬同屬一個生肖和星座，各自等待不同命運的擺佈。

　　話雖如此，馬依力的父母仍然隆重其事。爸爸馬勇甚至破例不上班，親身到醫院旁觀老婆作動。可惜生孩子這事情很難說得準：哎呀哎呀的，一個又一個小時過了去，只聽老婆叫，不見人出來，把他快急死了。他不停地打電話，耳朵又紅又熱，關心着一單重大買賣：「小張，你聽着：我不肯定要在這呆多久，反正你一有消息就打電話給我。對！這裡的鬼規矩很多，如果手機關了你便先發短訊。沒錯沒錯！我要第一時間知道。好！別忘啦！」

　　他老婆站了起來，扶着床邊深呼吸。趁老公剛打完一個電話，便按着腰部，一邊呻吟，一邊關心起來：「怎麼啦？搞定了嗎？一早就不應該聽你那姑姑胡說八道，說擇日剖腹會影響孩子的自然業力。現在全公司的命運也給影響了。哎呀！真要命呀老公！」

　　馬勇一邊埋頭發短訊，一邊說：「老婆呀！公司的事你現在不要管啦。趕快專心生仔吧！」

馬勇是「福龍地產」的創辦人暨終生執行主席 ── 這也是他名片上的職務。他老婆高紫蒼是總經理。她是北方人。來香港後，根據本土的殖民地遺風，英文名字名先行，姓跟尾。可惜她鮮豔高雅的名字，一經倒置，再與港式拼音和粵語發音碰撞，變了「痔瘡膏」。發覺之後，她唯有一不做，二不休，深化隨俗，加了個英文名字 Janice。馬勇和 Janice 在談判桌上一見鍾情。到現在雖然結婚多年，只要談到有關地產買賣，仍然會乾柴烈火地爆發火花。

福龍地產在香港上市，全盛時期市盈率 121。公司的主要資產包括六十八家分店的傢具，大批古董電腦和影印機之類。其它主要是無形資產，生財概念，和很多電話。

電話是主要的營業工具，絕不能缺。

先生你好！我是福龍地產的代表……
太太喔，上午好！我姓陳喔，福龍地產打來的喔……

很多人認為電話推銷討厭，馬勇卻不以為然：「這些人懂個屁！現代人重量不重質，這是全球人民共同打造的客觀事實，有充分的民主基礎，不容否定。我們要努力打電話，越多越好，打一百個碰到一個傻瓜歸本，兩個有利，三個發財！其餘九十多個不滿意是他們的問題，與本公司無關。」

馬依力的家庭不但富裕，亦算得上溫馨。父母當他如珠如寶，只是對發揮父母愛的信心不足。所有關乎依力的問題都要先尋求專家意見，或者引證他人經驗才安心。父母親的不肯定，倒讓馬依力順其自

然地成長了。

可能是隔代遺傳，也可能是品種變異，小馬的天性一點也不像父母，但外表總是乖乖的很聽話，所以父母除了覺得他對宗教的好奇和電子遊戲的冷感比較古怪外，並沒有察覺到兒子另類的內心世界。

馬勇跟 Janice 的社交朋友都把孩子送出國讀書，而父母越本事，送到的學校學費越貴。所以依力十六歲那年，也被送到倫敦一家出名昂貴的私立學府去完成高中。

兩年後，他考上了牛津，準備唸物理。媽媽開頭覺得物理學不賺錢，有所保留。但爸爸說牛津是名校，考上了是體面，應該大肆慶祝，媽媽才全情投入地高興起來，開了個酒會，請了一大堆親朋戚友見證他們的驕傲。宴會高潮是大屏幕視像電話，讓大家親睹兒子的牛津風采。誰知依力頭髮蓬鬆，穿着睡衣出場。來賓們不肯定這是否時下外國知識分子的最前衛打扮，都若無其事，以免露底。

馬依力要搬到牛津，首要事情是找房子。

他正在看一間由地窖改裝的小單元，離大學不遠，靠近一個荒棄了的老墳場。室內只有一扇小窗，像舊式劇院賣票房的窗洞，掛在天花之下，底部高出外面花園的地面只有半米。窗是固定的，不能開關。零散的微弱光線，勉強把地下室濃密的黑森森稀釋成柔和的暗淡。地窖窩藏着一股濕氣，似乎跟房子一樣，已經有好幾百年歷史了。小窗下擺放了一張僅僅可以容納小馬的小床。

他卻頓時被這陰森獨特的氣氛吸引住了，站在房中央連轉了幾圈。

離頭頂不足十公分的老木橫樑在招引他的頭髮。靜電作怪？鬼摸

頭？想到英國著名的鬼屋，小馬突然渾身起了雞皮疙瘩，眼前的房間頓時增添了幾分神秘。

由於地方窄小，房東老太太瑪俐史葛站在門口看他轉了一圈又一圈後，終於忍不住開口：「有點特色吧？」

「那肯定！整個星期也沒有見過這樣特別的房間。」

假如馬媽媽在場，可能會被活生生氣死。世上哪有這樣不懂得擺姿態討價還價的傻瓜呢？還是準牛津生，她高紫蒼和馬勇的親生兒子！能不氣？

連房東太太也主動說句壞話平衡一下：「就是光線不很夠。樓底對你來說也矮了一點。」

「暗淡的光線可以幫助放鬆精神，培養思潮。樓底夠高就好，多了也是浪費。」年輕人喜歡了一樣東西，都不希望聽它的不好。小馬在房東面前替小房子辯護起來。

他又再轉了一圈：小廁所像個衣櫃，旁邊的洗手盆只有一本字典那麼大，像玩具。使用時肯定很不方便。

呃，一點點不方便也適應不了，還算甚麼男人？

否定了房東太太的負面意見之後，小馬繼續自言自語向自己落嘴頭：「外面還有個迷人的小花園呢！」

史葛老太太連忙鄭重聲明：「差點兒忘了，我每天大清早在外面打太極，晚上八九點在樓上靜坐。這段時間內我需要清靜，所有會發聲的東西最好都關掉，不知你能否接受。」語氣中明顯帶了句盡在不言

中的:「不能接受就免問了!」

蘇格蘭老太婆打太極?還是個懂得靜坐練功的高人老外?新鮮!有趣!他傻笑了一笑,然後很認真地回答:「史葛太太,我沒有電視,偶然會用耳機在電腦聽音樂,頂多不過半個小時。」

「真的嗎?那太難得了!」

一老一少之間的距離突然減掉了一半。

但年輕的小馬,覺得有必要再賣弄點甚麼來表現成熟,於是用他剛從貴族學校學來的私校口音,夾雜了廣東風味,一副高傲持重的模樣,吊着嗓子説:「練太極要有恆心,對老人家有好處。」

「你也打嗎?」老太太順口問句。

「中國人除了生孩子,最拿手就是太極啦!嘻嘻!」小馬一出口就知道不恰當,也不風趣,可惜聲音發了出去收不回來。在私校兩年,他學會了英國人很着意的幽默感,停不了的趣話隨口而出,成了習慣,也變得重量不重質。

史葛太太微笑了一下。

小馬尷尬之餘,不知如何是好,便急忙把話題胡亂一轉,問道:「這裡有鬼嗎?」

誰不知老太太很嚴肅地告訴他:「有!都是些友善的老孤魂。你只要心懷尊敬,他們不會搞鬼的。」

老太太出奇的答案,令小馬更加反應不過來。他呆了一呆,無目的地再看了周圍一遍,然後傻乎乎地説:「既然這樣,就租給我吧,好嗎?」

小馬後來才知道八十四歲的瑪俐史葛老太太在中國住了四十年,

是國際有名的太極和氣功大師。

她在 1990 年辭退了幼兒園教務，跟隨做投資銀行的丈夫到上海履職。他年輕英俊，事業成功，是業餘長跑健將，也是虔誠的基督徒。雖然資歷不深，銀行卻以優厚條件把他調派上海，負責這個重要的新興市場。他意想不到之餘，對上帝及自己的信念亦因此劇增。

也許是受到新環境刺激的緣故吧，移居上海後不久，瑪俐的人生觀好像受到衝擊，被連根拔起。很多從前理所當然的看法，一下子都變得不肯定。她第一次嘗試以「局外人」的眼光看自己和老公，驚覺夫妻間幾乎完全沒有共同點。他的人生很單純直接，充滿信仰：他熱愛投資、宗教和民主。他相信基督教的價值觀可以重振大英帝國。她以前覺得他這股傻勁挺可愛，現在卻覺得他有點盲目迷信，膚淺單一。從客觀的距離看自己的丈夫，她覺得很尷尬，甚至討厭。

感情無故劇變，有如晴天霹靂，瑪俐實在無法解釋。連當年「一見鍾情」的浪漫史，也開始變得模糊。

他們認識了三個月便決定結婚，在倫敦時尚的諾丁丘陵區找了個小房子雙宿雙憩。三年來雖然沒有魚水之歡那麼肉緊，也算得上平淡幸福。各有各工作，各有各忙碌，各有各的空間。那段日子，在回憶中好像斷了片，只有一片空白。但她肯定空白背後曾經有過溫馨，只是回憶難尋。

男女間的事情有時就是這樣。緣分尚在的話，無需山盟海誓也會地老天荒。一旦緣分了盡，情海會無風起巨浪，翻雲覆雨。在烏天黑地中，一切都看不順眼，難以忍受，勉強下去只會製造煩惱，傷害感情。

到上海十四個月後，他們便友好地分手，朝相反方向各奔前程。

瑪俐回首這段婚姻，像是一段多餘的繞道。不過沒有這小插曲，她又怎會千里迢迢跑到一個陌生的世界，開始另一段歷程呢？大概都是注定的吧。

接着下來的四十年，她因緣巧合地跟了好幾位太極名師學習。她在這方面的天分和興趣，自己也意想不到。後來還成為唯一的外國女性被解放軍聘任為榮譽武術顧問。

七十二歲那年，她應英國太極學會之邀回老家當半退休會長，一當便是三年。可能由於她的名氣，也可能是時間吻合，學會在三年中壯大了一倍，還在曼城舉辦了歷來最大的歐洲太極會議。她也當了《歐洲氣功》雜誌總編的榮譽顧問。

小馬在地下室轉飽後，跟隨老太太到樓上簽了份簡單的租約。瑪俐史葛順便給他看幾張當年在香港拍的老照片。第一張在山頂，她看來四十出頭，身穿牛仔褲 T 恤，上面印有「和諧」兩個中文大字。蓬鬆的短金髮上插了副古老墨鏡。她並不漂亮，卻有一分魅力，足以從發黃的照片中透射出來。她皺着眉頭，明顯不耐煩身旁的大群遊客。

第二張是與香港特首和太極總會會長在一個剪彩儀式上拍的。特首比她矮一個頭，皮笑肉不笑地咧開上唇，露出上排牙齒。

最後一張是她在電視台接受訪問時拍的。她指着主持人問小馬：「你認識他嗎？聽說在香港很出名的。」小馬看了看，回答道：「不認識。那時候我還在做老太爺呢！」

哎呀！停不了的風趣又來啦！

但這次真的逗得史葛太太笑了：「沒錯沒錯，年輕人！」

不過短短的一個小時，小馬已經被老太婆的風采攝住了。她不造作的真誠，像把鋒利刀片，將他兩年來努力學習的勢利面具割破。她一把年紀，精神卻未被時間侵蝕。相反地，時間似乎一直在培養她的能量。這分陌生的力量，搖動了小馬那分年輕人才有的絕對自信。他好像一個在黑暗中長大的人，第一次見到光，眼睛刺痛，情緒昏亂，但內心興奮。他知道自己進入了一個七彩繽紛的新境界，一個他下意識一直在追求的境界。

他把握機會問道：「史葛太太，你可以教我太極嗎？我會付學費的。」

「這個不急，慢慢才說吧。」

一個月後，史葛太太開始教小馬太極。「學費是不收啦，有空便幫幫老太太種菜吧！」

出乎瑪俐史葛意料之外，小馬很有天分。更想不到的是他的科學根基，對修道很有幫助。他問題多多，都很刁鑽，卻都頗有見地，連老師傅也有時被難倒。瑪俐自嘆修練了幾十年，有些方面由於太上手而成了習慣，不再思考。修而不思，早晚變白痴。

起初小馬覺得太極動作緩慢，似夢遊多於拳擊，但很快便領略到慢下來的妙處。只有在緩慢的節奏中，腦袋才有機會注意到每一節筋骨和每一束肌肉的配合，不容馬虎。假以時日，整體配合便自然變得準確細膩。

年輕人的身體，好氣好力，一切理所當然，甚少被主人關注。太極令小馬留意到自己整體和局部的存在關係，的確有點妙，越練越妙。

史葛老太婆也非同小可，像有超自然力量。她平常上街也靠拐杖。

但按着小馬輕輕一擠，可以把比她年輕六十多歲的小伙子推到小花園的另一邊。

「沒可能！沒可能！你連肌肉也沒有，哪來的力？」小馬抗議道。

「你只會拿着一大包炸藥來砸人。我雖然只剩下一點點炸藥，但懂得引爆哦！」

「呵，收到，收到！」

她不但功夫了得，還是種植能手。小農園的產量幾乎夠她夏天自用。她精通東西方各門各派的哲理神學，對教廷於十五到十七世紀滅掉幾十萬「女巫」的歷史特別有研究。她閒來喜歡給小馬說些「上帝的人間太監」所犯的「變態」個案。說完總會諷刺地總結一句「上帝保佑」。

小馬有次問她：「古時的教廷犯案累累，你為甚麼對滅巫運動特別看不過眼呢？」

「可能我知道像我這樣的女人，假如生不逢時，肯定給太監們生燒。也可能我前生的確被他們虐待過，現在還有餘恨吧！老實說我也知道自己這方面有些執着，不應該，只恨道行未夠，阿彌陀佛。」

她除了一口流利英法語和懂一點梵文外，普通話比小馬的廣東口音標準。她取笑小馬，說香港人的普通話連自己也聽不懂，是語言學上一個大謎。她經常投稿雜誌，主要是些有關道家思想的論文。她家中收藏了不少古籍和丹經道書。經這位蘇格蘭老師傅的介紹，小馬第一次接觸到中國兩千多年前出版的老莊智慧。幸好莊子一早說明在前：「知也無涯」。反正無涯，早晚開步在數學上來講並無分別。

令小馬最感意外的，是佛學和老莊的遠古宇宙觀，微妙玄通，與現代科學不但沒有衝突，反而甚有共通。佛學深厚神秘，善巧方便。

道家則瀟灑自然，忽出忽入。兩者都能夠在恍惚中歷久常新，跨越兩千多年的時間鴻溝，跟物理學銜接溝通。

史葛太太發覺馬依力有天生道性，領悟力特強，居然很快便可以跟她老人家對着壺普洱茶大談道理。她搞了一輩子的學問修為，想不到在風燭晚年從一個小伙子身上得到不少新啟發。

終極分子

完成碩士課程後，馬依力打算繼續進修，到位於法國和瑞士邊界，舉世聞名的「強子對撞機」LHC 從事研究工作。不少頭腦精明的分子物理學家，都夢想以更大的能量把更小的分子迎頭相撞，徹底粉碎。碎得不能再碎的，大概便是天地萬物的基本元素：終極分子，暱稱「上帝分子」。馬依力的碩士論文很有分量，評價甚高。博士學位的研究基金亦已落實，看來前途無量。

一條二十五公里長的地下「對撞機」，算得上是人類創舉。可惜這創舉太複雜，所以大部分時間都在維修。偶爾運作正常，大家便急忙安排對撞 —— 砰！這科研手段雖然野蠻，但也頗刺激，足以引人入勝。有資格的科學家都希望來這兒碰運氣，說不定碰出一粒半粒像樣的東西出來，轉頭去挪威領個獎，名成利就。

某星期天的上午，馬依力在地窖埋頭計算一些只有行家才看得懂的能源賬，累了便躺下來休息。床邊陰冷的石牆，離開鼻尖只有幾公分。他的呼吸在牆上凝成了薄薄的一小塊濕氣。幾百年來，一代代消失了的人曾經把它建設，修補，粉飾，鞏固，防水。在未有電動工具的年代，興建這樣的一個簡單地窖肯定有其難度。

那一代代消失了的人，大概就埋葬在離他這裡不夠一百米的墳地

吧。他們離開地面的深度應該與他現在的位置差不多。對，在牆的另一邊，離他不遠，一條條骸骨被困在破爛的棺材裡，跟他一起躺着。說不定其中幾個當年也住過這地窖。曾幾何時，白骨上還附着血肉，後來都化了，慢慢透出棺木，滲入地下水層。地下水流向屋子這邊，繞過地窖，流入小河，再經大河流出大海。部分血水和爛肉的成分，沿途乘蒸氣冒上雲端，飄向遙遠陌生的地方。

一般人只看見眼前的牆，看不見牆後的滄桑，看不到自己其實與遠方的山川河流息息相連。

小馬想入了神，頭上一片迷糊，但同時有種前所未有的清晰，試圖在迷糊之中現身。他起床走出花園，在雨中靜坐。毛毛春雨把空氣中的花香洗擦一清，只剩濕潤的草青味。

小馬第一次深層入定。他不知道自己打坐了多久，當然也不知道瑪俐史葛一直在樓上觀察。入定，有人形容為「鳥過萬里長空」。一隻孤鳥，獨自飛越萬里長空，會不會很孤寂落寞呢？但他覺得自己融入了充實的虛無，有種說不出的安詳和快樂。從這境界回來的時候，他跟蹌地走回房間，在書桌前坐下。一時的領悟，不立即處理，恐怕會像剛上釣的活魚，一下子便溜了：

> 妄想把「終極分子」撞出來，跟弄把長尺去量度「無限遠」是同樣道理。宇宙無窮，二十五公里算是甚麼？就憑這「創舉」去尋找「終極」，猶如一群螞蟻抬着半米長的「超級」樹枝去測量萬里長城。
>
> 莊子說「天下莫大於秋毫之末」，是科學，現代科學！秋毫之

末就有一兆一兆又一兆的「終極分子」，又怎能靠瞎撞蠻矜去發
現呢？

　　既是終極之物，當然無所不在，無從着跡，若有若無，若隱若
現於有無之間；也必然不存過去，沒有將來。既是永恆的一剎那，
亦是一剎那的永恆。

　　以有涯分無涯？殆矣！以有物摧無物，是瘋狂之舉，不自量
力。夠啦！

　　他在「夠啦」下面加了兩劃，以示決心，決定不再浪費有涯之生，
去找那不生不滅，不增不減，不能再小的終極分子。

　　頭上的老橫樑發出陣陣靜電，輕撫着他的頭髮，好像對他的決定
表示支持。

　　第二天，小馬早餐後將決定告知史葛師傅。她一點也沒有表示驚
奇：「依力，我對你的學術研究不瞭解，只知道你繼續進修一定前途無
量。不過你現在的取向也不會錯，可能更妙。我老早看到你會有今天
的轉變，只是來得比我預計早。」小馬第一次留意到師傅最近好像老
了，眼神有些倦意。她快九十了。想起將要離開師傅，他不禁黯然，
但同時又為新的抉擇感到興奮。

　　他當天下午跟拿過諾貝爾獎的導師教授羅拔博士辭職。羅拔教授
從前吸煙斗，後來怕生肺癌，戒了，但嘴邊仍然經常叼着個空煙斗。
他跟誰說話時都會定眼望着遠處，思考着比對方重要得多的大問題。
小馬早已習慣老師這副模樣，不以為意了。

小馬說明去意後，羅拔教授把沾滿口水的煙斗放回口袋，然後若有所悟地微微點頭。他超脫的眼神繞過了小馬的肩膀，落在身後凌亂的書架。過了好一陣子，教授才打斷自己的思路，自言自語地說：「嗯，沒錯，沒錯。」

小馬不肯定老師認為哪一方面沒錯，但不打算多問。只是說了聲：「謝謝啦，羅拔教授。我會把打算發表的文章寫好才走的。不好意思哦。」便起身告退。

他發了個電郵告訴父母他不打算繼續修唸。爸爸的回覆跟平常一樣「無厘頭」：

> 收到！不讀算啦，在牛津拿了兩個學位，已經勝過我們所有朋友的孩子加在一起啦！媽說她反正會叫你馬博士。小心！哈哈！（哈哈之後加了個會眨眼的表情符號）我們週末在大陸打球。你的電話老打不通！是不是忘記了交費呀？姑姐說你的決定有道理，你是姑姐的天才嘛！（又一個黃色的表情符號在傻笑）不過年輕人衝動，這點我也同意。兩點我都同意！聽爸爸說：放棄容易放下難，有哲理吧！好啦，別忘記想想「三思」的好處！
>
> 爸媽。
>
> 又：剛匯了錢到你的戶口，查查看。

小馬心想：為甚麼上一代的人，除了師傅之外，都有些語無倫次？後來他自己在大公司和政府工作，才領略到若隱若現的妙處和語無倫次的戰略作用。當時來說，爸爸的電郵雖然不知所謂，匯錢的行動卻

是爽快的，值得嘉許。

　　一切順利，沒有人阻撓他的退出。六個月後，馬依力到新加坡加盟一家醫療設備生產商做「開發研究員」。他暫時不想回香港。

剖白

豪宅內的雞大概餓急了，叫聲越來不耐煩。

馬依力入定時聽而不聞的雞叫，現在一聲比一聲響亮，敲打他的耳識。一早天未亮時，他已經餵了一輪雞。通常早課完畢後，還會放它們走地，鍛鍊雞肉，改良口感。在文明過後的洪荒世界，先有雞，才有蛋。雞還會製造肥料，很寶貴，不過很難避免間中被野狗吃掉幾隻。

老馬互擦雙掌，輕輕按摩眼睛和臉龐後，才把眼鏡從黃花梨盒子拿出來戴上。他用來放置眼鏡的明朝古董，設計平淡，木質溫厚，是在一家荒棄了的古董店發現的。幾百年來，這盒子不知被用來收藏過多少金銀珠寶，情詩密束，用來裝眼鏡可能有些委屈。但他這副親手製作的眼鏡是隨身寶，不容再遭意外。

他打坐時隱約感覺到有客到，抬頭一看，果然見到宋笙在石牆頭盤膝而坐，閉目養神，恬靜的外表暗藏不安。馬依力想靜靜走開，讓徒弟自尋安靜。豈料腳步未開，宋笙已經張眼大叫：「師傅早晨！」

「怎麼啦壽星公？來點炒豆角和新鮮豆漿怎麼樣？」師傅最瞭解徒弟的胃口。「昨天剛採了些野菌。」

「安全嗎？老佛爺也是吃野菌死的哦！」

「怕你就別吃好啦。」

「不怕不怕。又不是第一次。我正餓得發慌。」宋笙說罷，從牆頭跳下，跟着連忙宣佈：「師傅，我急需精神輔導，不過先吃飽才說吧。啊，還有，瑞涯叫我謝謝你的生雞和鮮蛋。」

「她好嗎？」

「好，就是情緒有些古怪。」宋笙頓了一頓，才補充道：「那鬼地方又濕又悶，不鬧情緒才怪。」

馬師傅只是微笑，瞟了他一眼。

宋笙指着凳上的大喇叭：「師傅你臨老學嘀噠？」

「前幾天看到幾頭馬騮，在斜坡上鬼鬼祟祟打探。我在樓上一個單位找到這喇叭，準備用來嚇它們，別打我老馬這地盤主意。」

「一定是兵頭花園猴口過剩，年輕的出來另覓地盤。我怕你靠吹可能不夠，要找根氣槍殺馬騮儆猴。否則你這半天吊農地早晚變了空中花果山。」

「希望不需要開殺戒啦。正常人聽到我吹喇叭都會跑得老遠，永不回頭。馬騮應該也不例外。來！我煮飯，你去放雞，順手清潔雞窩，如何？」

「遵命！」

宋笙把早上的遭遇說了一遍。說到自己找來了幾塊大石，準備對那垂死老頭行刑的時候，停了口把碟子捧在面前舔。老馬望着他的褲子，發覺並無腦漿血跡。

「不用看啦，我沒有下手，下不了。」他放下碟子，豎起拇指：「頂呱呱！謝謝師傅。」

「我猜你也沒有這分膽量，」老馬取笑着說：「你結果把老人家扔下不理啦？」

「老實說，我可能做了些更折墮的事。」

老馬見宋笙面色沉重，不似在開玩笑，便問道：「有甚麼事比謀殺更折墮？」

原來到了關鍵一刻，宋笙突然腿軟。

可能他心底深處，根本就沒有打算真的給老頭執行安樂死。老馬說得對，他沒有這分膽量。跑上跑落，搬石頭，採芭蕉葉，無非做戲給自己看而已。宋笙第一眼看清楚那老頭，便頓時中了邪般盯着那雙看來被蒼蠅吮食過的眼珠發呆，六神無主。

混沌中，宋笙在附近停車場找了一塊帆布篷帳，把腥臭老頭放上去，然後拖離小徑。他接着飛跑回家，隨手拿了一瓶水和幾個番茄，一口氣又跑回山腰。老頭仍然睡在帆布上，可能已經死掉。宋笙把他拉過車場，繞到大廈後面。他把水和番茄放在旁邊，敷衍了句：「這裡可以吧？」便頭也不回地跑回家。洗了個澡，換過衣服，才過來老馬這裡。

「聽來你已盡了力啦，還怪責自己些甚麼呢？」

「我的良心就是無法平復。回到家中，比較清醒，我的私心更無所遁形。我其實從頭到尾都沒有真心想幫那個老頭。碰見他我自怨倒霉，一直想找個過得了自己的藉口脫身。」

「你甚麼時候開始對自己那麼苛求了？」老馬安慰道：「我看你當時是被嚇壞了吧。但你又不是未見過死人，今次為何如此大驚小怪呢？」提到死屍，老馬不禁聞到那股洗不去的惡臭。每搞一次腐屍殯儀，身上都會臭上整個星期。頭髮、喉嚨、鼻子，都會被腐味纏繞，無論用

多少肥皂香水也洗不去，蓋不住。

「但他未死呀！」宋笙站起來伸了伸腰，摘了條黃豆，打開豆莢，吃了顆豆。生黃豆挺難吃，但宋笙習慣了吃來玩，刺激師傅。不出所料，老馬的警告又來了：「告訴過你多少次，吃生黃豆會死人！」

宋笙沒有理會，繼續說下去：「我想清楚了，我的不安不是因為我沒有幫他，我很清楚，誰也幫不了他。不過我應該老老實實，幫不了便不要幫。我搞了一大堆無謂花樣，把一個垂死老人拖來拖去，徒然增加了他的痛苦，你說是不是很折墮？我覺得自己是個懦夫，偽君子！」

「哇，別罵自己罵得那麼兇吧！我看你當時頭腦昏亂，根本就不知道自己在做甚麼。你身邊又沒有其他人，作狀也沒有觀眾，又何來虛偽不虛偽的說法呢？」

「其實我把他拖過停車場的時候，頭腦很清醒，有個清晰目標。」

「目標？甚麼目標？」

「我一邊拖一邊回頭看，要把他拖到從小徑看不到的地方。我不想下次上山的時候再看到他。你說我頭腦混亂不混亂？」

要做到真心徹底的自我剖白需要極大勇氣。不過一旦克服了心理關卡，一五一十和盤托出之後，除了釋放了心頭重負，還可能會多了分自豪，甚至自我欣賞。宋笙起初很期望師傅的體諒。現在把事情攤了開來，又好像不再需要任何人的理解了。

他雖然還有點意興闌珊，但內心已較先前平靜。他倚靠欄河，把最後一顆豆吃掉，然後把豆莢拋下橋。豆莢落在公雞身上，把它嚇了一跳，小題大做地咯咯了幾聲。旁邊的母雞眼明嘴快，一口把豆莢啄了。

Z 壹族

宋笙憑欄沉思，馬依力看得出他身心都被矛盾折騰。

宋笙這四十多歲的「年輕人」雖然不算多愁，卻頗為善感。宋煥說
是由於他遺傳了外祖父幾條憂鬱基因所致。雖然宋煥把他自小訓練成
一條勇往直前的蠻荒好漢，不過本性難移，宋笙憂鬱的一面偶爾會冒
頭，與後天的強悍一爭長短。兩方面性格的拉扯，有時令宋笙更全面，
有時使他左右為難。人最怕和自己意見不合。與別人爭拗比較有方向，
和自己爭拗則充滿矛盾。無論哪一方勝出，輸家都是自己。

今早他親身感受到人在死亡邊緣掙扎的滋味，和生活在洪荒世界
的無助。看來這遭遇激發了他的矛盾，引發了內部鬥爭。

遇上一個垂死的陌生人，理性告訴他無能為力，心性卻放不了手，
結果搞出個不三不四的妥協。執行中理智似乎太冷酷，到靜下來的時
候，又為此內疚。反正大清早碰上如此難過的考驗，肯定是倒霉。

這老頭也可能令他想起了爸爸。再者，他剛剛過了四十二歲生日，
也算落腳中年了。人到中年萬事憂，他會不會開始擔心自己將來要獨
守地球等死這苦差呢？雖然這個可能性一向都存在，但年輕時也許不
會上心。

老實說，小宋能為那垂死的人做些甚麼呢？從前的「文明人」，看

到路邊有人垂危，順手打個電話便可以解決問題，兼且享受救人一命的偉大感覺。現在可沒有那麼便宜的善事了。要行善必須親力親為。救人一命，自己要作出很大的犧牲。過往的互助精神，在殘酷的洪荒現實前沒有生存空間。這無情的事實，小宋需要時間消化和吸收。

老馬看着這高大英俊的忘年摯友，人類最後的一個 BB，禁不住感慨起來。

不久的將來，宋笙還可能要兼任全世界最老的人，最後的一個人，最孤零零的一個人。

假如老馬有孩子的話，大概也是這個年紀吧。幸好他正常不育；因為將親生骨肉撫養成人類的最終句號，是件痛心的苦差。

在 2040 年代出生的人，通稱「Z 壹族」，取意英文字母的最後一個，反映了大家的悲觀情緒。這一小撮人，點點滴滴地加盟一個繁榮，緊張，碎步邁向死亡的社會。宋笙小時候到哪都被人群圍觀。能夠摸摸頭髮或撐撐小臉蛋，觀眾們多多錢也願意付。宋煥和夏麗因此從來不帶他去公園。

家中每天都收到世界各地送來的禮物：金錢、鮮花、玩具、肉麻的信，想像不到的東西也很多。外面有人高價徵求任何有關宋笙的物件：頭髮、舊衣服、被單之類不用說，連指甲和用過的尿布也有買家。尿布要來幹嘛呢？原來網上有很多專治女性不育的秘方。隨便拿條來舉個例吧：五十公升童子尿，加車軸草二兩，蕁麻五錢，泡隔夜後加

岩鹽，檸檬半隻。排卵前五天每天喝兩次。童子尿難取的話，用尿布提煉也可，有方法可循。

然後呢？然後急忙找個男人上床。事後還要倒豎，時間越長越好，以防漏掉半滴。防止漏掉些甚麼呢？只不過幾滴無精之液而已。差不多所有的男人都是一肚子死精蟲。在顯微鏡下看，有如海嘯過後的瘡痍景象，一條條蟲屍浮在水面，毫無動靜。所以就算童子尿秘方真的靈驗，也是白費，完全不值得把口腔弄成尿兜味。再者夏麗和宋煥根本就沒有賣過一滴宋笙尿出去。市面售的都是假貨，但他們也懶得投訴。

宋笙要等到差不多成年，才有機會過些比較「正常」的生活。不過隨着他的成長，社會上的「正常」狀態，也在不斷轉變。

以一個 Ｚ 族人來說，宋笙可以說非常例外。

他的父母知道與生俱來的名利是毒藥，所以盡力把小宋笙隔離。大部分 Ｚ 族的父母都給一時的風頭蒙蔽了，結果把孩子和家庭通通斷送。更可悲的是十來歲的 Ｚ 族小孩，自殺率驚人。他們都喜歡選擇比較恐怖的手段去了斷自己出盡了風頭的小生命，似乎是對社會的一種報復和控訴：

你們都想我死，沒錯吧？好，來，過來，我死給你看；要不要再激一點？

人類從石器時代進化到廿一世紀，過程艱苦緩慢，一步一步的爬了好幾萬年。回程卻不過花了二十年左右。在這短短的期間，宋笙要和一切文明設施告別：飛機、汽車、電話、電郵、自來水、抽水馬桶、

冰箱、牛奶、巧克力、電燈⋯⋯到後期，連父母也由於不同原因相繼離去。

宋笙沒有年紀相若的朋友。他的爸媽不單只是父母，也是朋友，也是他的一切。人生，對他來說是一連串的喪失。縱使人生一向如是，但宋笙所失去的，幾乎都沒有復得的希望。面對命運的意圖，他只能聽老爸的話：不多想，往前看，只顧一步步走好，做個生存者。

生存的基本問題倒不多：堅固的居所多的是。物資過剩的昨天留下了大量衣服和工具，還有各式各樣不保鮮，卻勉強能吃的包裝食品，和嚴重過期，但仍然有效的藥物。再者，活在 2090 年的原始人，有足夠常識對付大自然。可是不愁衣食地看着文明消逝，心理上比埋頭苦幹地向前推進難受百倍。

無知，給了老祖宗們頑強的生命力，令他們無所畏懼，專心奮鬥。在遠古的蠻荒，生存就是一切，必須全身全情爭取。人類憑着天性，跟隨本能大步走。毒蛇猛虎要打便打，打勝了吃下肚子，吃飽了搶個伴生孩子，越多越好。有了孩子，生存的意志更旺盛，這是天性使然。孩子大了，像爸爸，比老虎更兇猛，給豺狼更聰明，拿根樹幹闖天下。感覺走投無路的日子，他會對月哭嚎，求神保佑，找尋繼續走下去的精神力量。

在 2090 年，一切原始力量已經被文明侵蝕得體無完膚。文明人有警察保護，法律監管，用不上本能。祖先的強悍基因被長期埋沒，早不中用。當宋笙感覺到恐懼低落的時候，神靈也不保佑，因為他不相信神靈，萬事都得靠自己。

他像一顆脫了軌的衛星，不隨意地跟着黑暗無形的引力，衝向無

邊際的末路。耳邊只有爸爸的囑咐：千萬不要停下來多想，給自己機
會猶疑。猶疑會令人分心，削弱「硬要活下去」的意志。「兒子，你不
要多想，只顧一天一天的活下去。要生存，就得這樣。」

他似乎從來不敢反問為何要堅持這樣。難道就是為了生存？

馬依力為宋笙唏噓之餘，不禁反問自己：為何從來不覺得自己可
憐呢？他不也是眼巴巴活着等死，見證人類滅種嗎？當然，以他這把
年齡，要為全人類殿後的機會不高。但很難説呀！就剩下那麼幾個人，
倒霉的話，一個登革熱或霍亂可以不論年齡，送他們集體歸西，剩下
他獨自顫抖呀！

或許他認為自己的一代，是最後一批需要為人類自我滅亡負責的
人吧。

又或許老馬曾經滄海，深知表面的舒適不外一時之快，不值得惋
惜。最花巧的享受，頂多十天八天便完全習慣，變得麻木。一般人只
有在失去了的時候才感覺缺乏，不會在擁有的時侯覺得幸福。他從
前每天沖熱水涼，每晚睡空調房間，就從未覺得過是享受。但這些暫
時的小方便，長遠代價相當沉重，跟吸毒有些相似。不過話雖如此，
假如他現在可以沖個熱水淋浴，或者來兩瓶冰凍啤酒，又或者在沒有
蚊子的空調房間靜靜地睡一個晚上的話，他肯定會過癮到大叫三聲：
爽！爽！爽！

正當多數人搖頭擺腦，嗟嘆文明解體之當年，剛剛五十出頭的馬
依力屬於小部分「低唱反調」的人。他認為現代文明瓦解是意料中事，
沒理由大驚小怪，也不值得惋惜。這個自鳴科學進步，商業發達的社

會，早已經患了精神病，並且病入膏肓，失去了基本智慧，連最簡單的物料平衡也不再掌握。試問地球這毫不起眼的小行星，能讓人類狂抽亂挖多久呢？這條數一點也不難算，但大家都不算。因為不討好的說話掃興，引不起共鳴，沒有市場，是選票毒藥。於是乎聰明的人類集體否定了問題的存在，馬照跑，舞照跳，手拖手快樂地奔向懸崖。這樣的萬物之靈，鴕鳥也當之有餘。

短短的人類史不斷證明權力過大的人早晚都會變態，喪失思考和判斷能力，自找滅亡。當年被忽悠得糊里糊塗的群眾，自以為是集體當權者，萬眾一心地高呼人類萬歲！為所欲為萬歲！自由商業萬歲！肆意破壞環境之餘，環保也萬歲！零排放也萬歲！矛盾？平衡取捨？都只不過是一些搞精英主義分子的悲觀論調。屬少數派，可以不理。

從前奉承權貴雖然肉麻可恥，還遠遠不及後期的人奉承自己過分。有了集體妄想的力量為後盾，幻覺和現實被混為一談變了正常，不算混賬。

人類面對的各種問題，複雜性史無前例。但數據一大堆，選民皇帝不懂，便交由政客酌情處理。可是有現代感的政客都是修法律，搞字眼，說話有魅力的跟風專才，數理化這些偏門學問，初三程度剛剛未趕上。現在有人指地球在暖化，再不管會死人。但有老闆說此乃妖言惑眾，無需理會，弄得政客們頭昏腦脹，左右為難。再衡量形勢，觀察選情，發覺轉左是虎穴龍潭，轉右有毒蛇猛獸。為了政途，為了討好，唯有不左不右，原地踏步，面對電視鏡頭，滿腔激情，講些大家喜歡聽的話了之。

有錢國家的經濟要不斷增長，以保持消費強勢。窮國家都在努力

趕上，希望明天會更好，也有資格浪費。馬依力的爸爸常說這個世界重的是量，不是質。他年輕時認為老頭子很庸俗，但最終也不能不承認爸爸的市儈定論有見地。

反正騎虎難下，全人類繼續衝吧！衝往哪呢？天曉得。一個多世紀來，人都為衝而衝，為毀滅將來而衝。勤奮的人死幹爛幹，換來周身病痛，愁眉苦臉，精神緊張，血壓高漲，還破壞了生存環境，親手毀滅了心愛的下一代。如此所作所為對他們自己毫無好處，所以不能責怪他們「自私」，只可以批評他們愚蠢，害了宋笙這一代。

但話說回來，假如人類沒有失去生育能力，宋笙這一代還不是依樣葫蘆地繼續自掘墳墓？這死路是大家發揮團體精神努力鋪的，回不了頭。既然無力轉乾坤，馬依力便索性退隱，等待結局。

雖然宇宙有無窮奧秘，但智人總覺得自己腦袋想不通的，自己狹隘原始的眼耳鼻舌身感覺不到的，便「不合理」，不應該發生，所以一致認為集體不育這突然現象「不合理」，難以置信。老馬卻不以為然：「從機率看，在這顆小行星上熬出了生命，是個小奇跡。但任何生命出現後，絕種是早晚的事。至於不育的具體原因，只要稍用腦筋，也不難想像。就看單薄的大氣層吧。它包着地球，比例上有如蘋果的皮，人類百多年來把數之不盡的廢氣灌進去，長年累月之下，其中一樣不起眼的化學壞分子，輕易瞞過了我們極為有限的警覺，超越了懵然不知的臨界點。於是一呼一吸地把我們神秘的生殖系統腐蝕，直至作廢。都是自作孽！」

雖說人類滅亡乃咎由自取，但每當老馬想到宋笙和瑞涯押着龍尾，一步步走向「智人」自己安排的末路時，心裡總有些戚戚焉。大概

希望同類延續是天性，一種邏輯壓不下去的天性吧。

「師傅，又有客到啦！」宋笙的聲音比先前輕鬆得多。

尊信沿着羅便臣道跑向他們。他比馬依力年輕只六年，但步伐輕快，遠看像個中年健將。他邊跑邊急不及待地抬頭大叫：「喂！你們猜我今早見到些甚麼呢？」

「嚇！又來一單？」馬依力故作詫異地瞪眼望着宋笙，忘記了這副表情在大眼鏡後的滑稽模樣。

宋笙忍不住笑了出來，隨即嚴肅地說：「我剛才說的事，不要再提了。」

「對。夠了。況且給老尊信知道了，隨時會上山救人，為大家平添麻煩！」

宋笙苦笑了一下。

老馬望着他，誠懇地說：「換了是我，也會是同一結局。不同的是我可能沒有你那麼慌張，搞出個番茄動作。在目前的情況下，誰都照顧不了誰。你根本沒有選擇餘地。」

「謝謝！」宋笙望着師傅的諒解眼神，放下了心頭一塊大石，無奈地又笑了一笑。

笙歌・肆

石澳淚

瑞涯一邊在百葉窗後偷看那男人，一邊用大毛巾拚命擦乾頭髮。

她焦急得快要尿褲子了，同時又為自己這急相懊惱。她無法相信自己躲在窗後偷看一個陌生男人足足三天，還為他痛哭了兩個晚上！更離譜的是，觀察了五十多個小時，她連一點苗頭也沒有看出來，卻單憑直覺知道自己正處一個極重要的人生交叉點。過去的一切都已經不重要，未來從這刻開始，要好好把握，半點不能放過。

他今天看來好多了，但仍然滿懷悲傷。「一個傷心的人是不會傷害別人的，對不對？」瑞涯喃喃自語地問自己。

問題毫無邏輯，答案卻很肯定：「對！」

到了這個地步，不對也得對。迷迷糊糊地偷窺了幾天，她已經難以自拔。失去了這個陌生人，她沒有信心可以再面對外面的淒涼死寂。她現在連維持呼吸的意志也好像有了依賴。他一旦離去……她不敢想下去。

在他出現之前，她每天都聽着大海重複不斷的節奏，跟它比賽耐性。海浪一個接一個沖上灘頭，瑞涯一口氣接一口氣地呼吸。

他驚破寂寥之餘，還為單調重複的晝夜加添了色彩，甚至引發激情。這兩天，瑞涯的世界重新有了生命內容。她覺得迷惘，甚至害怕，

但久違了的活力在迴盪，提醒她仍然活着；不單只活着，還充滿了好奇，希望，幻想，和一種輕飄飄的實在。

瑞涯心情興奮，患得患失，像個超齡懷春少女。失控的腦袋，不停圍繞着這個陌生男人胡思亂想。兩天來，她一直擔心他會在兩片木窗葉的視野中自殺，死在她的眼前。但今天的他渾身活力，半點也不像會尋死的人。不過此人的精神狀態明顯不穩定，這一分鐘的正常並不保證下一分鐘不會突然崩潰。想到這裡，瑞涯連忙在心中替他辯解：唉，活在今天的人，有誰不精神恍惚呢？精神不恍惚才不正常，所以他很正常。不單只正常，還給了她一分安全感。他絕對不是危險人物。

他……

「他甚麼啦！」瑞涯一下子清醒過來，輕聲責備自己：「瑞涯！寂寞把你搞瘋啦！瑞涯呀瑞涯，你現在不止發姣發騷，還發了神經啦！」

但是，錯過了這個機會，比神經病可怕得多。

明天一覺醒來，可能人去灘空，

只剩下一片白沙和海浪，與自己打成死結……

他兩天前的出現，打亂了外面的重複秩序。

他遠看很年輕。可能比瑞涯更年輕。這不大可能吧……天未黑齊，他便開始生火做飯，似乎很享受一個人的寧靜。

瑞涯正在考慮如何自我介紹：也許先點幾枝洋燭，讓他知道崖上的屋內有人，有了心理準備，才下去打招呼會比較恰當。正當躊躇之際，他突然哭了起來，有如山洪暴發，震盪了整個灘頭，驚破了向來無

動於衷的死寂。瑞涯從未聽過如此震撼的嚎啕大哭，淒涼得毫無保留。她感到毛骨悚然，全身發冷，呆呆的站在窗後發抖，吸收着駭人的哭聲。

過了不知多久，哭聲停了，跟開始時同樣突然。他隨手拿幾把沙扔到火堆，跟住倒下便睡。身旁的死灰泛着疲乏的紅光，不消片刻也被熟悉的黑暗吞噬了。

剛才屏了息的海浪，像看完熱鬧的樂師，各自返回崗位，嘛嘛沙沙地繼續那永恆樂章。瑞涯發覺自己手中拿着一根未點的洋燭。她把洋燭放下，夢遊似的把門窗例外地上鎖後，不梳洗便上了床。

瑞涯伏在床上，滿腦袋都是他的哭聲。是迴響？還是他在死灰旁的啜泣聲呢？人怎可能傷心到這個地步，流那麼多的眼淚呢？他究竟睡了沒有？

她把頭夾在兩個枕頭中間，失控地放聲大哭。她也哭得很徹底，很盡情，很傷心，卻沒有一個說得出的原因。

她一醒來，便匆匆躡腳到窗後窺望。

淡薄的晨曦一如既往，在水平線上為新的一天佈置序幕。營火旁的人不見了，只留下背囊，壓在毛巾上。難道他已經⋯⋯

熟悉的沙灘今天變得很陌生，甚至虛幻。昨天的情景，會不會只是一場怪夢呢？大約過了二十分鐘，他順着清晨的潮水游泳回來。瑞涯留意到他裸露的健碩身軀。「果然是個年輕人。」不經意的一句，竟然令自己赤紅了臉。

她真希望有具望遠鏡，看個清楚。

　　兀立懸崖，俯瞰海濱，卻沒有望遠鏡的別墅，可能只有兩家。別墅的前主人——瑞涯的外公外婆——從不往窗外看，因為一看便氣。外公平日由早到晚在外忙，回家時那價值連城的無敵海景已是一片漆黑。外公外婆也討厭沙灘，潮濕的海風粘粘的怪難受，沙在腳下也不舒服，在鞋裡更不用說了。

　　外公有的是錢和地位，沒有的是喘息和自主。他不需要做的事情很多，通通都放不下。他厭惡社交應酬，卻甚少錯過。一輩子的習慣改不了，也不敢改。人家說到了一把年紀改變習慣會送命。他甚至越老越忙，以證明自己未老。每到週末，除非天氣很差，沙灘上會密麻麻的佈滿了吵鬧的泳客，討厭得要命。外公在家的話，會把百葉窗關上。他不想看到「這些人」。

　　外公在不遠的淺水灣有座相似的別墅。當初是買來投資的。後來市場不順，便索性也自住算了。兩座別墅相距不夠十五分鐘車程，都沒有望遠鏡。

　　他擦乾了身，穿上短褲，然後拿了兩罐罐頭挖着吃。嚴重過期的罐頭乾糧，在很多地方都可以找到。不怕死的經常拿來吃。瑞涯從來不碰這些方便食物。

　　吃過早餐後，他踱步到沙灘盡頭。消失了兩個小時才再出現，逕自走到瑞涯腳下的崖底，但沒有往上爬。最接近的時候，他們相隔只有五十米左右。她在窗後按着口鼻，不敢呼吸，聽着自己的心跳。他看上去真的只有三十左右！她很久很久沒有見過比自己年輕的人了。更出奇的是：他也是個混血兒。

整個下午，他好像開個人遊藝會，負責多項活動。一圈太極沒有耍完，便改做瑜伽；做不了幾個姿勢，又坐下來冥想；屁股未坐熱又蹲起來看書；看不了兩頁便掉下書去游泳，轉頭又上岸散步；散不了幾步又躺下來休息，休息不足五分鐘便又起來看書。他雖然一表人才，但明顯有過度活躍症，無法集中精神。哎，真可惜。

潮水搶了一天灘，開始半拉半扯地撤退，周圍逐漸歸於恬靜。絢爛的晚霞也開始褪色，讓沙灘回復樸素的面貌。不消幾分鐘，瑞涯外公那價值連城的漆黑海景又重臨石澳，如常地籠罩一切。在這黃金海景中長大的瑞涯，早已視之而不見其壯麗。想不到今天因為他，會站在窗後欣賞日落，有種久別重逢的感慨。

灘上的身影漸漸模糊，融入暮色。他安靜地盤腿水邊，與早前判若兩人。瑞涯心想：是否應該趁機打招呼呢？猶豫之際，那令人心寒的哭聲又突然爆發，嚇得她打了個很大的冷顫。

哎……怎麼搞的……你怎麼啦……

他哭得比昨晚更淒厲，連正在撤退的潮水也被亂了節奏，頓了幾拍。這不是人的哭聲。這是一頭離群野獸的哀嚎。這是肝腸撕裂的聲音，絕望的呼叫，毀滅前一刻的吶喊，寂寞的哀鳴，憤怒的咆哮……

瑞涯心想：換了我，會帶着傷心跑上山，找個洞穴躲起來哭。滄海無情，對着它哭是自討沒趣。海浪在旁邊照樣起起落落，根本不當人間的悲歡離合是一回事。通通都是小題大做！山洞起碼懂得共鳴，予人以回音的安慰。

海浪不聽你，我來聽。我來……

　　她顫抖着轉身走到床邊，撲下便把頭埋在枕頭下放聲大哭。她不想停，想一直哭到明天，後天，大後天，把幾年來的寂寞一次過傾倒出來，哭個清光。也不知哭了多久，她才朦朦朧朧地睡着了。不過眼淚並沒有停，繼續在空洞的夢中流淌，滲入枕頭。

　　　　Che bella cosa e'na jurnata'e sole,

　　　　n'aria serena doppo na tempesta!

　　　　Pe' ll'aria fresca pare già na festa

　　　　Che bella cosa e'na jurnata'e sole!......

　　　　如此晴朗的一天，實在太美麗了

　　　　風雨過後，空氣又回復祥和 ...

　　一首以那不勒斯原文唱出的《我的太陽》，把瑞涯從半睡半醒中喚醒。她多餘地躡腳走到窗前，把紅腫的眼睛貼在兩塊百葉之間。半透明的晨曦還在做夢。他站在夢境中央，靠近水邊，面向大海，一絲不掛，雙手兩腿張開成大字型，擁抱着剛冒起的太陽，引吭高歌。

　　瑞涯雙手捧着自己的臉龐，説了句：「有無搞錯！」然後忍不住捧腹大笑。

　　和昨天相比，他今天判若兩人。

整個上午他都在看書，還做筆記。午飯後，他大睡了兩個多小時。起來後竟然從沙灘的一邊打跟斗到另一邊。黃昏前暢泳了一個小時，才自得其樂地弄晚餐。如果他不是陶醉在新生的輕鬆，便是精神徹底崩潰了。無論如何，今天的他令瑞涯感染到一陣衝動，也想高聲唱歌，或者尖叫。

整個下午，她不停跟自己激烈辯論，是否應該去自我介紹：

當然應該啦！你有選擇的餘地嗎？！
廢話！下去就是自己丟臉，説不定還會惹禍上身。
就剩下幾個人，還來面子這一套？

你混混沌沌地發了兩天遐想，現在下去面對一個有精神病的男人，肯定會失望得哭了出來，又何苦呢？還有，他現在赤條條的，明顯沒有打算再把衣服穿上，你又怎樣去自我介紹呢？

瑞涯！機會一過，永不回頭。
好吧好吧。去，去就去！

她的衣帽間是個名牌森林。但她左翻右抄，竟然找不到一件適合這個特殊場合的衣服。最後勉強找到一條在印度買的白色棉紗鬆身長裙。配上她的黑長髮，在沙灘上應該挺好看。但這裙子很透光，戴胸圍嘛，好像土了點，不戴又露了點……哦！來條披肩！進可攻，退可守。

糟了！我的頭髮！

兩天來她只顧窺視，忘記了梳洗沖涼，連牙也沒刷。她匆匆跑到後園的露天泳池，來不及像平時一樣打水洗頭，以免污染池水，聳身便跳了進去。

出走

宋笙陪老馬往淺水灣探老婆回來，看見爸爸心愛的玉麒麟獨坐在飯桌中央，下面壓着字條。他一口氣看了幾遍，仍然不大相信內容：「就這樣？」

他把字條放回原處，然後開始收拾背包：五條胡蘿蔔，兩個生番茄，兩條老爹用雞油保存的法式炸雞腿，三個紅番薯，幾個麵餅，一個露營用的小鍋，一大瓶水，還有一罐古董豆豉鯪魚。加件襯衫，短褲，打火機，大毛巾，筆，記事簿，還有本關於狼的書。野狗就是狼，也是人類在蠻荒都市中最有威脅的競爭對手。對它們多一點瞭解不會錯。

他的單車孤零零地停在門口。爸爸的不見了。他背上包，開步便跑。他沒有目的地，只想跑，不停地跑，讓強健的雙腿把自己帶走。他不打算去找老爸。經宋煥策畫的出走，肯定天衣無縫，要找也不知道從何開始。

不理，先跑！

他跑得比平常快，體內有股火在推動，雙腿像識途老馬。今早剛由淺水灣踩車回來，現在又沿路跑步回去。

滿腦子都是爸爸的聲音。

不要多想，只管活着。不要忘記，適者生存

我自己一個人終老是好事，不是傷心事哦！

這個情勢，理智重於一切……

老人家的屁股要擦多少年，誰也說不準……特別臭。

　　萬里晴空，連一朵雲也沒有，藍得有點兒不真實。宋笙越跑越起
勁，除了補充水壺稍停，沒有休息片刻。

我們要理性，看清現實。

理性理性理性……

現實現實現實……

你會希望我快點死去……你的心會傷透……

痛一輩子……

何必呢？

　　不知不覺，已經跑到淺水灣。

　　海邊有幾位老人家在開音樂會。一個滿臉長鬚的老頭，精神矍鑠，
拉着二胡。幽怨的大漠弦聲，在他一把年紀的手裡竟然活潑起來。歌
星是位七十來歲的婆婆。她手扣胸前，一本正經，像個在模仿女高音
表演的小女孩，嘹亮的歌聲並未在海風和浪濤聲前認老。她溫馨地望
着樂師，沉醉當年。

在那遙遠的地方，

有位好姑娘，

每人走過了她的面前都要回頭留連的張望⋯⋯

　　觀眾席上的兩個老頭和一位婆婆，唯一老太太沒有打瞌睡。她默默地跟着唱，手打着拍子，但節奏未有跟上。人類在更惡劣的環境中，也懂得找空隙自娛，這方面跟猴子很相似。

　　老太太邊唱邊向宋笙招手。遇着平時，他肯定會跟幾位老人家聊上半天，唱唱歌，把外面甚麼都沒有發生的新聞帶給他們。他現在沒有這分心情，於是大動作地熱情揮手，腳下卻毫不熱情地繼續南奔。想不到平日鬼影不多一隻的淺水灣，今天會如此熱鬧。

　　到了石澳，他首先參觀超市，意外地發現了兩罐午餐肉和一罐香腸。這區的富貴人家果然有風範，寧死不吃午餐肉。市區的超市，一倒閉便即時被清倉。連他住的半高檔半山區內，平時說話有氣無力，中英夾雜的中產街坊，也一夜間露出八國聯軍的嘴臉，爭先闖店，無意識地搶掠。能搬動的，不理合用與否，拿回家再算。但大部分人眼寬肚窄，手快命短，辛辛苦苦奪來的東西，大多成為陪葬品。宋笙無聊的時候，會四處逛空宅，搜刮剩餘物資，打發時間，就像以前的人逛商店一樣。不過逛空宅是有附帶風險的。偶爾碰上了腐爛的屋主在家中發臭，好幾天都會失去胃口。

　　由於沒有運輸工具，偏遠的大型貨倉並未遭到大規模洗劫，仍然堆積了不少難降解的現代雜糧。平時養老鼠，必要時還可以應人類之急。

　　到了石澳灘，吃過晚餐，宋笙忍不住大哭了一場。

他累得要死，還未哭完便倒下大睡。天未亮便醒了。他平常最怕在黑暗中游泳，今天卻想也不想便跳了進了漆黑的大海，拚命往外扒。

別多想，只顧勇往直前。

在黑滑的海水中沒有遠景，一切就在眼前。宋笙不但不害怕，還覺得被暗無邊際的海水包圍着很有安全感。手腳一起一落，激起點點磷光。耳邊的水聲輕漾，把他引入凌波仙境，暫時忘卻傷心。他越游越遠，直到右腳抽筋才仰臥休息，隨波漂蕩，把整個人交託給破曉的天空，和幾顆留連不去的晨星。

回程時，太陽才在背後緩緩升起。

白晝的沙灘被照得通透死硬，一粒沙也難以遁形，反而沒有黑夜中的海水真實。疲乏的腦袋又再迷糊。一生的回憶同時湧現，千絲萬縷，混為一片。凌亂的過去互相交織干擾，抵消內容，變成空白。

媽最喜歡沙灘……

很久沒有想起過媽媽了。她死時宋笙只有十八歲。年少喪親，比較容易忘記。瘟疫反正要殺人。不是你死便是我亡，亦可能同歸於盡。電視不停地報導最新死亡人數，有少許世界杯足球決賽周的氣氛。死不去的人為了生存，必須適應，與現實保持距離，儘快忘記。

還是不要想媽媽……

但要做到不想，談何容易？宋笙於是嘗試靜坐、看書、游泳，希望打滅念頭。無奈念頭還是東一個西一個地浮現，像沼澤的氣泡。

到了黃昏，他終於撐不住了。

他把心門大開，不再設防，一切要來便來，去便去，來了不走也可以。他面對大海，好像舞台上的傷心人，高聲問「為何」？為何媽媽要死？為何爸爸要出走？為何命運要他一生寂寞？他越問越傷心，終於忍不住放聲嚎啕。他全情投入地哭了不知多久，才有如從大病蘇醒，覺得自己很荒誕滑稽，禁不住大笑一番。笑罷望着大海，又再痛哭一輪。

眼淚原來真的可以流乾的。宋笙流乾眼淚後，意猶未盡，便斷斷續續地嗚咽着。他從未如此哭過，也未見過別人這樣哭過。現在無保留地哭了一大場，才知道痛哭的療效。他的內心本來像淤塞了的下水道，隨時有被迫爆的危險。現在經高壓通渠，抑鬱大減，還有種暴風雨過後的清晰，滿目瘡痍的背後透露着新希望。

劫後重生的思維比較冷靜成熟，充滿信心，沒有應付不來的事。被壓抑了的過去，遺忘了的往事，一幕幕重現眼前。

小時候與父母在芬蘭的渡假屋過暑假最溫馨。很久沒有膽量回憶了。一家人在湖邊的桑拿房：媽媽抱着他，爸爸用白樺樹枝沾水潑灑火爐上的石頭，陣陣熱氣送着樹香撲鼻。幸福就是這麼簡單……這麼脆弱。

他大概五歲吧，坐在爸爸的肩膀上看大坑區的傳統中秋火龍。龍身插滿香火，煙燻得他眼睛刺痛，不住流淚。他低頭避開煙火，看見爸爸媽媽手拖手相視微笑。他感到莫名其妙的很開心，也笑了。

他一口氣跑上山頂。爸爸的晨運之友都在鼓掌。

瘟疫把媽媽殺了。爸爸也失了蹤。

他在家裡等，十分耐心。他覺得可以等很長的時間，甚至越長越好。只要還在等，一切壞消息尚有待確定。只要還在等，便暫時不需面對相繼而來的考驗。等，原來也可以是一種逃避。

爸爸現在究竟在哪呢？孤零零一個人，一個七十多歲的老人，能夠去哪呢？

大滴大滴的眼淚從面頰滾下，暖暖的，比剛才的溫和，沒有哭聲，也沒有怨忿，只有默默的傷悲，掛念，祝願。就這樣，宋笙在海邊坐了一晚上，看着思潮進進出出。

來吧！你不來，我不能把你釋放。

三歲多，父母才讓他嚐第一口冰淇淋。他打了個巨冷顫，差點兒從凳上掉下來，嚇得媽媽要死。爸爸一邊拍攝錄像，一邊笑得喘不過氣。

他小時候從不遊公園。記憶中一次意圖闖公園，遇到大批「粉絲」要跟他拍照……他從未見過媽媽如此兇猛對待陌生人。

零碎的片段，點點滴滴，像一班幾十年不見的老友，陸續出現在爸爸的喪禮。眼淚又流了，但比較溫和，不再洶湧。

屁股卻癢得要命！

原來過去兩天，沙蚤把他咬滿了一屁股，他也沒有知覺，現在才覺得痕癢難當！

太陽剛升起。真漂亮！真偉大！真了不起！

他吸口氣，跳起來為太陽高歌：O Sole Mio⋯⋯

爸爸，你是對的⋯⋯

邂逅

宋笙一絲不掛，蹲在沙灘生火。大掃除後的心境很單純，只想着晚餐。

真正的平靜確實難得，能夠清楚自己正在享受簡單平和的一刻，也算一種福氣。人生到此，夫復何求呢？想不到宋笙在這身在福中知福足的半禪悅中，眼角外圍突然出現了一個女人，斜眼覷看還是個年輕女人呢！她身穿雪白鬆身裙，圍上橙紅帔肩，在夕陽的誇耀下，鮮艷得有些不真實。她背向日落，面對大海，避開正視赤條條的宋笙。宋笙頓時心跳加速，激素劇增，準備應付這可能是疲勞過度所產生的幻覺。哎，平靜的一刻，竟然如斯短暫。

他急忙拿起毛巾往腰間圍住，然後跪在地上，心不在焉地繼續煽火。假如來人是位阿公阿婆，他肯定會高聲招呼，遇見同類畢竟是開心大事。但眼前是個年輕得令他愕然的女人，自己又沒有穿褲子……可憐宋笙疲累的腦袋，像個筋疲力竭的士兵，剛躺下來休息了幾分鐘，戰鼓又咚咚乍響，還響得挺急。

他圍上毛巾，瑞涯才施施然向着他躍步進發。他迷迷糊糊地覺得，這個女人正一步步走進自己的生命。如此過火的反應，是衝動？魯莽？寂寞的後果？還是崩潰的前奏呢？他暫時無暇研究。她一步一步

走近，好像走了很久，很久，很久……

永恆的一刻也會過去。宋笙的時空終於解凍。

「你好！」他暫停煽火，滿額大汗地說：「請問小姐是人是鬼？」

「暫時還勉強算人吧。」她笑了一笑，用鼻尖指出在崖上俯瞰的別墅：「我就住那兒。去了地方幾天，回來看見你，便下來打個招呼。這沙灘很久沒有見過泳客啦。」

哎呀哎呀！小姐呀！現在還有人「去地方」的嗎？但話已出口，收不回來。算啦算啦！

「希望沒有把你嚇着。我在這呆了幾天，欣賞無敵日落。」宋笙未說完已覺得自己的聲線過分油滑。他及時調整了一下，才自我介紹：「我是宋笙，宋朝的宋，吹起來噼里啪啦的笙。」

「我叫瑞涯。人瑞的瑞，天涯的涯。」

他還蹲在地上，大家沒有握手。

「有人姓瑞的嗎？」

「有，我。」瑞涯頑皮地一笑：「我爸是希臘人，姓 Rhella。不知怎的翻成了瑞。我的名字 Rhea 變成了涯，有點苦味吧？」

「苦？好蒼涼高傲的一個名字，怎會苦呢？」

瑞涯看着餘輝勾畫的山影，上面拋了幾縷彩雲，並未回答。早已視而不見的景色，今天特別漂亮。她轉過頭來，望着宋笙道：「常來看日落的嗎？怎麼以前沒見過你？」

「很多年沒有來過了。」見瑞涯沒有反應，他便笑着道：「今早我看

到了平生見過最漂亮的日出。留下來吃個便飯怎麼樣?」火終於煽起了。宋笙吸了一口氣,把目光轉移到瑞涯的眼睛上。瑞涯感到面額一陣熾熱。

「敢問今天燒的是甚麼拿手好菜式呢?」她把披肩拉緊,眼睛擺脫了宋笙,俯身檢視火旁的晚餐材料。

「本來有兩條法式雞腿的,可惜我昨天吃了。告訴你的原因,是不想你以為我每餐都吃這個。」宋笙舉起兩罐罐頭,尷尬一笑,在火光前細閱招紙。「這午餐肉據説在 2071 年 2 月前狀態最佳。香腸則是 2073 年 5 月作廢的,比較新鮮。你是客人,你來吧!」

瑞涯一幅驚訝的表情:「古董罐頭?你保重哦!」

「沒那麼嚴重吧。」宋笙説罷,從背囊掏出三個番薯。「差點兒忘了紅番薯三個,還有通心粉,不過用這小鍋煮通心粉比較麻煩。」

「我最喜歡吃烤番薯。那我不客氣啦!」她説完,把涼鞋脱了,盤腿坐下,隔火面對宋笙。「很久沒見到人了,感覺有些古怪。」

「沒錯。幾天來我一個人,像隻野鬼孤魂。」

「野鬼孤魂的日子我過慣了!」説畢,瑞涯覺得對着陌生男人埋怨孤單有點不恰當,連忙用輕鬆的口吻補充説:「不是嗎?現在所有人都變了野鬼孤魂。你不看日落的時候住哪?」

「羅便臣道,近兵頭花園。」

「哇!坐巴士來的嗎?」

宋笙笑道:「這段距離我平常要跑四個小時,今次有特別能量,三個半鐘就到了。我不戴手錶,但跑步時心裡有數,很準的。」他打開罐頭,嗅了嗅,説道:「還未發臭。表面滑滑的一層,似乎發生過某種生

化變異。但經火一燒，保證百毒全消！」

　　瑞涯做了個感覺嘔心的表情。

　　其實她從未吃過這類先民遺留的「低降解度，呈食品狀的罐頭物體」，也不會到荒廢了的商店或住宅蒐集過氣乾糧。別墅的食物儲藏室，面積六十多平米，堆滿了整條的雲南火腿，從意大利空運，砧板般大小的乳酪，精裝小瓶鹹魚，和各類高級煙肉。雖然不少已經發霉變壞，甚至生蟲，但挖掘一下，不難找到一兩塊局部可吃的，足以滿足偶爾爆發的懷舊朵頤。還有數不清的各國佳釀，足夠幾個酒鬼醉上三五輩子。再者，瑞涯連這個私家糧倉也甚少光顧。她日常主要吃朱姨在高爾夫農莊出品的瓜菜鮮雞。

　　朱姨六十來歲，是順德人，來港替瑞家工作了三十多年，把瑞涯從小看大，當是自己從未有過的女兒。她告訴瑞涯自己一早梳起不嫁的原因，是不要男人折磨和家庭負累。

　　社會解體後，朱姨和兩個在附近當女傭的老鄉搬到石澳高爾夫球會，把第十八洞果嶺前的大片球道改成耕地，又把富有殖民地色彩的會所變成農莊，養了些雞。本來連馬鈴薯在地下生還是樹上長也搞不清的瑞涯，現在已是個得力的農場助理。她經常去球場幫手，甚至住上三兩天。朱姨雖然是她剩下的至親，但大家畢竟來自兩個截然不同的世界。朱姨簡單純樸的心滿意足，大聲大氣的開心歡樂，令瑞涯認識到無求的幸福。不過幾天下來，她便會感覺窒息，必須逃回別墅喘氣，單獨歇息。

　　朱姨和姐妹們曾經在石澳村找到一頭豬，大概是人家以前養來玩

的。幾位老太太把它養在十八洞的沙坑。過了幾個月，夠肥了，便雞手鴨腳地把宰了。瑞涯沒有參加，但宰豬的聲音連別墅那邊也可以隱約聽到。為了那頭豬的垂死尖叫，瑞涯一個多星期沒有去球會。

「你跑了半天就是為了看日落？中環的日頭不下山嗎？」

「其實我當時並沒有目標，只想不停地跑。可能是一種逃避吧。反正不敢停，怕停下來會被現實抓住。」

「聽起來有幾分像我外公的人生呢！但終歸……」

「對，終歸也得停下來面對。」

「不介意我多事問句，甚麼事逼得你哪麼緊，要跑個不停呢？欠了人家賭債？」

「我爸爸出走了。」

「哦……其實我的父母一早也無聲無息地消失了。」

「不過我爸出走是有原因的。」

「你沒有去找他？」

「沒有。找不到的。」

「你媽呢？」

「死了十多年了。瘟疫。」

「哦……」

「你以前有沒有參加過那些『種籽派對』？」

「種籽派對？你指政府為 Z 壹族搞的那些聚會？」

「沒錯。」

「很小的時候好像去過一兩次，沒甚麼印象。我爸媽不喜歡政府那些裝摸作樣的吵鬧搞作。」

「所以養成了閣下的孤僻？」

「哎呀，小姐，別挖苦我了。我的孤僻是命運逼成的，不是培養的。我爸認為我需要學的是生存本領，不是一般的數理化，以應付今天的洪荒世界。他們也頂討厭當時的人當我明星般看待。所以經常幫我逃學，把我留在家裡自己教！」

「你太幸運了！但如果你有參加，我們小時侯可能見過。不過我會跑會跳的時候，你還在穿尿布呢！」

「呃，我的尿布都是專為我設計的名牌，上面都印有我的大名呢！」

「失敬失敬！幾乎忘記了宋先生是當代名人！」

「你也是混血兒嗎？」

「你看得出來嗎？我媽是芬蘭人。但我的樣子像純種中國人。」

「誰說的？」

「都這樣說。」

「我一眼便看出你是百分百的混血兒。」

「混血也有百分百的嗎？」

「當然有。」

「兩個混血兒在今天的石澳碰上，你說有多大機會？」

「現在說起來也是百分百了，對不對？」

「Rhella 是希臘姓？」

「我爸是希臘人，不過嬤嬤是阿爾及利亞人，也是很混亂的血統。

我有時候希望體內那麼多的不同的血統，會像異花傳粉一樣令我更
堅強。」

「但望如是。老實說，任何能夠幫助我增強意志的藉口，不論有道
理沒道理，我都會深信不疑，全力支持！」

「他們真的 13 歲便送你去瑞士寄宿？」

「真的。」

「你在大學修國際關係？」

「夠枉然吧？」

「我沒有那個意思，只不過⋯⋯的確是有點另類。」

「你就老實說吧，神經病就是神經病，另甚麼類。不過當身邊所有
人都神經病的時候，大家都不覺得有問題。」

「你會法文嗎？」

「當然啦！還有德、意、希臘、英語和中文。」

「哇！都流利？」

「都可以說得很快，但不一定準。」

「我只會中文、英文、芬蘭話，實在慚愧！」

「到你挖苦我啦？我甚麼都不會，就是會很多語言。」

「你太謙虛啦！」

「啊，不止不止！我以前還會逛街購物和彈琴，現在還會耕田
種地。」

「你有這樣的父母真幸福。我媽以前很少在家。間中出現，也不

過是從巴黎之類買完春裝，往上海途中路過歇腳。她進門口第一件事是吩咐傭人如何如何處置她的東西，然後才找我出來熊抱，大聲叫我Love 或達令。她連我們的哈巴狗也叫 Love 或達令，不叫名字。」

「你爸爸呢？」

「他更不知所謂。我懂事以來見哈雷慧星比見他多。他一天到晚全世界飛，在國際情婦們面前扮重要忙人。一看見我的影子便逃。我和外公外婆比較有緣分。基本上是他們帶大的。他們對我很好，也肯花時間，可能當我是一種隔代彌補吧。但他們很不開心，甚麼也看不順眼，都是錢作怪。」

「我們窮等人家，做夢也想不到錢可以是這麼大的負累。」

「的確是……說句真心話，錢太多不單是負累，簡直是折墮。」

「我真佩服你，吃這午餐肉可以吃得那麼香！」

「我受過專門訓練的，每一餐都當是最後晚餐來吃，這樣味道自然好，無需精心烹調，省時省力。」

「贈你八個字：似是而非，胡說八道！」

「那麼我們從另外一個角度再看看：東西吃了下去，有機會變成自己的一部分，今生不再分離。現在有短短的一刻，可以看見，甚至嚐到自己的本質，是不是很難得的緣分交叉點？」

「我看這東西，吃下去都變屎！」

「呃，屎也是我的一部分呀！當你說大家交個朋友時，我肚裡長長的一條糞便，只要一天未鑽出來，也算是你的朋友呀！」

「哇！你這個人很嘔心哦！」

「一個三十五歲的大男人，口中還經常掛着爸爸媽媽，真難得。」

「是嗎……？」

「我不是取笑你，不要誤會！只是有幾分羨慕！」

「這幾天也比較特別，滿腦子都是他們。其實我一生人沒有甚麼朋友，同年紀的更不用説了。父母是我的整個世界，我的一切，直至……。不好意思，我這幾天感情比較波動……真不好意思。」

「我瞭解。我這幾天也在哭。」

「你？」

「嗯……」

「其實掉眼淚並無不妥。我媽 —— 看！三十五歲的大男人又提媽媽啦！—— 我媽最不相信喜怒不形於色，老把感情抑壓的紳士作風。她説流一滴眼淚便急忙道歉是偽君子所為。不論男人女人，傷心便得哭，對不對？」

「如果有神仙下凡，給你一個願望，你想要甚麼？」

「一個長長的熱水淋浴！」

「嗯，也好，就算短的也可以。」

「咱們一起沖，既節省用水，又可以沖久一點，怎麼樣？」

「哇，想不到你的嘴那麼壞！大家才認識了幾個鐘便佔便宜。」

「冰淇淋？」

「凍牛奶也好！」

「我不喝奶，但來桶冰塊我倒不介意。」

「就這樣？神仙給你一個願望，你就花在沖涼和冰塊上？」

「其實我一向都要求不高，像個聖人。你呢？你想要甚麼？」

「我想要個孩子。」

「你說認真的？」

「還有假的？這是女人的天性嘛。」

「呃，不過你不應該在一個認識了只有幾個小時的陌生男人面前如此坦白呀！」

「哎喲真不好意思哦宋先生，小女子失言啦。你給我的烤番薯加了些甚麼藥？」

「好，就算有奇跡出現，上天給你個小孩，但他長大後，整個世界就只有他一個人，不覺得很恐怖嗎？」

「到時自然會有其他的人。」

「涯姑娘，你別跟我開玩笑吧！」

「真的。到時會有其他的人。」

「你怎麼知道？」

「女人的直覺。」

「好，又算你對，真的有其他的人。世界那麼大，他們怎麼碰頭？」

「就像我們這樣。」

「我們這樣……？」

「有件事我想剖白一下。」

「那麼嚴重？說來聽聽，我最喜歡聽人家剖白。」

「你先答應不會生氣。」

「應該不會吧，但也得看看是甚麼。」

「我無意中在窗後偷看了你兩天……」

「嘿！我其實也猜到了幾分！好看嗎？」

「嗯，老實說，很一般。」

「你平常一個人在這古堡內，怎麼打發時間？」

「造造白日夢，彈彈鋼琴。但我差不多一半時候都在高球場跟朱姨們種菜。」

「你鋼琴一定彈得很好吧？」

「可以。以前經常在外公的宴會和甚麼慈善晚會助興，反正從來沒有人夠膽批評過一句，都對外公說我是天才！」

「你看，錢多也有好處的，可以做天才！」

「呃，天生的，你恨不得那麼多。」

「好啦好啦，天生多錢人。我雖然不懂音樂，但覺得這東西挺奇妙。」

「為甚麼呢？」

「不是嗎？音樂跟語言不同，並非必需，但每一個文化角落都有音樂，你說奇不奇怪？」

「有甚麼奇怪？因為音樂是必需的，就這麼簡單。」

「香港最少有整整一個世紀看不到這樣的繁星晚上。」

「繁忙的人，連黑夜也可以失去。」

「真漂亮。」

「你信不信星座？」

「嗯，好的預言我通通信，不好的通通不信。但我們身體上的每一

根汗毛，每一顆細胞，地球上的一切，都是從外太空來的，倒是事實。我們與星體之間會不會保持了某種神秘聯繫呢？這就難說了。」

「呃，我的太極師傅是個科學家，他也是這麼說。不過他說一切東西都是借回來的，早晚要還！」

「試想，我們兩人身上可能有幾顆分子，幾十億年前在一個遙遠的星球曾經相識，共分一顆電子呢？」

「機會極微！但想法玄妙，也很富挑逗性。不錯，不錯。」

「哈哈，想不到宋先生還挺會做夢的哦！」

「你相信命運嗎？」

「我相信每一樣東西，甚至每一個細胞，都在遵循着一種既定力量運行。」

「真看不出你會是個宿命論者。」

「你覺得我不似嗎？」

「你剛才不是說你從小受訓，只管向前看，往前走的嗎？」

「對呀，那是命中注定，我也沒辦法呀？」

「假如一切既定，不能改變，人生還有甚麼意義呢？」

「當然有！明天的日出我們肯定不能影響，但也可以十分欣賞，對不對？注定了的東西究竟如何演繹互動，是個很神秘奇妙的因果現象。留心觀察的話，仍然十分精彩。」

「想不到你原來是個哲學家，失覺失覺！」

「還有，假如我們不認同命運，又哪來同情心可言呢？」

「倒沒有聽過這怪論，願聞其詳。」

150

「不是嗎，假如人生一切自主，那麼所有不幸的人都屬咎由自取，不值得同情，對不對？」

「不對。有同情心的表現可以討好上帝，搏升天堂！」

「這方面的戰略因素我倒未曾考慮過，涯姑娘你以前是就讀天主教學校的嗎？」

營火的餘燼熱烘烘地透着殘紅，依稀散發着烤番薯的餘香，像難捨的回憶。沙灘被濕暖的海風糾纏着，生不起半點清涼。

「你喜歡乾邑白蘭地嗎？」瑞涯問。

「我最近才學會欣賞白蘭地。由於都是免費的，所以品嚐過的都是上乘貨色。有真貨五糧液的話，我也喜歡。」宋笙平淡的回答，背後其實收藏了兩分緊張。第一分緊張是他知道一個關鍵時刻，可能隨時來臨，而他正處被動狀態，不能操之過急，也不能過分扮酷，以免不覺意冷卻了熱情。

第二分緊張是由於剛才一時忘形，吃了太多。加上第一分緊張所造成的生理反應，肚子在醞釀一場極之不合時的風暴。他一面盡力保持外表鎮定，一面意守丹田，希望增強耐力，以捍衛這重要關頭。誰料意到丹田，觸動了的不是氣機，而是大腸，令蠕動加劇。整個小腹上了膛，如箭在弦，大有一觸即發之勢。由於肛門告急，宋笙才想起自己身上只不過圍了條毛巾。哎！還是條淺色毛巾。

「五糧液我不會喝，不過外公的酒都是一流貨色。還有——」

宋笙忍不住打斷了瑞涯的話，一臉痛苦地說：「瑞涯，不好意思，我要失陪幾分鐘。」

「你 OK 嗎?」

「OKOK!給我幾分鐘。」宋笙的聲音開始微弱,已經有氣無力。說罷,他彎着腰,像鐘樓駝俠走難似的,一步一跨地向身後的一塊大石跑過去。跑不了幾步,便又跨回來,一言不發,手忙腳亂地翻背包,找到了一包紙巾,才匆忙地跨回石後。

哎呀!褲子!這是大好機會,若無其事地穿上褲子。錯過了。算啦算啦!

當宋笙從石後現身的時候,瑞涯已經站了起來。她一隻手把披肩抓緊在胸前,另一隻手挽着涼鞋,望着灰燼入了神。最後的一點餘輝,隱約勾畫出她的輪廓。複雜的女性本能,正在專心處理目前這一刻。她要比他更大膽,但不失矜持。她一方面果斷:機不可失,但同時必須謹慎,步步為營。她現在一呼一吸,都帶着放任的分寸。天性催促她去愛,放膽地愛,無私地愛,不擇手段地愛。女人的機會一去即逝,一刻猶豫可能導致幸福流產,比一時失足的千古之恨更折磨,更悔恨,更難啟齒。在洪荒世界,男女之間的天生不公更加明顯。

宋笙的感受相對單純。他看着瑞涯,腦袋裡只有一個訊息,一個驚嘆:漂亮!她實在太漂亮啦!

他扮狗用腳把沙往後踢了幾下,對着瑞涯傻笑。

「洗了手沒有?」

「沒水。不好意思,不好意思。」

「你媽說為流淚道歉是偽君子所為。那麼當街人有三急也是自然需

要，又何必道歉呢？」

「抱歉要你等嘛。」

「要不要澆點水？」瑞涯對着剛熄滅了的火堆説。

「要，比較保險。」

宋笙用小鍋打了海水，把沙灘上最後的一點紅光徹底熄滅，只剩下淡淡新月和繁星，為這對新相識的情人引路。

「走吧。」宋笙若無其事得有點不自然。

瑞涯沒有作聲，看了他一眼。

宋笙把她摟在身旁，兩人躂步走向別墅。月牙兒在天邊給他扮了個大笑臉。月影中彷彿有宋煥的笑容，也有他自己的笑容。今天他第一次感覺到父母確實活在自己身上。沒錯，只要留心觀察，自己的一舉一動都帶有遺傳的影子。所有人都是他人的延續，也都是盤古初開時一堆氨基酸的延續。生命的繼往開來，每分每秒都是魔術，人認為不可能發生的事，不斷在發生。宋笙做夢也想不到，這刻竟然會有一個如斯美貌的女人倚在懷中，他渾身感覺到一陣暖流。

瑞涯正低頭數着兩人的腳步，突然看到宋笙在毛巾後面呈現了興奮狀態。哎呀，男人不穿褲子實在不成。

「我想説一句話。」

宋笙過分溫柔地「嗯」了一聲。

「呃，怎麼講呢……我們認識了才幾個鐘頭。我從來沒有這樣邀請過任何人回家的，我想你明白。」

「我知道。」

「你知……？」

「從你的眼神，我看得出來。」

瑞涯心想：這麼黑你也看得見？但她抬頭看了他一眼，又好像真的看得很清楚。在此情此景，更老實的男人也會吹牛，而更精明的女人也會相信，但瑞涯深信他們不是一般的男人和女人。

宋笙毛巾下面那鬼東西，越來越放肆。瑞涯再低頭的時候，看在眼裡，不好意思笑出聲，又不想多猜測，破壞了這美好的一刻。

突然間，宋笙戲劇性地放開瑞涯，然後打開毛巾，把它搭在肩膀上。他赤裸裸地大步往前踏，像個剛搞完大屠殺，凱旋歸來的希臘戰神。他邊走邊高聲唱起 *O Sole Mio* 來。澎湃的小弟弟，像戰船頭的小跳板，興奮地打着拍子。

瑞涯笑得彎了腰，她的笑聲在空氣中迴盪，聽起來很陌生。她很久很久沒有聽過自己笑得這樣盡情了。

孤獨邂逅

　　她赤腳坐在六樓天台的圍牆上，雙腳吊在牆外，對失去平衡的後果毫無顧慮。

　　她幽幽地再點上一根香煙。

　　縷縷藍煙穿過黑暗，升向淡黃的月光。天邊的月牙兒，彎彎的像隻魚鈎，耐心地等待着獵物投懷。她深深的又吸了一口煙，繼續找尋吞雲吐霧的樂趣。

　　她沒有吸煙經驗。油跡斑斑的發霉老煙的味道，對她來說沒有分別。不外是一吸一吐，一吐一吸。一枝接一枝，陳年煙轉眼給她抽了半包。舌頭被煙油刺激，好像發脹了，填滿口腔。她感覺輕飄飄的，被頭上的奪命魚鈎招引着。沉重的舌頭暫時把她錨定……

　　她突然想到一個問題：生命究竟在裡面，還是在外面呢？她從來沒有想過這古怪問題，現在也不打算去想，瞬間的念頭而已。對她來說，不論裡外，一切都已經沒有生命。哈！從來未燃亮過的東西，居然也有熄滅的時候。這點，她也沒有想過。

　　六十年的人生，就像從前她父母山頂家裡的抽濕機群整天努力抽取的水分，沒有雜質，沒有味道，沒有力量。憑空而來，隨手倒掉。但抽濕機比她幸運。抽濕機的噪音，隆隆隆隆，單調老實，可以引人入睡。

她腦袋裡的噪音複雜得多，絕對非同凡響，都大有來頭。貝多芬、莫扎特、聖桑，一大堆天才就在她裡面，咿咿啦啦，叮叮咚咚，停不了，趕不走。

　　大師們，我要睡覺啦，停一停好嗎？！好嗎！！！

　　都不理睬，還變本加厲。大師風範嘛。

　　好！隨你們喜歡！儘管來吧！

　　哈！莫扎特。又是他。好小子。

　　安魂曲。又是那安魂曲。

　　主呀，讓他永遠安息……

　　寫得好。那我呢？我呢？誰來讓我安息？

　　主！你說！為何偏偏是我不能享有片刻安息？！

　　莫弦音跟莫扎特同姓，也是從小便中了音樂毒。年紀漸長，中毒越深。跟莫扎特一樣，她對自己的音樂很自信。不同的是莫扎特有天分，莫弦音沒有，起碼沒有死後被世人認同的天分。因為世人都已經早她一步死光了。

　　她父親是個八分成功的投資銀行家。在當年的投資行業，八分成功便有十分能力住山頂的次檔洋樓了。父母最初要女兒學鋼琴，只不過希望她掌握些少高格調把戲，洗洗銅臭而已。一台名貴鋼琴花不了多少錢，放在客廳中央，上面放塊網眼小墊，擺個花瓶，插上七彩假絲花，挺有貴族氣質吧！他們似乎早有預謀，給她起了個蠻有音樂味道的名字。

誰料弦音對音樂一聽鍾情，再聽迷溺。整天只想聽、學、彈，其它的甚麼都沒有興趣。她宣佈長大後要做個演奏家。「做不成怎辦呢？」大人逗着她問。「不會的，我有天分。」大人們都說「哎呀，這小弦音太好玩啦！」

她的確有些天分，可惜不夠，又或許是未有配上天時地利。其實天分這東西，與幸福沒有必然關係，最倒霉是有幾分，但不多，飛不上雲端，接不上地氣。她過分的努力，結果把這一點點天分給弄僵了。

歲月把天分和期望逼迫成焦急和失望，想放棄已經太遲。不知甚麼時候開始，音樂變成停不了的聲音。她會失驚無神失聰，甚麼也聽不到。耳朵被各位音樂大師即興綁架，開演奏大會。死人的調子和猛鬼的樂章，不停地在她的腦袋迴響。

聽着哦！聽着哦！

好聽嗎？很輕鬆對不對？對！對我們來說十分輕鬆！

對你呢！唔，那就不好說了。

哈，哈哈，哈哈哈！

她再抽出一根霉煙，嘗試點着。不知甚麼時候，外面起了風。早些時滿佈天上的星星，給一堆堆零散烏雲遮得七七八八。她的長髮，本來灰黑參半，今早第一次給染黑了，隨着陣陣熱風在臉上飄掃，散發着刺鼻的氨氮味。

嚓！嚓！嚓！在風裡，這打火機沒有絲毫屁用。

「廢物！廢物！廢物！！」她用力把火機扔掉。

口裡叼着的煙也掉了，墮入了腳下的漆黑。

腦裡的樂章剛好進入高潮，突然緊湊起來。

她閉上眼睛，想像打火機在空中翻跟斗，最後嗒的一聲落在行人道上，動也不動，碎了。多安詳。

主呀，讓他永遠安息……

莫弦音很羨慕那碎了的火機。

「呀！你嚇死我啦。我差點兒掉了下去！」

「對不起……」

「你一個小女孩在這裡幹甚麼？」

「我住這裡。」

「就你一個？」

「還有我的弟弟東東。」

「為甚麼我從未見過你？」

「平常我們躲起來。」

「你家人呢？」

「都死了。」

「哎，真可憐！」

「你做我們的媽媽好嗎？」

「好哇，小甜豆。我來做你媽媽。」

「媽媽你剛才扔的是甚麼呀？」

「沒甚麼，是個打火機。現在死了，安息了。」

「這是甚麼聲音呀，媽媽？」

「是音樂，我頭裡面的音樂。」

「我害怕這音樂！」

「我也不喜歡，但沒有辦法。」

「你的頭會不會唱《一閃一閃小星星》？」

「會，但我拿不了主意唱甚麼的。」

「是那個白髮老頭拿主意的嗎？」

「大概是吧。」

「他樣子也很古怪，很嚇人！」

「不要理他。來，跟媽媽聊天。」

笙歌・伍

戰場

　　尊信小心地避開了左邊的大牙，把豆漿直接嚥下。雖然如此，他仍然覺得有一滴半滴掉進了大牙中央的深淵。他用舌頭輕輕舔着，啜吸着。務求把它弄乾淨，但千萬不可用力。當心呀，當心……

　　馬依力和宋笙眯着眼，屏息看着尊信清潔口腔。尊信所受的精神折磨，大家都有機會，所以如同身受。這不是應該拿來開玩笑的事情。老馬甚至不自覺也咂起大牙來。

　　宋笙剛才把早上在山頂小徑的遭遇告訴了老馬，現在倒心急想聽尊信的故事。但暫時聽到的，只是兩位老人家的口腔共鳴，咂咂有聲，十分嘔心。

　　尊信大牙的填料，兩星期前無故掉了。他忽然覺得舌頭上有粒甚麼東西，用手指鉗出一看，是一小塊啡啡黃黃，微不足道的填料。想不到如此不起眼的一點點老化金屬，竟然會留下一個完全不合比例的巨大深淵。尊信當時用舌頭勘察了一下牙洞，對老馬笑說道：「哇！好大，像個火山口。」

　　話說未完，他的舌頭又不隨意地再去探索，接着每隔幾分鐘，便繞着火山口舔，猶如着了魔，身不由己。更奇怪的是，無論尊信吃甚麼，如何小心，都會有食物殘渣掉進火山口，極不舒服。他越着急，越

用舌頭挑，殘渣便堵得越深。

尊信估計牙淵的底部，大概只有一層草紙般薄的琺瑯質，勉強包護着神經線 —— 一條直通大腦，負責劇痛的神經線。它像地雷，絕不能碰。一不小心挖重了，啜猛了，會當場釀成慘劇。而他是慘劇的唯一主角。

尊信雖然不算英雄一世，但也算身經百戰。十多歲便離開突然崩潰了的幸福家庭，到戰場殺戮。之後又與上帝激烈鬥爭了一番，把他老人家徹底改革。在大集團浮沉多年，亦避過了無數同事的競爭魔掌，金融海嘯沒有把他淹沒，一場又一場的瘟疫也奈他不何。連面對人類絕種，他也鎮定自若，保持希望。想不到一個如此堅強刻苦的好漢，會敗在這麼一小顆爛牙上。唉！

尊信在堪薩斯一個小鎮的外圍長大，家境雖然不算富裕，但幸福溫馨，一家三口發着簡體版的「美國夢」。

爸爸是保安公司的主管，手下有三輛裝甲車和六個保鏢。穿了制服的保鏢叔叔們，在小尊信眼中好像六胞胎，唇上都蓄了一筆厚厚的鬍鬚，皮帶上都掛了個大碼啤酒肚。大概為了職業形象，他們走起路來一拐一拐，活像夾着加大碼痔瘡上陣決鬥的西部牛仔 —— 外表威猛，內有苦衷。

三輛裝甲車也同出一徹，灰色的鐵甲身上起滿冷冰冰的尖角。家裡大廳和爸爸辦公室所陳列的全家福，都以裝甲車做背景。唯一例外是尊信首次跟爸爸去狩獵時的全男班紀念照。剛滿十三歲的尊信，手裡拿着爸爸送的生日禮物 —— 一支十二口徑的二手獵槍。尊信看來有些緊張。

手中的槍曾經在一個他不認識的人控制下殺過生，比他經驗老到。

媽媽在獸醫診所當助手，整理記錄，聽聽電話，收收錢。鎮上的男女老幼，包括貓貓狗狗，都互相認識。每逢禮拜天大家在教堂聚會，探望上帝。拜完造物主，一齊到教堂對面的小公園燒烤。男的喝着用發泡膠包着保冷的罐裝啤酒，挺着大肚皮講球經，或轉述電視的意見，評論世界政局。

女的喜歡交換較實際的閒話，互相打量體重。雖然絕大部分人都體重嚴重超標，卻都喜歡取笑別人做「肥婆」。小鎮裡有分量的是非不多。老張的二叔生癌，老李的女兒鬧婚變之類的事故，也會替這一小撮幸福平淡的人帶來短暫興奮。再缺話題時，他們會議論電視連續劇的情節，把劇中人的煩惱引進現實，借造激情。

孩子們在草地追逐，打遊戲機，拋欖球。開始談戀愛的走遠幾步，找塊叢林鬼混。那個年代，十來歲的年輕人不嫌父母，肯與家人共度週末，其實十分罕見。小鎮風情雖然略單調，但內裡的溫馨幸福，連年輕的尊信也瞭解。他當年的人生願望，是甚麼也不變，只要一切維持現狀，便心滿意足。

尊信父母的共同點之一是與書本無緣，但尊信的學習成績竟然不錯。爸爸說這是人類進化的證明。媽媽立即糾正：「進甚麼化，給雷牧師聽到要掌你的嘴呢！一切都是上帝的安排！」小尊信縱使有上帝安排進化，卻並未有因此而讓野心萌芽。他一心希望中學畢業後加盟爸爸的保安公司做摩登保鏢，或學駕小型飛機，夏天兜遊客觀光，沒有遊客時替農民灑藥。這兩個低調志願，本來不算過分。無奈事與願違，降低目標不能保證成功。

　　幸福的家庭，竟然崩潰於一旦。晴天打霹靂，背後其實也得聚積能量，大家看不見而已。原來爸爸與公司的電話生蘭茜有一手。而這一手已經斷斷續續地搞了五年，並非「一時衝動」可以解釋得過。由於爸爸始終拒絕與媽媽分手，事情才越弄越僵，導致蘭茜把秘密公諸於世。導致整鎮譁然，觀眾一致驚嘆意想不到。

　　尊信當時已是年輕小伙子，對爸爸的糊塗，多少有幾分「男人之間的諒解」。但爸爸搭上這體重十分一噸的蘭茜，還搞足五年，的確匪夷所思！這方面也令他覺得在朋友面前稍微丟臉。他唯一的解釋是：「爸爸並非一時衝動，而是長期心軟。」

　　媽媽與蘭茜同屬教堂詩歌班，本來也算朋友，現在誓不兩立。從來不講粗話的媽媽，破口大罵爸爸時，竟然一口氣把她叫作：「他媽的淫蕩邋遢賤肉橫生爛臭屄」，嚇得尊信目瞪口呆。爸爸不停地低頭陰聲道歉，保證以後不再。媽媽本想痛打爸爸一頓便算數，但臉上找不到寬恕的途徑。她每次跟朋友談到這個問題，更不自覺把事情講得更死，把下台階都拆掉。

　　「算了吧。既然他已經認錯，就讓他搬回來，重新再來吧。」她的死黨蘭姨勸道。

　　「沒那麼容易！他出賣了我，出賣了我對他的愛。沒那麼容易算數！」

　　「他也不過是一時迷糊，退一步海闊天空，大家好過。」

　　「怎麼現在變成我的責任啦！我就是原諒不了他。這是原則問題。」

　　「哎呀，又是原則問題？甚麼原則呀？」

「甚麼原則？公平的原則！愛的原則！婚約的原則！一個基督徒的原則！」

尊信第一次想離開這家，到外面的世界闖闖。

翌年，也就是 2044 年的 9 月，有恐怖組織發動了四十一個連環爆炸，用來紀念四十一年前美國侵略伊拉克。為何去年不搞，要等到四十一週年才大搞？誰也說不清楚。反正四十一項襲擊中，只有兩項比較有破壞性，其它的都不過是較搶眼的自殺行為而已。幾十年了，仍然放不下舊賬，冤冤相報，何時才有了斷呢？從前說古老民族的記憶長，不好惹。現在大家都開始古老了，身上的牙齒痕越來越多，要報復的原因也越積越深，刺激着歷史遺留下來的傷痕，永不讓它復原。

更重要的是，原油比四十年前更寶貴，於是打仗的原則也隨着加重了。

尊信剛滿十八歲，便報名參加了「海軍陸戰隊」。手續辦好後才告知媽媽：「反正得有人保家衛國對不對？我去當戰士，你應該高興哦！」媽媽只顧哭，看起來比一年前老了很多。

爸爸一個人在鎮中心租了個小單位。尊信打電話告訴他自己要從軍的消息。爸爸的聲音有些沙啞，不住囑咐兒子小心，最後他加了句：「我對你不住……」令尊信也幾乎哭了。但他快要做戰士了，英雄流血不流淚，所以最後也沒有哭出來，只安慰了爸爸一句：「媽過了氣便沒事了，你放心吧。」

他第二天便去受訓。心情有幾分害怕，幾分傷心，幾分迷惘，也很興奮。

　　原來陸戰隊的「英雄」不過是普通小伙子改造成的。除了皮肉筋骨要重組，其它一大堆小卒不應有的人性，如自尊、思想、理念等等，通通也得去掉。負責把他重組的中士，綽號「火車殺人王」。在部隊中被稱「殺人王」的，一般都有些變態，殺的都是自己人。「火車」是指他的哨牙。殺人王的哨牙極為突出，中午會投影下巴，下雨可當遮篷，側看似具蒸汽火車頭，因而得名。配上一對細小尖銳的綠眼珠，有股「開往地獄尾班車」的殺氣。

　　為了顯張軍紀和訓練絕對服從，軍官們常用蔑稱呼喝小卒，替他們剷除自尊。尊信起初覺得長官們用「婆娘」「姐姐」「膽小鬼」「屁股精」之類的綽號刺激下屬，並非培養愛國戰士的好方法，但習慣之後也不以為然。唯獨是殺人王間中會用溫柔的語氣叫他「尊信小姐」，令他毛骨悚然，甚至晚上不敢安睡。

　　尊信英雄夢中的戰士，充滿男兒氣概，有種不屈精神和勇氣，就算戰死沙場也兀立不倒。當兵後，發覺連一頭狗應有的起碼尊嚴，也被「火車殺人王」剝奪了。到了中東，更連敵人到底是誰也搞不清楚。慢慢，他連笑容也消失了。喝多兩杯後他仍然會大笑，甚至狂笑，但是沒有了微笑。

　　他失去了所有的感情，只剩下仇恨。他恨火車頭，恨不得拿鐵槌把他的哨牙每隔幾天一顆，慢慢敲掉。他恨透中東的每一樣東西，每一個人，每一刻鐘。路邊的炸彈；在敵對方保家衛國的游擊恐怖分子；市集的男女；在廢墟沙礫玩耍，目光充滿疑惑和怨恨的小孩子；甚至飯桌上的薄餅，都令他討厭、仇恨。他也恨自己的同袍，和自己心內的無窮怨憤。

在中東磨了三年。回國後首先探望已經離婚的父母。談話中他突然提到想退役讀神學。要脫離陸戰隊談何容易，比奴隸贖身更難。但尊信最終也如願以償，去了佛羅里達大學專心研究上帝。

這一切，都好像是上帝的意旨。

上帝把尊信引了去讀神學，卻沒有在校園接待他。

大學的新環境很快便把他的無名恨平復下來，但寂寞和失落感卻反而加深了。跟部隊的同袍相比，同學們都在替靈魂尋歸宿，替人生找意義。他們找得很認真，很肉緊，卻欠缺了一分真實。士兵們身在沙場，雖然經常面對人性最醜惡的一面，但基本上沒有離開它的真貌。而大部分在書本找上帝的人，對人性都有不滿，一心追求完美。可惜心靈上的完美無非假設，更不是苦讀《聖經》而可得之物。本性被唾棄了，完美又像海市蜃樓，可望不可及。不少人最後變成「半天吊」的迷途修士。

上帝既然完美無瑕，為何他親自設計，一手用泥巴捏出來的人類會跟「完美」如此天差地別呢？心裡有這個疑問，又算不算對天父不敬，缺乏信念呢？尊信思考越多內心越矛盾，裡外更難一致。發覺神學止於信念，不宜思考。

他的情緒日漸低落。

從前他每遇低潮，便會祈禱，求上帝賜與力量。現在他生活在神的圈子，卻失去了禱告的熱情，連祈求的目標和對象也開始模糊。

某星期天上午，他由教堂踱步返家，一路悶悶不樂。剛才那牧師，說的又是信念和愛心的問題，口沫橫飛。尊信不但聽不進，反而對神

168

的問號越勾越大，懷疑自己是否中了魔鬼的咒語。這樣下去不是辦法。他決定把心中的凌亂書寫出來，加以整頓。最終寫了一篇論文。題目是：「假如耶穌在世，會否成為基督徒」。

耶穌不是人神混血兒嗎？他第一次嘗試把觀點集中在耶穌人性的一面。《聖經》裡的耶穌充滿革命味道，是個反叛思想家。但假如他被釘十字架死去又活來之後，留戀凡塵，決定不返天庭的話，起碼也當個教皇吧。耶穌會願意被打扮成那副怪模樣嗎？他會搞生燒女巫嗎？他會審判異端，逼害伽利略，發動十字軍屠殺嗎？到了二十一世紀，上帝兩千多歲的獨子，會化妝畫眉，上電視傳道，歌頌我主，要求捐獻嗎？

不會！不會！絕對不會！耶穌絕對不會搞那套血腥和胡鬧！

既然耶穌本人也不會信奉以他的名義成立的宗教，那麼他尊信還研究個甚麼屁呢？

他於是改修商科。他對做生意毫無認識，也不知道自己有沒有興趣。一場來到大學，好醜也得拿張文憑交代。想不到商科課程保守實用，憧憬豐富，正好填補他內心的空虛。轉科僅僅一個月，他結識了蘇珊，兩人一見鍾情。尊信在最失落絕望的時候，曙光突然出現，處處開花，令他人氣急升。更料不到的是，如有神助的幸運改變，竟然無需上帝插手。

2053 年畢業後，尊信加盟了一家石油公司，幾年後被調升北京。他與蘇珊當時正同居，便索性結婚，名正言順地把她納入公司的「員工駐外福利機制」，快樂的日子正在延續。尊信這時已找到本性：他原來

是個天生工作狂。到了北京，在一個全新環境下，突然間又有傭人又有司機，他更加全情投入工作。

尊信經常要到中國各地出差，每月更要來回中美一兩次。蘇珊變了寂寞的外籍高級行政人員太太。為了打發時間，她學了幾個月中文，勉強認了十來個漢字。她也跟其他駐華太太一起學烹飪，品紅酒。但可能她從小喝可樂太多，魯莽的舌頭始終找不到分辨各門佳釀的含蓄竅門。她學瑜伽，結果把腰扭壞了，要用拐杖走了三個月路。尊信有次回休斯頓述職，蘇珊自己到貴州「探險」，一不小心掉進了明溝，險些兒送命。最後她嘗試離開他，結果一舉成功。

分手後，大家都輕鬆得多，仍然是朋友。蘇珊回老家後，不出一年便找到新對象。沒有了蘇珊分心，尊信更埋頭工作。2068年，他被調派香港，升任亞太區的戰略經理。他一到香港便愛上了這個地方，卻沒想到會在此終老。

絕種

　　尊信每早都在「東區走廊」跑步。這沿岸公路比較安全平坦。一般的街道下面滿佈排水管和槽溝，日久失修，很多都倒塌了，造成路面嚴重凹陷。走廊公路也離高樓大廈較遠，不怕被隨時掉下的窗框和冷氣機轟炸。

　　由中環跑到北角出口，尊信看看手腕上的名表，剛好二十八分鐘，猶如行軍，分秒不差。他覺得這名表笨重難看，但標價幾百萬的手錶，免費撿來，戴在手上的確有幾分實在的虛榮。

　　再過二十八分鐘，他又跑回中環，獨自坐在「皇后碼頭」一個繫纜柱上，望着九龍發呆。當年熱鬧得氣也透不過的九龍，只剩下廢墟的輪廓。一列列空洞的高樓大廈，毫無生氣，躺在水邊，像亂葬崗的骸骨。尊信禁不住又再思索人類的死因。一個活力澎湃的群體，怎會弄到如此地步呢？下一步又如何呢？雖然人越來越少，距離越來越遠，年紀也越來越大，舉步維艱，談下一步似乎多餘。但尊信深信柳暗花明之後，人類最終會熬過大關，重新再起的。起碼他個人來講，只要還未呼出最後一口氣，也不會放棄希望。

　　每當尊信提出希望，老友馬依力都會質疑：「希望？望甚麼呢？望找個高齡產婦來再生一大堆，然後大力鼓吹亂倫繁殖，好讓『直立消費

人』捲土重來？」老馬愛唱反調，在尊信眼中是個患有「潑冷水狂熱症」的心理病人。

「很難講，動動腦筋可能有解決辦法。總比你整天入定，模仿植物人有意思吧。」

兩位老人家像小孩子一樣，嘴巴上慣了一句不饒。他們對很多事情的看法都基本相反。有時為了打發時間，更會誇張對立面來辯論一番。

人類絕種這個課題，他們曾經反覆討論無數次。

沒錯，有生必有死，尊信也同意這結局的必然性。老馬也介紹過上世紀的「老鼠烏托邦」實驗：老鼠們活得太好，最後竟集體不育，一隻不剩的死光了。但人不是老鼠哦！不過地球這地方也確實恐怖，是銀河系的死亡峽谷。自盤古初開以來，在這個星球生活過的物種，99.9% 都已死光，絕了種，最多留下幾塊屍骨化石。按此推算，人類自然也是死路一條。再者，如果把地球的四十五億歲化作二十四小時來看，人類的存在就只不過一分多鐘，曇花一現也談不上，最多像個水面的氣泡，毫不稀奇。這些看法尊信都聽過了。不過……有！他認為有稀奇！人類是唯一有意識的動物，這方面十分稀奇，亦肯定有其原因！他知道老馬會反駁說我們連意識是啥也說不清，又何來資格探索原因呢？再者，如果覺得人類的偶然存在很稀奇，那麼穹蒼之下一切都稀奇，「稀奇」又有甚麼稀奇呢？他太熟識老馬的論調了。跟他咬文嚼字爭辯永無結果，只能當作消遣。

話說回來，就算上帝一視同仁，不理意識深淺，所有他老人家捏出來的物種早晚都要滅絕，尊信也仍然不忿──萬物之靈死得毫無尊

嚴，時間拖得這麼長，像溫水煮蛙，簡直侮辱，十分變態！尊信比較認同電影裡轟轟烈烈的末日。《聖經》描述的末世決戰也好，同歸於盡的全球核戰也好，外星人入侵屠殺也好，總比這不湯不水，鬼鬼祟祟的慢性消失有格。

身為地球主子，人類不久前還感覺良好，自鳴雄霸天下，叱咤風雲。一下子面臨淘汰，整個星球竟然無關痛癢。直立智人像一群被沖上沙灘的水母，攤在陽光下等死。除了蒼蠅蛆蟲，沒有任何東西對這行將消逝的過時物種表示關心或惋惜，你說淒涼不淒涼？

老馬把目前的困境歸咎人類自己對環境的破壞。對尊信來說，破壞環境跟生兒育女，是風馬牛不相及。再者，人類有選擇餘地嗎？要活着便得吃喝拉撒，所有動物如是，為何光是人類有罪過呢？因為我們太過分？難道恐龍不過分嗎？恐龍活了幾千萬年哦！還有，其它動物都只管吃，吃飽了隨處拉，只有人類曾經有心把自己製造的垃圾處理減害。

不過前人污染之餘，喜歡高呼「拯救地球！」來表現無私，現在看來也的確無知。人快要死光了，地球卻依然故我，分秒不差地自轉公轉。人類要救的明顯是自己，不是地球。

正常的生老病死，過程是有邏輯秩序的。人慢慢地衰老，可以為逐步接近的死亡作準備。今天鬆了兩顆牙齒，明天聾了一邊耳，都是警號。過兩年腿也不靈，腎也虧了，當心臟開始跟不上拍子，自己有一套跳法，便知道時日無多了。想跟老友訴苦，但幾十年的老友原來都是萍水相逢的地球過客，很多都走了。甚麼時候走的，一下子亦想

不起來，也沒有甚麼人可問。死的死，病的病，剩下的失了憶。甚麼時候輪到自己？今天？明天？後天？反正孤單的一個老人，活着也不過受罪，來便來吧。

人類的整體死亡，卻偏偏逆向而行，好像意圖嘲弄。

人越來越少，世界卻越來越美麗。蔚藍的天空，清爽透徹；浩瀚的海洋，晶瑩潔淨，充滿活力；茂綠的森林，再次孕育着大自然的生死循環。清風朗月，閃爍繁星之下，再聽不見二十四小時播放的謀殺、戰爭、強姦、選舉、破產、貪污等文明消息。金融風暴、地震海嘯、饑荒瘟疫，通通跟人類一起絕了跡。小行星上被遺忘已久的生命本質，重現奧妙。

最諷刺的是，連剩下的小撮人，也因為同類的消失而得益。沒有了社會組織，人與人之間的關懷和幫助反而來得真誠合理。人在「絕種」這個頂級患難中，表現了前所未有的真情。尊信的小圈子裡，幾位老友來自五湖四海，背景不一，主觀各異。在以前的世界裡，大家可能連打招呼的興趣也沒有。他和老馬甚至會互相鄙視。洪荒的現實，一下子把從前的執着顯得幼稚無聊。

世界靜止下來，回復樸實平淡。人在互相的眼中再次親切可貴。眼中釘和壞人，竟然偷了一步，提早絕了種。

上帝這回事

尊信初遇馬依力的時候，老馬和宋氏父子正在改建空中花園。尊信自我介紹，問清究竟後自告奮勇，幫忙施工。當時的香港，已經可以隨便和陌生人打招呼，甚至熱情主動幫忙，也不會被懷疑動機了。

尊信喜歡傳統實在的人，與宋煥一見如故。能夠認識年輕的宋笙，也算幸會。老馬嘛，給他的印象是為人風趣，全身都是摸不着的骨頭和荊棘。此人看似平易，卻又有點不近人情。隨和的背後，有副「不和你計較是不想浪費精神」的神氣。初相識時，尊信老覺得和馬依力單獨相處時渾身不自在。但他們年紀相若，對很多往事就算觀點不同，也有共通。加上大家都喜歡手執一杯「近古人類」遺留下來的名酒佳釀談古論今，慢慢變成了摯友。這對意氣極不相投的老家伙，由環境撮合成莫逆，也算難能可貴。

空中花園落成那天，大家在橋上晚餐慶祝。初秋的晚上居然未生半分涼意。氣溫在三十度左右徘徊。蚊子蒼蠅仍然霸道。飯後不久，老嫩二宋回家休息。老馬望着尊信：「再來一杯如何？」

「好！一杯！」

「老宋說你曾經雲遊四海，走遍大江南北，一定不少見聞。」老馬打開了話題。

「是奔波，不是雲遊。我差不多所有的事業都在海外發展，也許是命運吧。」

「鬼佬也會講命運！真厲害。」

尊信笑了一笑，然後把平生履歷，由當小兵到高級行政人員，簡單地介紹了一下。提到在「火車頭」手下當兵的日子，猶有餘悸。

老馬聽罷說道：「真的多姿多彩。」

「多個屁，最後竟然連退休金也沒有，淪落在這裡準備客死他鄉。」

馬依力隨手向橋下一揮，笑說道：「半條羅便臣道歸你吧，還要退休金幹嘛？」

尊信下意識環顧了一下，從來未想過他們幾個「死剩種」身家如此豐厚，諷刺中不無幾分過癮：「反正也是，整個香港分了吧。可惜沒有二手市場。」

老馬笑道：「不愧是生意人，那麼貪心。」然後隨口加句：「那『火車頭』聽起來很兇哦。」

「兇？簡直超級變態。他對待戰俘的手法，令我大開眼界，親眼看到甚麼是邪惡。」

「他怎樣啦？」老馬衝口而出後有點後悔。他對火車頭其實興趣不大，只不過順口把話題延續而已。幸好尊信語氣沉重地回答道：「都是很久以前的事，不想再提了。」

老馬輕輕點頭，表示理解。

尊信在往事的陰影中滯留了片刻，才說道：「現在回頭看，遇到『火車頭』也並非一面倒的壞事。如果不是他，我當年可能不會離開陸戰隊。我這個人，如果有個好上司，可以當一世兵。那麼我其餘的人生

都會全部錯過。說起來還是多得這個哨牙妖。」

「也是，人生就是這樣，熬過去便海闊天空。」

「現在說起來很輕鬆，當年是熬過一關又來一關，覺得心中的一切信念，到頭來總是一場空白。」

「那不挺好嗎？能夠明白空性，破除妄念，是覺悟機緣哦施主！」

「嘿！當時人都差點瘋了！我長大的過程中，最注重信念。信念是我在人生路途上的明燈。當天色越來越黑，車頭燈卻逐盞熄滅，心裡怎會不慌。」

「現在還有信念嗎？」

「有。雖然我不再信《聖經》之類的怪書，但依然相信冥冥中有個主宰。天地之大之妙，不可能沒有神力去維持秩序的。」馬依力微笑不語，讓尊信繼續說下去。「所以我相信人類的不育危機，是個巨大考驗，會過去的。上帝是不會如此輕易拋棄我們的。」

「嗯……」老馬本來不想插口，打擾尊信剩餘不多的信念，但又忍不住：「你肯定有想過上帝的祖上是誰這個基本問題吧？」

「當然有。」

「那麼可否麻煩你逐個介紹一下？我們有時間。」老馬又按不住搞諷刺了。

尊信組織了一下，說道：「請問你，鬆餅是用甚麼造的呢？」

老馬被問得一頭霧水，於是一副老調皮的樣子說：「鬆餅？美式鬆餅？我從來不吃這鬼東西。我猜應該是香爐灰和木屑之類，加點豬油混出來的吧。」

尊信笑道：「假如我說原料是麵粉雞蛋白糖之類，你接受嗎？」

上帝這回事

177

「可以可以。」

「那你為甚麼不問我麵粉雞蛋白糖是甚麼造的呢？」

老馬想說「因為我知道麵粉雞蛋白糖是甚麼造的」，但立即明白這答案最終會被無止境地追問下去，便及時住了口，只漏了個「因」字出來。

尊信看見自己的論點被接受，便頗得意地繼續下去：「沒錯吧？事無大小都不能夠永遠的追問下去。你研究的道家，不也說『道可道，非常道』嗎？我的上帝其實同一道理，只不過名堂有異。三言兩語可以解釋清楚的上帝，還算個甚麼上帝呢？因此所有自吹自擂，說是上帝親自口述的《聖經》，都充滿矛盾。我心目中的上帝跟『道』最大的分別，是大道無情，而上帝有情有性，對人類有一定的責任感。」

老馬問：「何以見得呢？」

「因為上帝隨我心而發，而我心裡希望，也相信，上帝是關心人類的。」

「那麼上帝不過是聽你指使的高檔神仙啦！」

「呃，這褻瀆的話是你說的，與我無關！」尊信戲劇化地用拇指在自己的胸口畫了個十字。

「但上帝長期被人利用，間接殺人無數，你又如何看法？」

「你也說了，那都是人為之禍，與上帝無關。其實道教佛教不也同一命運嗎？老子和佛祖復活的話，會認同那麼多千奇百怪的民間迷信嗎？唯一不同是道佛沒有像天主基督教一樣組織起來，變成政治惡勢力而已。」

「說的也不無道理，」老馬不停的輕輕點頭。「但道佛和基督教還有一個重大的基本分別。」

「你説。」

「道家和佛教都沒有一個絕對的神祇，所以能夠開放人類有限的胸襟去接受無窮的奧秘。相反地，一個絕對的神沒有去路，是個死角，所以容易產生宗教狂熱。除了這點，我很贊同你的看法。」

尊信心想，這個自以為是的馬依力，居然贊同自己的看法？滿足之餘，他不想拖辯下去，索性把焦點轉移到老馬頭上來：「你是科學人材，從來不信鬼神，對嗎？」

「剛好相反，我自小怕上帝怕得要死。吶，就是你以前怕的那位。」

中國人對上帝這回事，一般都採取務實態度。馬依力的父母也不例外。一個神，算你法力無邊，對中國人來説也意義不大。神必須懂得保佑信眾，才會受到敬仰供奉，否則倒不如敬而遠之，省回香燭祭品，對不對？不過就算最值得酬謝的靈神，那三牲禮品對他來説也是可望而不可食的。善男信女鞠躬叩頭完畢，自會把肥雞燒肉通通吃下肚裡，吃不完的打包回家或就地餵狗，然後安心等候奇跡出現。

馬勇和太太也參加過彌撒崇拜之類，主要都是婚禮。香港有些女孩子，入教受洗是為了可以在教堂結婚拍照。也難怪，在古色古香的教堂成婚，實在比在大會堂讓一個打着塑料領帶的九品官證婚有情調。馬勇夫婦都屬「眉精眼企」的香港人，在教堂跟着大家又跪又站又坐，完全不失節奏。神甫講道時他們便跟鄰座親友打交道，交換名片，或者把手機放在大腿上網。一小時的崇拜很容易便打發了。

他們也不清楚道和佛的分別，以為佛祖是印度眾多天神中的一位。而太上老君與壽星公，是有某種工作關係的天界同事。他們從電

視新聞中知道，回教跟基督教有世仇，經常有衝突，甚至大屠殺，有點可怕，在他們面前說話要小心。

雖然他們對宗教認識不深，卻頗有宗教人士對鬼神所應有的態度，比方說謙卑。「神有法力，不能得罪。在任何神面前，表現謙卑肯定沒錯，對不對？這是君子不吃眼前虧。」他們也有善心，在宗教場合有人要求捐獻，馬勇在合理範圍內一定隨緣樂助，少少無拘。「反正所有神都導人向善，捐一點錢，積一點福，很應該。」他心想：就算積不了多少福，當是「保護費」也好。只要數目不過分，也算合情合理。至於上帝是男是女，是猶太種還是希臘人，說印度話還是潮州話，他們就沒有興趣深究了。不能證實，也不能改變的事情，還是不要浪費時間，枉傷腦筋。

「年輕人應該學會做人謹慎，不要把所有的雞蛋放在一個籃子。那麼多神仙自認獨一無二，你還是保持中立為妙。否則靠錯了邊，將來遭受懲罰，那便無辜了。」馬媽媽的政治智慧，從人間到天庭也適用，希望兒子能受惠。

馬依力入讀天主教學校，並非因為父母對天主的信心較其它上帝大，而是因為教會在殖民地時代得到香港政府大力支持，對教育事業有歷史性的優勢。最好最大最漂亮的學校，幾乎都是教會所辦。

小馬就讀的學院，是天主教慈幼會所辦。校園東邊有座小小的修道院，是棟兩層高的平房。墨綠色的門窗經常緊閉，屋頂豎立了一具鋼筋水泥十字架，俯瞰生鏽鐵絲網另一邊的花花世界。當小馬脫離了上帝的迷惑之後，才想到如果耶穌基督在天有靈，看見千千萬萬的信眾如此崇拜當年把他慢慢滴乾搞死的刑具，不知有何感受。

修道院其貌不揚，小馬看來卻充滿神秘。他渴望有天能夠在裡面研讀古籍，與上帝對話，洞悉宇宙之謎。他決定了將來要做神甫。

可憐他在沒有當上神甫之前，已被外族人幾千年前犯下的原罪折磨得輾轉反側。原罪這東西確實可怕——與生俱來的極刑，一定要盡早解決。小馬睡不着，便跪在床邊祈禱。但祈禱又有甚麼屁用呢？神甫説得很清楚：想升天堂，一定要受洗，別無旁門左道，單靠用功唸咒，實屬枉然。

「老公！阿仔發了神經，想出家。你還不想辦法，我們就抱孫無望啦！」

「出家？這小子！讓我跟他談談。你放心。」馬勇臨危不亂，胸有成竹，不愧成功人士。

馬勇找來虔誠的兒子，瞭解一番之後，決定欲擒先縱，聲東擊西：「受洗當然可以，不過先等你拿了駕駛執照才搞吧。」

「呃？」小馬聽得一頭霧水。

「信仰這東西非同小可，比駕車複雜得多，你連開車還不夠資格，又哪來本事挑選宇宙真主呢？「

「但是……」小馬急欲抗辯。

「不必但是啦，先拿我的汽車雜誌看看，準備一下，過幾年再説吧。**OK**？」

爸爸這招「拖長夜晚等夢來」果然有效。一個沒有上帝眷顧的年輕人，缺乏精神信仰，對誘惑的抵抗力自然薄弱。在不知不覺中，教會的傳統死對頭——科學和女孩子——把小馬本來充滿原罪的聖潔童心推向了罪惡深淵，古靈精怪的褻瀆思維不斷萌芽。

　　小馬聽物理老師講解牛頓定律之後的第一個疑問，是耶穌升天的時速！他根據剛學到的牛頓定律粗略一算，發覺耶穌假如以宇宙君王歸西應有的架勢徐徐上升，起碼要一整天才能離開送行人士的目光，眾門徒有這分耐性嗎？頸項能夠支撐嗎？況且時間一拖，神性莊嚴的儀式會變得冗長乏味。但主耶穌以火箭速度脫離地球引力，衣服又會脫落，十分尷！哎呀，吶，真的不敢再想下去了，還是請教老師吧。

　　對小馬的宗教導師來說，這個年輕人思想過度活躍，適逢反叛年齡，要把他的腦筋洗擦乾淨已經不大可能。太遲了，唯有讓他的靈魂自生自滅吧。

　　「在我老家，你膽敢拿耶穌升天來開玩笑，隨時可能給人打幾槍，」尊信笑着說道。「《聖經》這東西的確有點兒離譜。但我童年時的教會，凝聚了一群我最喜歡的人。他們雖然《聖經》讀不透，更不會動腦筋分析上帝的話，但混混沌沌，開開心心的，都是好人。比我後來認識的神學生更像基督徒。」尊信不禁在幸福的童年留戀了片刻，才把話題轉回老馬身上：「那麼你意識到自己是科學人材，精英分子，於是把上帝一手拋開了是嗎？」

　　「老兄言重矣！年輕人的本性喜歡探索，無非是個階段。可惜偉大的主對我這個充滿猶豫的幼稚階段沒有耐性，我也勉強不來。沒錯，十幾歲的時候，我曾經覺得天下間的事情，都有個可以令我滿意的答案。那時候，我的確覺得科學是找尋答案的唯一途徑。誰知找的答案越多，帶出來的問題便越多，越大，我才知道雖然把教會開除了，但上帝這回事，只不過剛剛開始。」

「完全同意，我也經過類似的過程！跟着呢？」

「跟着人成熟了，年輕時的肯定和信心也丟了，反而覺得空虛。有上帝罩住的時候，啥都看不見，心裡倒有個盲目的方向。後來把罩脫了，睜眼一看，發覺沒有上帝的宇宙奧妙無窮，但沒有方向可言。科學雖然過癮，但煲不了我天生需要的心靈雞湯，補不了中氣。還有，剛好遇着青春期，見到女孩子全身奇癢難當。哎，那幾年真難熬！」

「後來呢？」尊信急不及待地追問，好像在聽懸疑小説。

「我開始找到新的雞湯料。科學逐漸強化了我的思考能力，再加上我喜愛游泳和長途單車這類冥想性運動，內心慢慢平和下來。再後來，做夢也想不到，在牛津遇到鬼婆名師，學了點氣功和太極，和聽了一些道理佛學。這些古老哲理，竟然和我從科學領略到的宇宙觀不但沒有衝突，還互相引證，幫我看到人生其實無所謂定向。這個新『方向』縱使無形，卻給了我一種清淨自在。沒有了上帝違反自然的教條和動不動全村抄斬的臭脾氣，這煲心靈雞湯更能滋養精神。據説連湯渣也吃下的話，保證明心見性，長生不老。」

「妙，絕妙！」尊信有感而發。

挖洞搞經濟

　　想當年尊信是全球第二大石油公司的「亞洲區戰略經理」。有份參予策劃原油戰略，令他覺得人生有某種特權和意義。

　　他辦公的地方租金高昂，一般幹實事的公司都負擔不來。辦公室離中環「皇后碼頭」不遠。尊信憑着高大身材和戰場經驗，在人潮中推撞穿插，只不過幾分鐘路程。沒有公費午餐應酬的話，尊信喜歡到碼頭吃簡便三明治。他是個有規律有習慣的人，每次都坐在同一個纜柱，邊吃邊看路人急步追趕着下一個人生目標。頻繁的海上交通也在背後跟時間競賽，興波作浪，活力十足。

　　碼頭下偶爾一堆像是滋生出來的蝦毛魚苗，在污濁的水流中掙扎，拚命向前。附近的大魚早已絕跡，小魚的努力似乎不外本能驅使，並非逃命或由於其他迫切原因。更奇怪的是這裡不乏釣魚人士，尊信的纜柱間中會被他們「霸佔」，令他有點不爽之外，也很好奇。他們究竟在釣甚麼呢？這裡的魚蝦，一般體積比魚鈎還細，就算自動獻身也不夠資格上釣。但這些漁翁一幅悠然之態，看上去又不似有神經病，難道這是東方神秘學的一種？或許都是禪宗高人？或喬裝特務？他手執一分三明治，身旁一罐零熱量飲品，發着白日夢自娛。

　　雖然是午飯時分，路人仍然腳步急促，邊走邊吃，邊講電話，滿

口叉燒和承諾。尊信特別欣賞香港這方面的精神：肯幹！死幹爛幹！只要有錢賺啥都幹，不像很多其它地方的人，只懂埋怨，甚麼也不做。比死幹重要得多的，當然是運氣。所以通街車牌不是「三」便是「八」，電話號碼，亦復如是。房子也為了趨吉避凶，殺光了「四」字，因為廣東話的四跟「死」諧音。最後小樓變高，高樓更高，三十多層的大廈裡竟然有人住在五十樓。不過中國人終歸實際，知道運氣這東西不靠譜，縱使電話號碼有八個「八」字，仍然要對着它使勁噴口水，落嘴頭：「買啦買啦！好抵買呀！」才能多賺兩塊傭金。

勤奮，有衝勁，想到就做，想不到也做，這是尊信最喜歡香港之處。他的老家美國，從前就是這個作風，所以成功。後來給「財妓」們弄到甚麼也不會做，結果淪為強盜，只會打仗搶掠，吹牛混騙。哎，真可惜。資本主義就是這樣，有利有弊。不過整體來說，尊信還是認為利多於弊，因為比較公平合理：多勞多得，風險越大，收穫越豐。

哈！他的「反調派」老友馬依力，竟然說資本主義是人類史中最封建，最不公平的制度！的確語不驚人誓不休。

「不公平嘛，還可以理解。所有失敗者和輸家都覺得人生不公。但是用封建來形容自由經濟，好像有點過分吧。」

「一點也不過分，」馬依力慢條斯理地說，一邊晃着紅酒，欣賞掛杯。「尊信，你可否先告訴我，世襲的貴族制度為甚麼不公平？」

尊信知道老馬這樣問，一定有陷阱，但一下子又看不穿，唯有答道：「世襲貴族當然不公道啦！算祖上能拚命，打了江山，結果封侯拜相，但後世的二世祖小白痴，可能一無是處，仍然可以承襲權勢，欺壓人民，又哪來公平可言呢？難道你不認同嗎？」

「認同。絕對認同！但這跟爸爸發了大財，打了天下，把股票業權留給後代有甚麼分別？二世祖小白痴們，縱使一無是處，也可以大搖大擺做老板，欺壓靠他吃飯的員工，難道你不認同？」

「當當當……」尊信一下子未能「當」過來，老馬便搶着說下去：「還不止呢！舊式貴族必須養自己的家丁，組織私人武裝部隊應付其它諸侯，流寇，飢民等。現代諸侯有納稅人養的警察和法院免費保護權益，實在比封建時代更不公平！」

「老馬，我無話可說啦！」尊信說罷，假裝昏死過去。

「勞動是每個社會成員的天職和義務，只有工作可以客觀量度個人在群體中的相對貢獻和價值，是最基本的社群道德。」尊信大義凜然的說了一遍，自己也覺得耳熟能詳。他跟老馬閒來無事，一杯在手，老愛把往昔人間的是非功過，重複辯論。幸而老人家善忘，加上兩杯美酒助興，重複也不單調。雖然大部分話題已經是明日黃花，兩老仍然抱着半腔熱情，各持己見地你一句我一句互相對質，也實在比相對無言有趣。

「呀！」老馬張大口望着尊信，表情極為驚訝。

對「工作」的看法，他跟尊信可以說各走極端。馬依力認為大部分「文明社會」的所謂工作，都是些可幹可不幹的雜務。人太多，吃不飽固然麻煩，吃飽了無所事事，會更麻煩。幸好有事業作藉口，讓人們視為目標，努力奮鬥。在跑狗場的電兔，雖然無骨無肉無味道無營養，卻能替狗群提供目標和方向，以免四處亂跑。對人群來說，工作就有如電兔，可以製造幻覺，維持社會秩序。

「幹活幹活，人要幹不過為了活。有了生活還幹，不是貪心便是想不開。別忘記，白做是浪費精力和天然資源的行為哦！把多餘的勤奮說成美德，簡直妖言惑眾！試問一頭老虎，多跑幾十里冤枉路去獵食，是否比其同類更有美德呢？更為勤奮的，還犧牲午睡時間，加班多殺幾口吃不下的白兔羚羊，讓它變壞餵蒼蠅，又是否值得讚賞，提倡效法呢？」

老馬這論調尊信肯定無法認同！他當年把事業凌駕一切，是百分百的工作狂。相反地，馬依力當公務員的時候，憑着小聰明左閃右避，萬事無為，或把手中任務不停兜圈，循環再做，在尊信眼中是個不折不扣的寄生蟲。不止呢！老馬連寄生蟲的道德也不如！寄生蟲吸血為了求生，吃飽便算。老馬吃飽了還要挖苦宿主，譏笑為笨蛋！

馬依力離開牛津後，加盟了新加坡一家醫療設備生產商從事產品開發研究。過了幾年，升遷到上海做當地開發部門主任。五年內兩次升職，氣勢如虹，儼然明日之星。不料他突然急流勇退，辭職不幹，搞了間一人公司做其「顧問」生意。他花了兩年時間，以找生意為藉口欺騙自己，走遍國內名山大川，訪仙問道。到 2056 年，眼看即將彈盡糧絕，才回港找工作。政府工，薪高糧準假期多，實質工作有限，是他的首選。結果憑着牛津學位，加上懂得包裝履歷和幾分運氣，很快便在環保署找到工作，當上「高級環保主任」。老馬對環保並無甚麼使命感。人保護環境也難免一死，不保護會死早一點而已，不過搞環保可提供固定入息。

老馬的事業心很單純，以不影響練功修為為原則。加入了公務團

體後，他便立即盡力隱形，避免出眾。連上班的皮鞋也換了公務標準，軟綿綿的英國其樂牌 —— 無須綁帶，彈性十足，能屈能伸，落地無聲，在辦公桌下輕輕一退，便可以輕鬆脫掉，活動腳趾。

他在環保署十多年，只負責了一個原名「於十年內把香港變成垃圾零排放的先進都會」的項目，主導人是立法會的傅軼。傅議員熱心環保，經常醉心一些不可行的理想性項目，所以民望甚高。從公務員的偏差角度來看，他的精神狀況並不健全，加上患有惡性頭皮頑疾，差的時候，整個頭被皮屑所封，像個雪崩生還者，狀甚恐怖。再者他異常勤力，所以有經驗的官員都不想接受這分明知不可為而為之的苦差。馬依力卻把握機會毛遂自薦，署長當機立斷，立即任命老馬為項目經理。

神矣哉！一個雄心萬丈，目光遠大，而又完全不可能成功的項目，豈非老天爺所賜？大城市搞「零排放」，世上沒有成功例子，因為可行性是零，所以這項目最終只會和國際水平看齊，沒有徹底失敗的顧慮。再者，傅議員這類政客分佈全球，所以網上有大量外國資料可抄。

接手不久，老馬更發現一個迷宮竅門，他只要在報告文中當眼地方「種上」幾點深字不多，概念簡單，既合潮流，又富「爭議性」的論點，議員們便會一口咬上，爭論不休。爭論一旦開始，瞬即離題萬丈，越扯越遠。哈！越遠越妙。到這地步，問題已提升到政治層面，馬依力職權所限，只能表面着急，不能有實質動作，唯有身在江湖觀虎鬥，心在對岸享清風。項目毫無進展怎辦呢？哎呀，懶殘禪師不是說了嗎？「兀然無事坐，春來草自青」。

十年的光陰，穩定地溜走了。期間馬依力潛心練功，打通任督二

脈，而傅議員的頭髮，在憂國憂民，苦節勞形的歲月摩擦之下，只剩下幾條，勉強依附在鬆散的頭皮上。他窮了一生精力推動的項目，仍在原地踏步，唯有加倍努力。他在項目指揮委員會十週年的特別會議上發表了重要講話：「十年樹木，百年樹人。一個文明社會要達到零排放的劃時代目標，得依賴我們的決心。不屈不撓，永不言棄，是每個有使命感的環保鬥士必須具備的條件！」馬依力站起身帶頭鼓掌，表情激動。傅議員很滿意地向他點了點頭。

其實傅軼心裡明白，競選這行飯，越來越難吃。自己也開始老了，再沒有精力耍新花樣，還是拿着老本謀連任比較保險。更難得的是他這齣自編自導自演的環保科幻長篇鬧劇，有老馬這個天才演員跟他互相借力，相得益彰，心照不宣。

不過「於十年內把香港變成垃圾零排放的先進都會」這又長又臭的標準港式名目，十年後的當天變得有些過時，於是在同一個會議上，按照馬依力的建議，改為「廢物零排放 —— 可持續發展的長遠目標」。各委員一致贊成，會上即時通過。主席説改名是瑣碎事，不要搞新聞發佈惹人注目了。

老馬把過去十年的業績暗自結算了一下：香港的垃圾生產量，同期增加了百分之六。委員會開了三十二次會議。老馬負責的專案小組一共抄寫了二十二份研究報告，六份洋洋數萬字的綜合報告，並搞了三次大型宣傳活動和八個工作坊，一共產生了二十四噸無水分垃圾。對。可持續。最少還可以持續多兩三年。

老馬故意把當年如何按照規則，跟足程序，把項目引進死胡同兜

圈的「業績」説得眉飛色舞，旨在刺激尊信。尊信果然面色起了反應，越來越紅潤。「你這種行為，跟跟跟……偷有甚麼分別？」他終於忍不住要打斷老馬。

「有！有天淵之別。」老馬豎起食指，肯定地回答。

尊信沒有等他解釋，便繼續説道：「政府和納税人給你工資，指望你做好環保工作。你不但未有盡職，還耍花招把項目搞成大昏迷，薪水卻照支，這不是偷是甚麼？」

「呃，何止支薪水那麼簡單。我其它的福利和補貼多不勝數呢！」

「還有，外國的知識產權……」

「這點你放心！政府辦事，最尊重知識產權。這類文章，連原作者的親生媽媽也讀不下去。我肯用，他們都再三感謝賞臉。」馬依力頓了一頓，一臉嚴肅地繼續説下去：「社會通過人民選出來的代表，清楚説明了他們根本不知道希望我做些甚麼。那我最後沒有執行老闆自己也不明所以的任命，又何來失職之言呢？」

「那那那……」尊信一氣，更「那」不出一個合理辯駁來。

「老兄，」馬依力換了個誠懇語氣：「現實點看，以我一個芝麻綠豆官，可以改變政府的運作嗎？傅議員曾經民主洗禮，人民覺得『零排放』這主意動聽：社會不再製造垃圾，衛生文明又省錢，妙！於是授權他指揮，我可以不服從嗎？那是造反呀？老實説，這類違反地心吸力的任命很多，落在一般盲從附和，不加思索的公務員手裡，最少多浪費十倍公帑，多製造十倍垃圾。幸虧有我務實執行，才不至過分偏離環保承諾。還記得嗎？減少、回收、回用。環保三大原則我都做足啦！

「再者，假如我當年全心全意服侍這個政治幻覺，努力推廣愚昧，

過程中浪費了十倍資源，你真心認為我這樣更有責任感和社會良心嗎？」老馬長篇大論之後，望着尊信，滿意地笑了一笑。

尊信喃喃了一句：「強詞奪理」，卻又一下子想不出理由去駁斥馬依力。反正老馬巧舌如簧，腐屍也可説成活人。社會上人人「各盡其長，各得其所」這麼簡單合理的安排，也給他説成了犯罪勾當。不理他的論點對否，尊信也不服氣。他嘆了一口氣才説：「那麼，馬先生 ──」

「呃，不服氣也得保持風度，不可以叫我馬先生那麼晦氣！」老馬抗議起來。

「好啦好啦，叫你小馬可以嗎？」

「也不自然，但可以接受。」

「小馬，以你的高見，世上沒有任何有意義的工作啦？每個人都遊手好閒，這個社會會變成個甚麼樣子呢？」

「工作就是工作，沒有甚麼意義不意義之分。」老馬想了一下，然後説道：「小規模的耕種，教育，合理而有需要的醫療服務之類，不管它有沒有意義，卻都有基本的必要性。啊，還有釀酒，也很有必要性！」他把手中的酒杯舉向尊信致敬。

尊信笑着舉杯回敬，然後諷刺地説：「哦，我終於懂了！千千萬萬的人勤奮工作，勞動，改善生活環境，原來都是多餘行為！」

「沒錯！現在才懂是稍遲，但比永遠不懂強！」老馬替自己和尊信添了少許名酒，才笑着説：「老兄，我給你來個寓言示例好嗎？」

「來吧來吧！儘管來吧！我承受得了的！」

「好！話説有神經佬某甲，在路中央掘了個大洞，神經佬某乙知道後，決心要把洞填平。就這樣，兩個神經佬一掘一填，你一鏟我一鏟，

忙得要死。

「神經甲突然有個主意。他家裡有點錢，於是雇了一批幫手挖洞，還一邊鑽研機械化。某乙不甘，也聘請了工程人員一批，研究高效回填。不久，牽涉的人越來越多，都是甲乙兩人直接間接製造的就業。掘和填的機械都要生產。生產都要管理、質控、財務、保險、後勤，一大堆。員工需要衣食住行，孩子要教育，上班要交通。農民的孩子嫌種地不賺錢，都去了替兩位神經漢挖土填土，於是耕田的人手不夠，農業也需要機械化，機械廠生意好了，要上市，讓大家一同投資。

「你看！本來兩個神經佬一挖一填，現在變成了生氣勃勃的經濟體系。參與的人變了蟻族，整天忙個不停，回家還要動腦筋，結果搞出腸胃病，還不是為了事業，為了人生有意義，把工作做好？但大家都忘記了，整件事最初不過為了地上一個時有時無的大窟窿，最後也是為了這個大窟窿！」

尊信笑得喘不過氣。「哎，夠啦夠啦。你贏啦。我承認你是謬誤大王，這方面的牛我吹不過你。加上你這個甚麼路易酒，我的頭快要轉離軌跡了。我也要上床挖個洞睡覺了。晚安啦老友！」

「晚安啦老兄！」

皇后碼頭

尊信記不起在哪裡看過一篇文章，說魚的記憶很短，只有幾秒鐘。

「不可能吧！」尊信不清楚科學家們用甚麼方法測試魚蝦蟹的記憶力和智商，但實際經驗告訴他這個結論不靠譜。他每天都準時來到這裡跟魚群打交道和做白日夢。從前的維多利亞港，每天吸納幾百萬個抽水馬桶的排放，現在退了休，變得晶瑩透澈，充滿活力。

靠着岸邊有艘沉船。在裡面生活的魚群，很快便認得尊信的影子，知道會帶來一陣餅乾渣之類的魚糧，水底氣氛會頓時緊張起來，活像以前的股票交易所。只要他把餅乾一拋，魚群便洶湧而上，在水面翻騰，噼里啪啦，好不熱鬧。繁忙穿梭的魚群，跟閃爍不定的營火一樣，有股催眠力量，尊信可以定神看上一兩個小時。

碼頭附近的大會堂由幾棟四平八穩的建築物組成，看上去完全沒有保留價值，理應一早拆掉。不過當香港模仿外國搞保育的時候，很多值得保的建築物已經老早被扔到海裡，投胎做了地王。在沒有選擇之下，大會堂雖然年紀輕輕，其貌不揚，卻給保育了。死物原來也講命運。

尊信把釣魚用具都儲存在會堂大廳。餵過魚後，便會下鈎垂釣。從魚兒的角度看，也算翻臉無情。昔日的拖網船笨得很，每天白耗汽

油把維港的海床拖刮得乾乾淨淨。世界輪流轉，現在的魚跟以前的漁民同樣過多，為了兩餐也變得焦急愚笨。尊信隨便拿根線頭或塑料條也可以引其上釣。其實身為瀕臨絕種的動物也有好處的，至少其它可供食用的物種都相對增加了。

今天尊信餵罷鮮魚，正準備取竿垂絲之際，突覺眼前一閃，有個巨大黑影在水中一掠而過。

刹那間，水裡搶餅乾的盛況消失得蹤影全無。但當尊信定眼再看清楚的時候，魚群已經復出，繼續搶食。難道剛才眼前一黑，只不過血壓波動？或許是大麻鷹的影子？他抬頭仰望，果然有幾隻鷹在高空滑翔。但麻鷹太小，高高在上，影子投不下來。他眺望海面，波浪反射着上午的太陽，閃爍耀眼。

正當他懷疑自己是否老眼昏花，或者腦子短路的時候，大黑影又再出現，以高速在水中潛行，直到離他幾十米之處，才突然冒升，飛躍出水面。

「哇……」

是一群中華白海豚。

海豚兜了個小圈，又再折回，朝尊信方向集體跳出水面。尊信這下子有了準備，數了一數，大概有五六條。他目定口呆地看着海豚表演完畢，消失遠去，才發覺自己眼眶濕潤，再也看不清眼前景象。

尊信高舉右手，對老馬和宋笙作出宣誓姿勢：「我保證這並非巧合，它們肯定是剛剛經過，認出我是久違了的人類，於是轉回來打個招呼。確實神奇動人！」

更神奇的是，尊信似乎暫時忘記了口裡的大牙。老馬本想提醒他一下，但最終也不忍心，只說了句：「哇！維港有海豚跳水，真難想像。假如環保署尚在，肯定會大力邀功，搞茶點開記招！」

海豚的確有特殊魔力，連本來情緒沉重的宋笙聽了也興奮起來，早上那垂死老人的影像已被拋諸腦後。「對，它們肯定認得你是人，才免費表演。」

老馬說：「也可能是嘲笑，逗逗這往昔目空一切，濫殺眾生的兩腿怪物！」

「我也是這個看法。」尊信說：「我本來認為人是萬物之靈，有別於其它動物。但今早遇見了這幾條海豚，突然覺得它們具有我們不瞭解的特異智慧，知道一些我們不明白的事情。可惜我們聽不懂。」

老馬說：「懂也沒用。人如此自大，肯定不會接納幾條魚的意見。」

「師傅，海豚不是魚哦。」

老馬扮個白痴表情，向徒弟笑說道：「那是見仁見智。科學家定的界線隨意性很大。有奶便不是魚，跟有奶便是娘是相反而類似的概論。」

尊信沒有理會他們兩師徒討論海豚奶的問題，繼續說道：「也許他們也感覺到人類大勢已去，見我孤零零的怪可憐，便既往不咎，跟我打個招呼，懷舊一番。」

老馬瞪目望着尊信，取笑道：「老兄，你沒事吧？」

「我知道我現在有點感情失控，但假如你今早在場，肯定會跟我同樣反應。」

「師傅，」宋笙插口道：「正如你教氣功時那句名言：這感覺只能

體會，不能言喻也。」他不等馬師傅回答，便問尊信：「你當時如何反應？」

「我像個初次參觀海洋公園的小朋友，表演結束了也不願離去，站在那裡向已經遠去的海豚揮手。我當時不知怎的，差點兒哭了出來。」

笙歌・陸

蛆蟲宴

由於環境所逼，大家都成了殯儀專家。但腐屍不單止惡臭，還挺難搬運，不好處置。

人體腐爛雖屬天然過程，卻很難聽其自然，任由消失。臭皮囊回歸天地過程中所發出的氣息，實在非筆墨所能形容。一個人過身後無人料理的話，雖未至於遺臭萬年，卻也會臭足好一陣子。與一條「熟」透了的腐屍接觸後，渾身會臭上好幾天。整個星期後，那死亡回味仍然會在鼻腔和口水流連。老馬每次搞完殯葬，都會用瑜伽小壺洗鼻，可惜幫助不大。

早期過身的人，有家人朋友或者近鄰及時打理。漸漸，越來越多人孤零零地獨自腐化。

第一條單身腐屍是宋笙發現的。某天他閒來無事，在附近大廈搜索。這跟從前的人逛街購物一樣，旨在打發時間，找尋驚喜。到了干德道一棟大廈二樓，一陣惡臭把他引領到事主的單位。老婆婆彎着腰，頭頸塌在胸前，人漿血水滲透了名貴的意大利沙發。屍體與襯墊上的大花紋拼在一起的迷彩效果，相當恐怖。宋笙稍為打量後，飛跑回去將發現報告各父老。

聽完報告後，尊信率先發問：「婆婆第幾期啦？」

「第幾期？」宋笙莫名其妙。

尊信以專家姿態解釋道：「屍體腐爛分階段的。剛開始分化時身體輕微浮腫，略呈藍色，細看會察覺皮下有蛆蟲蠕動。下一階段肚子發脹，舌頭外伸，眼珠外流，可能吊在臉龐。到這階段，可以聽到滿身蛆蟲蠶食的聲音，像有人張口在耳邊咀嚼麥皮。然後……」

老馬忍不住插口：「你不寫聊齋，簡直浪費人才！」

「大哥，我以前當兵的呀！屍體是老本行，受過專門訓練，不吹你牛呢！」

「你們以前打仗，只懂得拿着遊戲機在安全距離外按鍵濫殺無辜，見過甚麼屍體？」

宋笙見兩老頭開始頂嘴，便把話題帶回，問尊信道：「跟着還有幾個階段？」

「下階段是最後的了：好像叫液化段之類。當事人的腦袋從眼耳鼻孔外流，滿臉泡沫，好像洗頭用多了梘液的樣子。」

「她看上去還未到這地步。」

「那麼我們趕快為妙。在這個天氣，屍變很快。」尊信說完，發覺大家都望着他。很明顯，他已高票當選為屍體處理組的領班了。

「爸爸？」宋笙見父親一言未發，不肯定他是否想參加。

「好，有尊信帶頭，一起去吧。」

「老宋，我們三個足夠有餘，你不去也可以。」尊信說道。

「去，都去！」

「那麼，小宋，老馬，多帶幾條毛巾。」

略略視察後，尊信斷定老太婆是二期樣板。他揮手示意大家到外

面停車場。

「哇，勁臭！」一到外面，老馬便拚命深呼吸。

宋煥推斷將來會有更多同類發現，建議在附近搭造火化場，儲些木材備用，方便運作。

「這主意好，有遠見！」

「但腐屍不好搬。又沉又滑，不好把手。大力點手指也會沒入肉裡，像用力抓過熟茄子一樣。」

「哎呀，恐怖！恐怖！妖言惑眾！」

「就地焚化又如何？」

「還是工程師辦法多。」

「假如大廈還有其他住客呢？」

「這麼臭也無動於衷的住客，順便一併燒了也罷！」

「一下子把整棟房子燒掉怎辦？」

「小心點，不會的。工程師你看如何？」

「對，小心安排，應該不會的。」

「萬一真的火勢失控呢？」

「大不了燒啦！」

經過一番商量，委員會最後決定採用「就地燒屍法」：先把事主用易燃傢具包圍隔離，加些故衣床單被褥之類，然後一把火……

「要不要先來個喪禮？」

「喪禮？」

「對呀，碰上了也算緣分。簡單幾句聊表心意也很應該呀。」

「三分鐘靜默如何？」

「一分鐘差不多吧，她真的很嘔心哦！」

「嗯，尊重一點好嗎？」

經過一分鐘靜默，他們齊聲説了句：「請上路」，尊信便圍着屍體點火，大家跟着趕快離開。他們在外面逗留了片刻，一團團的黑煙從窗口滾冒出來，很濃厚。氣味出奇的香，像煎熏肉。

回程時，尊信見大家都不作聲，便再説些有關死屍的故事與大家分享：「對見慣死屍的人來説，你猜屍體哪一部位最令人心寒？」見大家都不反應，他才揭曉道：「手。手最令人心寒。」

宋笙半信半疑地望着他。

「士兵，醫生，搞殯儀的人，工作所需，不可能當死屍是一回事。拿死人開一點點玩笑也可以壯膽。軍隊拿敵人的頭當球踢，也是居於這心態多於仇恨。」

老馬揚起雙眉，用懷疑眼光盯着尊信。老宋則低頭走路，似乎別有心事，沒有留意尊信的談話。

尊信繼續解釋道：「但頭可以踢，手不能握。更瘋癲殘酷的士兵，也不願意和死人握手。雙手一握，一暖一冰，好像接上了陰陽界，一陣寒氣會從手心直透過來，嚇得你全身起雞皮。當初老兵告訴我，我不信。試過後差不多嚇出尿來。」

宋煥突然插口説：「除非她是你最心愛的人。」原來他一直都有在聽。

老太婆，竟然音容宛在。

晚上，她過來請宋煥去火葬現場喝茶。是綠茶，淡得跟清水差不

多。不熱，不凍，很清涼，是樹蔭下濕潤泥土的溫度。

「要餅乾嗎？」

他還未回答，她便遞過了一塊粉紅色的餅乾，豬耳般大小。他碰到了她的手，涼冰冰的，跟夏麗當時的手一樣……

餅乾入口即融，融化了的餅乾在口腔裡隨即膨脹，還蠕動起來。

蛆蟲！他知道口裡是一大堆蛆蟲！

吞便吞吧！不要讓老太婆難堪。他閉上眼睛，咬緊牙關，一口氣吞了。婆婆很滿意地笑了一笑，伸手握他的手臂。她的手沒有肉，冰冷的皺皮包着骨頭，令宋煥想起白雲鳳爪。尊信沒有吹牛，一陣寒氣從老太婆的手心滲過來，直透心房，宋煥全身起了雞皮。

他抬頭看見老太太的眼珠開始融化，沿着面頰往下流。她連忙用手背一邊抹面頰，一邊道歉：「宋先生，不要介意。就是這樣子，就是這樣子。真不好……」說到這裡，她的喉嚨也開始液化，聲音斷斷續續，好像人在水中，逐漸被淹沒。

宋煥從夢中驚醒，一身冷汗，喉頭清晰的有陣腥臭味。他朦朦朧朧地說了句：「不要給笙看見我死。不要碰我的屍體……」然後又睡着了。

第二天起來，夢境依然清晰。

他突然有個決定：將來要自己一個人安靜地死。絕對不要觀眾，尤其是宋笙。千萬不能讓兒子送終。

給兒子的信

笙兒，

　　這封信我不知重複抄寫過多少遍了。兩年來每次改動，我都要從頭到尾抄寫一遍。我寫字慢，眼又不明，抄一次很不容易。那倒不打緊，但每重複一次，心裡便失去一分感情，結果越抄越麻木，越麻木越傷心。

　　你知道嗎？感情對一個老人來說，特別珍貴。老年人感覺遲鈍，連傷心時也難過不起來。被抑壓了的傷痛，會化為懊惱，恐懼，甚至忿怒。我們傷心時流不出眼淚，大笑一餐反而會淚流滿面，好顛倒啊！

　　可能第一版的原稿最能表達我的感受，無奈我這個人任何事都要千思萬想，改了又改，修完又修。好，不囉嗦了，再來一遍，最後一遍。

　　我十八個月前第一次寫這封信。當時只寫了個開場：「笙兒，我不知道應該從何說起」，便寫不下去。我現在大概知道從何說起，卻不肯定如何收尾。

　　一年半來，我多次想安排離去，但每次都找來一大堆延期藉口：再過兩個月吧；先再給你多點心裡準備吧；等春天來再算吧。

今天我不再找藉口，是因為時間不多了。

你出世時，我就是你現在這年紀。你突然的來臨，對我來說不單只意外，簡直不可思議，是個奇跡。你爸以前不相信奇跡，認為奇跡是無知的副產品。有了你之後，我不但相信奇跡，還認識到諷刺和矛盾。我本來認為世界人口過剩，不打算要孩子，不育危機，老實說危不及我，急不上心。幾十億人想生生不出，我不想生反而有了你。你說諷刺不諷刺？

你除了帶給我們童真的歡愉活力，還打破了我現實狹隘的眼界，改變了我的人生觀，這是我意想不到的。但每當我看見你面對一個沒有朋友，沒有將來，沒有奮鬥和夢想的人生時，我又後悔一早沒有避孕。矛盾嗎？

不過，當時全世界也沒有人避孕。雖然你媽從來不肯做生育體檢，我倒因為好奇，兩次參加了公司的「數精蟲」行動，表示支持。兩次都同一結果：寥寥可數，沒精打采。又怎會想到……不過想到又如何？假如我們一早知道有生育希望，也只會加倍用功。能生育當時已變成極大的榮幸，相信連我這個計劃不育的人也不會堅持！所以結果還是一樣！

你是個萬中無一的好孩子。可是你那討人喜歡的個性，反而令我加倍難過。真是左右做人難，對不對？

你四歲半時很急想長大。對你來說，所有人都像你一樣，年齡拖着半歲：我是四十歲半，你媽三十四歲半，你唯一的小朋友小羅九歲半。小羅也是難得正常的Ｚ壹族人，可惜過不了瘟疫大關。

你終於五歲啦！我取笑問你長大後打算做甚麼？誰知你說：

「爸，我想先變六歲。」對，一步一步來。我就是想教你這個道理，想不到你那麼有天分！

你小時候的零星片段，對老爸來說永遠回味無窮。記得你第一粒糖果嗎？我們到你五歲才讓你吃糖果，說起來真不容易。全世界都在等你開口，想要甚麼便塞甚麼進去。也難為了你媽和我，為了你，要分分秒秒與全人類對抗。你吃第一塊甘草糖那個表情，把媽媽的眼淚也逼了出來。你很幸運！絕大部分的孩子要甚麼有甚麼，一早已經喪失了小孩子看見糖果那種千金難買的喜悅了。

我又東拉西扯了。沒辦法，一切都變得越來越模糊冷漠。只有這一點點回憶，依然深刻溫馨。

你十歲那年發高燒，我們憂心的程度，比在你出生後的第一年更甚。整個星期，你迷迷糊糊的在一百零三度高溫下度過。醫生們外表充滿信心，但我看得出他們也是迷迷糊糊，不明所以。護士每隔一小時用酒精替你擦身。我們站在隔離病房外看，像座玻璃陵墓。你媽急起來，向她從來不相信的上帝求情，要求用她的生命換你的回來，幸好上帝當時好像未聽到。第八天早上，你突然退燒。由於慣了高溫，不停的發抖。到下午，你已經好像從來沒有病過的樣子，在病房四處走動，大家都不肯定你患的是甚麼病。

好啦好啦，再想當年，我又走不成啦！我應該以身作則，勇敢地面向將來。你往下還有很長的日子，充滿挑戰。我大概也有好幾年的光景要應付。但老人家像小孩一樣，短時間內可以變化很大，這方面我已經開始感覺到。我不想把我的老人問題加諸於

你，這點我分析過很多次了。意想不到的是，當我準備離去的時候，才發現了另外一個原因：我要在生命完結前釋放自己。

你很清楚爸爸的個性，我愛紀律，重條理，講邏輯，不嫌重複煩厭，最怕變異騷擾。無奈命運一點也不配合。我們生活在人類歷來最重大的變幻中。因為你，我們一家更要活在這巨變的風眼。

你媽的死，對我打擊很大。但我好像臨危的烏龜，縮頭閉氣，熬了過去。在醫院，我沒有哭。我當時只覺得累，累透，累極，累盡，不想動，也不想放手。我想騙自己這不過是場噩夢，醒了便一切如常。可惜我想像力一向不豐富，空白的腦袋很清楚你媽已死，而人死不能復生，奇跡不會出現，不必多餘做夢。

離開醫院後，我也沒有哭。我無目的地走了不知多久，才覺得肚餓。我買了一隻燒鵝回家，我們兩人把它一口氣吃光了，你還記得嗎？我看得出你哭過，當時很羨慕。

那幾個星期，我好像行屍走肉，沒有感覺。

出殯那天我也沒有哭。

多年來我一直沒有哭過，也從來沒有夢見你媽媽。直至幾個月前，她才第一次在我的夢中出現。我們沒有說話，但我覺得很溫馨安詳，再沒有說話的需要。她煮了麥皮，但我沒有吃便醒了。醒後我哭了，哭得很痛快，很舒服。

可能我的心終於解凍了。我突然很想活，不一定要活得長，但是要活得真，活得爽，無拘無束，不再像我自己。時間無多了，我還顧慮些甚麼呢？你可能會認為這種「尋找自我」的掙扎，是年輕人的特權，並非老人家所為。我以前也這樣以為，但最近終於

領悟到，一個人，跟着自己的偏執，社會的制約，和別人的期望，活了一輩子。老了才發覺活了這一輩子的人，可能不是自己，你說心焦不心焦？年輕人尋找自我，是摸索未來，老年人尋找自我，是收拾殘渣，希望死前把真正的自己拼湊起來，看一眼才走，所以更迫切。

笙，我現在的心情很實在，充滿希望，一點也不害怕，亦不難過。我們父子倆是老朋友，相依為命了一生，但最終也難逃分離大限。反正要發生的事，何必不花點心思，處理得更好呢？我今天離去，是最理智的做法，時間上也恰當。你想清楚之後，一定會明白這點的。

更理智的決定，也會帶來悲痛。但時間會幫助我們復原。在感情方面，你比我真，比我勇敢，是你媽媽所賜。我知道你的悲痛會來得快，來得狠，但也會去得乾脆。這方面我將來會獨自好好的學習，好好的領悟。

我最遺憾的，是你沒有一個伴。做父親的都希望見到兒子討老婆。而你的處境，又特別需要一個老婆。可惜你的同輩Z壹族，都是些難以理喻的年輕人。還記得政府嘗試替你做媒的幾個女孩子嗎？現在回想起她們，也會感覺心寒！看來，我們這一代不單只把你們的生活環境破壞了，還把你們的心靈也一併毒害，寵得不再像人，徹底的毀滅了……

你媽媽和我雖然盡力把你教育成一個「正常人」，但培養一個正常人去生活在一個不正常的世界，是否明智呢？老實說我沒有一個肯定答案。

　　其他的Ｚ壹族好像都消失得無影無蹤。難道都自殺死了？也許都移民了？怎樣也好，我唯一的心願是你能夠找個伴侶過活。在這情況下，最好不要過分要求，找個母夜叉也比孤零零一個好，你說對不對？

　　好啦，再囉嗦下去，我又要延期了，但延無可延啦！在我們父子面前的分叉路，正朝着不同的方向開展，一刻鐘也不會等待。

　　你不用擔心我。我一如既往，計劃周全。我知道甚麼地方吃好住好。寂寞當然難免，但老年本來就寂寞，就算有大堆人在身邊，也不能改變這個事實，倒不如一個人無牽無掛地面對？我會跟着自己的路走下去，應上山便上山，要下海便下海，想哭便當場哭，想笑便開口笑，再也不用擔心把你嚇壞了！我一生人也太嚴肅了。從今開始，我要培養幽默感！（好笑嗎？）

　　笙兒，我一生人最愛你媽媽，最疼你。爸爸也很感激你，使我的生命更完整豐盛，把我的眼界拉開。你能夠做的都做了，現在得看我自己啦！記得我上星期說的嗎？我和你媽永遠都會活在你心裡。我走了之後，希望你慢慢體會。

爸爸

宋煥用桌上的明朝玉麒麟把信壓好，然後轉身離去。

　　他的單車停在門口等他，上面安置了兩個滿滿的大背囊。他沒有上車，只用手推着，朝着西面走去。過了大約十五分鐘，他匆匆地踏車回來，跑回屋內，寫了以下的紙條：

笙，

爸爸到了要走的時候啦。我給了你足足兩年的心理準備，應該夠了吧。我早晚也得去。現在走，時間最恰當。我們必須理智，隨遇而安，做個適應環境萬變的生存者！我會活得很好，你放心。你也要勇往直前，堅決精彩地繼續下去。

笙，你只要留心，隨時可以在自己身上找到我和你媽媽。我們一家人永遠也不會分開的。

爸爸字

他把原來的信疊好，塞進褲袋，然後把玉麒麟壓在剛寫好的紙條上，環顧了房間一遍，說了聲：「走啦！不再見啦！」才再轉身離去。

渡伶仃

　　宋煥把背包和單車放上小舢舨後，才發覺自己全身被海水和汗水濕透，還不住輕微發抖。

　　他兩星期前已作好準備，把舢舨拴泊在這裡。今天外表平靜的維多利亞港，在晴空之下翻滾着無數不起眼的白頭浪。眾多的細小浪頭，在碼頭對開結集後沖上石階，一聲哇啦緊接一聲，氣勢逼人，令宋煥心寒。

　　他剛才費了很大的勁，伏在石階把單車和背包放上舢舨，藤壺蠔殼把手腳刮得傷痕累累，血跡斑斑。雖然只是皮外傷，但也令他沮喪。不過石階佈滿青苔，滑不留腳。沒有蠔殼的話，情況可能更糟。這一場序幕掙扎，令宋煥覺得自己比一小時離家出走前老了很多。

　　心裡的聲音在勸他放棄：「看你這狼狽相，還是趁兒子未回家前趕回去休息。睡個好覺，下次準備好一點再來吧！」

　　但準備更好也有變數，不可預見。宋煥自問是克服變數的專家，怎能一開始便認輸呢？他向來與水無緣，水肯定是與他相剋之物。只要咬緊牙關，過了海就算當不了神仙，也可以重新做人。

　　宋煥眺望九龍，深深吸了一口大氣。假如有海底隧道多好，可以踩單車過海。可惜停電只不過幾天，隧道便水深過頭了。他略算一下：

一條隧道的斷面積乘以長度，再除以水泵平常每天抽出的幾百立方，對，很快便走不過人啦。反正舢舨也很方便。經過多年來不斷填海，香港和九龍相隔只有一千五百米左右，慢慢劃也不用半小時。

宋煥解開船尾纜繩，一手拿着，一腳踏進舢舨。由於膝蓋不靈活，踏得太重，小舢舨好像有點不高興，即時左搖右擺。宋煥屈着膝，伸出雙臂平衡，等小船鬧完脾氣才慢慢蹲下。坐穩後，他鬆了船頭的纜繩，拿起雙槳，用激勵的語氣對自己和小船宣佈：「大家準備，啟航啦！」

離開了推波作浪的直立堤，海面較平靜。小舢舨終於像匹剛被馴服了的野馬，乖乖載着宋煥渡海，開始他人生最後的一段的歷程。頭頂的天空大片蔚藍，只有幾朵白雲點綴。曾經忙極一時的維港，現在寂靜安詳，活像人間仙境。宋煥的心情也跟着轉好，透露着希望和信心。

「蓬萊，這就是蓬萊！」

他背向九龍，面對香港，輕鬆地划着。港島依然一副大都會的模樣，隨着小艇的節奏在眼前起落，逐漸遠去。他突然又傷感起來，覺得無限空虛，依依不捨。「惶恐灘頭說惶恐，伶仃洋裡嘆伶仃。人生自古誰無死……」下一句是甚麼呢？他一下子想不起來。詩詞歌賦這東西，他到底是外行。反正這三句很應景。他下意識把頭西轉，向伶仃洋望了一眼。

「不要胡思亂想，只顧往前！划！」他多年來教導兒子的說話，想不到現在自己受用。他加把勁，向尖沙咀碼頭划過去。久違了的尖沙咀，究竟變了甚麼樣子呢？

不夠二十分鐘，他已經到了碼頭邊。無定向的浪頭，像攔途的流

氓，從左右兩邊推撞舢舨。小船有如嗅到伏兵的戰馬，開始躁動不安。

「別怕！」宋煥安慰着小船和自己。

他由西面駛向碼頭。這裡的石階比香港那邊高，長滿了厚厚的青苔。這樣跳上岸，豈不等於自殺？他考慮過下水游泳，拖船埋岸，但不願意一開始便弄得如此狼狽，一副出師未捷的敗相。

「不怕！年紀比我大得多的船家，也可以像蚱蜢般跳出跳入，我怕些甚麼呢？」

幾經掙扎，他終於抓住了一條碼頭的大木樁，把搖晃不定的舢舨勉強繫住一頭。他半攀半撲地爬上石階，全身濕透，與游水上岸無異。他站在平台，不住顫抖。腦袋也在顫抖，一時間不知所措。辛辛苦苦越過了伶仃洋，登陸的地方竟然是惶恐灘。

舢舨在水裡顛簸，幾乎把手中的纜繩搶走，他才猛然醒覺，把船索綁在欄河。他看見附近有條帶鈎長竿，是以前水手用來接船纜的，便順手拿來鈎背包上岸。看起來這麼容易的操作，竟然也費了他不少氣力。

輪到單車了。吊單車，這條鈎竿不中用。宋煥最後還是要伏下來用手取。身體壓在濕厚的青苔上十分難受。左邊的膝蓋本來已經隱隱作痛，現在濕了水更不舒服。他伸手去抓單車，但手不夠長，沒法拿穩，舢舨在大浪推動下搖晃得很厲害。

宋煥起身把繩索儘量拉緊後，再伏身取車。終於一隻手拿住了前輪，開始把車拉上。就在這一刻，一股巨浪有如攻破了城門的流寇，一擁而上。舢舨直撲宋煥剛到手的單車，把它撞到碼頭邊上。叉架和輻條像把剪刀，順勢向他的手指切去。他急忙鬆手。

　　單車跌回船頭，停頓了片刻，才翻身掉進水裡。很奇怪，宋煥聽不到任何跌撞聲音。單車下水的一剎那也沒有水花。他望着單車下沉，沉得很慢，好像過了很久才在海底躺下。想不到他的車一開始便到了終點，找到歸宿，捨他而去了。

　　小舢舨好像知道闖了禍，突然靜了下來，一副無辜的樣子在海面輕蕩。宋煥小心翼翼地站起身，眼睛眯成兩條裂縫，然後「呸！」的一聲，向舢舨狠狠地吐了一口水。

　　他拿起背囊，一邊膊背一個，轉身向着彌敦道一步步走過去。

狗友

宋煥步履蹣跚地沿着彌敦道向北前進。找來的手推車上,乘載着兩個濕了水的大背囊。

昔日香港最繁盛的購物大道,現在蕭條清冷。兩旁的名牌商鋪,當年的旺盛人氣,熱鬧虛榮,早已銷聲匿跡。宋煥走在路中央,減低被生鏽空調或鐵窗掉下打中的機會。

尖沙咀曾經是遊客的購物天堂。原有的天然水源,早被鋼筋混凝土重重封殺,加上到處都是搖搖欲墜的光管招牌,所以區內遺民早已遷離。環顧四周不少末世遺跡東歪西斜地掛在橫街巷口:

瘋狂艷舞 —— 飲品全免!

信耶穌,第一好!

四仔電影 —— 真人彩排

學生妹導遊,滿意收錢

「世界之光」潮人崇拜(電梯按 6 字 B)

風流怨婦,波大熱情(電梯按 6 字 E)

只有相信主,你和家人才可得救!

這裡除了是華洋雜匯的摩登市集,還是上帝和魔鬼的最後戰場。

在人類完全斷氣前，正邪雙方有如二十世紀名片「星球大戰」中的死敵，互以霓虹燈管為武器，拚個你死我活，目的只為爭奪靈魂。

現在，連野鬼孤魂也找不到一隻。

間中有幾條野狗，遠遠監視着宋煥。偶爾也會有一兩隻好奇的貓居高跟蹤，但只要他抬頭一望，便消失得無影無蹤。蒼涼的天空，依舊給兩邊高樓夾死，只剩一條狹縫。沒有了城市垃圾，鳥兒都搬到海濱和山上去了，偶然飛過也不作停留，因為這裡連老鼠也不多。宋煥原來估計隨着人類式微，鼠輩會趁機橫行，誰知剛剛相反。城市老鼠幾千年來不自覺依賴着人類庇蔭而生存，躲在社會的黑暗角落過活，不愁吃，也不怕被大自然各式各樣喜歡吃老鼠的兇殘動物捕食。至於人打老鼠，一般聲音高於命中率，根本不構成具體威脅，家裡的肥貓懶狗也好不了多少。

沒有了人，老鼠不但三餐不保，還危機四伏。肥貓懶狗自從瘦了身，消了肚腩，脾氣也變得兇狠，失去了以前那種「獵殺只為消遣」的體育精神。抓老鼠變成生死攸關的大事。

整個下午，宋煥都在找單車。不需要的時候，到處都見到棄置了的單車。現在有急需，卻走遍整區也見不到一輛。終於找到一家運動專門店，內有一列全新單車，還有氣泵之類的配件。但做夢也想不到，這店主最後一次關門的時候會那麼小心眼，把每一個窗每一扇門都鎖死。他肯定打算有一天會重出江湖，大展鴻圖。也許他寧死不屈，不想把真金白銀買回來的存貨，免費讓人拿走。反正此人心態有問題。

閘門雖然鏽斑滿佈，卻怎樣也踢不開。哎，有宋笙在，不需半個

215

小時，肯定把它弄掉。但宋笙不在。而他現時的心境，比昨天老了最少二十年，充滿挫敗感，缺乏信心和力量……

終於在附近找到一輛手推車。

花了半天時間，宋煥才不過離家三公里左右。但這三公里的路程遙遠得難以想像，沒有回頭的可能。這半天的時間，恍如隔世。

宋煥實在沒勁再走了。眼見黃昏已近，便在附近的九龍公園休息。幾條野狗離遠監視，似乎在評估它們跟宋煥究竟應該誰吃誰。它們一時間不知如何對付這個不慌不忙的不速之客。宋煥故意吹着口哨，把背囊裡的東西拿出來晾乾。狗哥們見到他鎮定，更不敢輕舉妄動。其中一頭低聲咆哮，裝兇作勢，意圖試探。見大家都沒有反應，便又靜了下來。

宋煥吃了條醃炸雞腿，把骨頭扔過去。見到自來骨，狗哥們不顧面子，爭了起來。「狗終歸是狗。來！」宋煥向其中一頭招手。眾狗見他有所動作，便竪直雙耳，提高警惕，但絲毫沒有意思過來交朋友。它們看上去都很年輕，對人類沒有甚麼認識。

無人飼養後，大狗很快便三五成群結黨獵食。至於北京狗、奇瓦瓦之類的變態寵物，由於被嬌寵的日子太長，本能盡失，很快便餓死或被大狗吃掉。想當年，香港是小狗天堂。把狗當仔的人比認賊作父的要多。這些田鼠般大小的寶貝，逛街拉屎也由主人或傭人抱着，或用車推着，見到合胃口的燈柱才下來大小二便。便畢，主人還會用消毒紙巾擦屁股。它們冬天穿毛衣，下雨穿雨靴，和千般呵護的主人相依相偎，做狗的不似狗，做人的不像人。

宋煥並沒有估計錯誤。一般的狗碰見人仍然會敬而遠之，不會無故挑釁，但見到尖聲亂吠的小寶貝則另當別論。宋煥親眼看見一條奇瓦瓦遇上德國狼狗，竟然看狼狗不順眼，迎頭痛吠。大狗一聲不吭，等小寶貝吠到差不多衰歇的時候，才回頭一口。小寶貝沒有吭聲，也沒有掙扎，可能是見到自己流血，嚇昏了吧。大狗叼着血淋淋軟綿綿的小東西，望了宋煥一眼，好像禮貌上確定一下他不是主人，才施施然離去，找個清靜角落進食。

看見狗吃人屍，卻又是另外一種心情。宋笙差不多昏倒過去。

父子倆某天與尊信路經一棟低層大廈，嗅到一位鄰居的已故身軀，便跟着臭味找過去。他們一進大宅，便聽到狼吞虎嚥的聲音。宋笙掉頭便想溜，卻一手給老兵尊信抓住。尊信作了個手勢，叫他別走，然後輕輕腳往廚房拿了把菜刀，跟着用大毛巾把左臂厚厚地包護起來。宋氏父子立即有樣學樣，纏巾執刀跟着尊信，背靠走廊，側身向後廳走去。

三條狼狗正在狼吞虎嚥，把一串串的人雜扯出嚼食。一早察覺有人入屋也不理會，只浮起眼角盯住這幾個不速之客。雖有戒心，卻無懼意。

屍臭給狗一搞，臭上加腥，分外嘔心。正當宋笙差不多要吐的時候，聽到尊信沉聲命令：「背貼牆，讓它們有空間逃。」宋笙還來不及驚恐，尊信已經右手高舉菜刀，左手護身前，衝向狗群。幾隻狼狗立即口叼腸臟，黑血淋灘地從他們身旁走過，奪門而逃。

狼狗一走，大群蒼蠅立即擁回屍身，繼續進食。

第一站

　　宋煥翹起屁股下的木椅，把雙腳架上窗台，讓濕暖的微風舒緩浮腫。

　　椅子下的蚊香，散發着除蟲菊的殺氣，暫時把他的死敵拒於三尺之外。他心裡明白，假如一個月後仍然生存，在小鎮商鋪又找不到補給的話，他便要接受失敗，以身餵蚊。這折磨了他大半生的害蟲吸血鬼，將會是最終的勝利者。從長遠角度看，人根本就不是這賤蟲的對手。

　　宋煥對蚊子特別敏感，蚊叮有時會腫脹到半邊雞蛋般大，紅熱痛癢，錐心透骨，數星期不散。他十多歲時野外露營，被毒蚊叮滿了一身，看上去胖了幾公斤。他回家後立即放滿一浴缸水，加了幾袋冰塊，意圖把自己凍僵，與蚊叮同歸於盡。可惜僵凍不了幾分鐘，身體便局部適應過來。幾十口蚊叮在麻木的身體上逐口蘇醒，像無數敵軍潛艇在雷達陸續出現，令他身心俱寒。

　　隨着年紀，宋煥的過敏症逐漸減退。踏入垂老之年，皮膚與神經系統日漸疏離，中樞神經對外來騷擾好像失去興趣，基本上不大反應。身體對蚊叮的漠視，可能是老年帶給宋煥的唯一好處。

　　從前的蚊子可真精靈，具有超自然感應。你只要心動殺機，它便

拔針而逃，形同鬼魅。當千奇百怪的殺蚊技倆隨着人類消失後，蚊子越來越多，卻越來越遲鈍，聲大腿粗，在人身着陸有聲，分明找死。但人總得要睡。笨蚊就在這時慢慢享受吸血之樂。其實對今天的宋煥來說，叮便叮吧，反正沒有甚麼感覺，多受幾叮也未至於貧血。但他擔心的不是皮膚痕癢或失血過多，而是登革熱或瘧疾。他離家出走是希望安樂死，以免負累兒子，並非刻意尋死。就算要尋死，他也情願跳樓，燒炭，服毒，而不做那賤蟲的針下亡魂。況且他雖然筋疲力盡，心裡卻充滿生命力，能活一天算一天。放下父子親情雖然痛苦，但斷絕了愛的顧慮，反而令他更想努力活下去。

只要仍然活着，便要提防蚊叮！

按照宋煥原定的行程，出走後第一天下午會抵達元朗，休息一兩個晚上，才繼續向大陸進發。想不到計劃中的一天路程，走了差不多一個星期。

元朗早期是農村，風光如畫。到二十世紀後期才被城市緊密包圍。農戶漸漸棄耕從廢，把荒棄了的農田暫租回收商堆放爛車廢鐵，期待天價出現，出售祖上遺留的田產後，與孩子們拿着錢坐在沙發上看電視吃薯片度餘生。美麗的元朗，就這樣變成了多元化廢堆。出奇的是，在都市廢物和地產商的包圍下，竟然有幾塊農地始終不屈，默默耕耘。宋煥本來估計會在這裡碰上一兩個老農民。誰知一路過來，只見野狗野猴，未遇半縷人煙。看來更頑強的農戶，也無力抗拒人類絕種這整體大命運。

四周變了野麻藤的天下。香港的亞熱帶氣候，本來不適合野麻藤

生長。後來氣候暖化，它們才抓住機會落地生根，開枝散葉。現在無人控制，它們更反客為主，放肆繁殖，把不少本土植物纏得透不過氣。在麻藤為患的荒野中間，是一條曾經用來灌溉兼排污的小溪，現在清澈晶瑩，都是鯉魚河鱸，隨手可撈。宋煥早有準備，帶了魚網。但現在沒有心情捕魚。首要是把腫臭的雙腳泡個痛快。

清涼的溪水把腳痛稍緩，他才留意到左邊山坡上有棟小平房。這裡一帶低窪，常有水患。這平房的位置很好。「反正住一兩天便走。」他忍痛穿上鞋襪，慢慢跛行過去。

外面黑得很透。宋煥凳下的蚊香是無盡黑暗中的唯一亮點，周圍失去景深。他把雙腳伸到窗框外吹風。沐浴在黑暗中其實很平靜自在，比濕熱的日光浴清爽。

他打算在這裡休息一兩天便繼續北上。但是……再走？他暫時無法想像再次登途。「我不是發了願不再計劃的嗎？」他提醒自己：過一天算一天，餘生不再計較。

簡陋的小平房坐落山坡，用石頭磚塊砌成，看來已經有不少日子了，但床鋪還可以。外面有幾株荔枝，桃樹，還有死去不久的木瓜。沒有野麻藤。大概本來是個小果園，園主離去沒多久吧。木樑和門窗框都有點霉爛，不過最少還可以頂三五年。夠啦！

入黑後，青蛙田雞聲響徹田野，令人迷惑，卻絲毫不像交響樂，詩人常用的比喻似乎很牽強。宋煥心想，下次投胎反正做人無望，何不做青蛙，每天以蚊蟲飽肚，以報今生叮咬之仇？哎，大家變來變去，本屬同根，又何必苦苦相叮呢？想到投胎，夏麗究竟變了甚麼呢……

他把椅子再仰後少許，把雙腳再伸出一點。水泡重重的墜在趾頭

和腳板。「嘿，叮這個吧！」他命令看不見的蚊子叮水泡，接着頑皮地笑了出來。

過去幾天，他的心很痛，日以繼夜地痛。但心痛可以蓋住肌膚之痛，有麻醉作用。現在心痛稍退，各樣傷痛隨即補上。由腿腳牽頭，腰背緊隨，頭頸押後。頭痛本來很平常，但最近附帶了牙關炎，大大加深了複雜性和折磨程度。

哎，盡情折磨吧！宋煥心想：時間在我這邊。更厲害的痛楚也可以慢慢適應。適應不來人會崩潰，神經線也會因過度緊張而萎縮枯亡。再大不了一死了之。到時任你瘋狂煎熬，我也無動於衷。我七十二啦，試問你可以把我再玩弄多久呢？

想當年，七十二還未到退休年齡，大部分人還得奮鬥謀生。現在宋煥雖然生活環境沒有從前方便，但除了有些關節酸痛，和懷疑高血壓外，基本上龍精虎猛。雖然不能與年輕時相比，但年輕人根本就不懂欣賞自己暫時完美的身體。反而人老了，偶爾感到血氣暢順，骨節輕盈，便十分感恩，開心一整天。年輕人倒沒有享受這滿足感的福氣。

話雖如此，在文明已逝的今天，稍不留神，足以致命……想到這裡，宋煥打了個盹，整個人猝然前衝，嚇出一身冷汗。他立即把腳放下，椅子坐平。摔一交隨時要命，甚至比要命更要命。

嗯，說到要命，那要命的嘭嘭嘭嘭怎麼沒啦？幾個月來，他的心臟，頸脖，大動脈，一起造反，經常嘭嘭嘭嘭地跳，有時整天不停，好像急於找個缺口爆破。

是時候走啦……快爆啦！

於是他下定決心，收拾行李。

現在走成了，嗵嗵卻停止了。難道他的血管根本沒有問題，都是心理作用？又或許幾天的長征把淤塞逼通了？又莫非部分血管已經爆裂，現在是崩潰前的寂靜，迴光返照？「還是不要多想，到時自會揭曉。」

宋煥事無大小都要計劃。他討厭意外，認為「意料之外只不過疏忽的藉口。」這次出走是個罕有例外。他想在死前嘗試自由自在，隨波飄流的滋味。一切放下，聽其自然，不再計劃。

不過暫時來説，這幾天的聽其自然，如他所料，一點也不好受。

掠影

　　宋煥不肯定自己離家出走多久了。五六天？不止吧，大概應該有
七八天了……

　　他安慰自己這是由於情況異常，並非老人痴呆。多天來，他行屍
走肉地推着車，麻木的心勉強撐着力竭的身，踩着腳下的大水泡，一
步一步走着。他心知自己疲倦、飢餓、痛楚，卻找不到感覺。向來清
晰的思維，被單調的光陰麻醉，腦海一片模糊。過去的事情沒有先後，
沒有層次。他集中意志，緊握一個堅持。他知道失去了這個堅持，一
切都會霎時間崩潰：北！往北走！一步帶一步，別的都不重要！

　　白日夢一個未完一個又起，在疲憊的腦海交叉起伏：昨天、明天、
今天、真實的、虛幻的、千奇百怪的……他平日教兒子的生存戰略，
自己現正用得着。原來「一心不亂，勇往直前」，説來容易，實踐極難。

　　五天也好，七天也好，無非是過去兩年的總結。

　　兩年前他閒來無事，把從前估算人均壽命的舊檔翻看，按照當時
情況復算了一下。誰料一算之下，發覺人均壽命大跌。而根據這最新
推算，自己壽緣將盡。老馬聽後大笑置之：「老宋，以你一個凡事講邏
輯理據的人，竟然發此神經，真個出乎老夫意料之外也！」

老馬説得不無道理，宋煥也自問荒唐。不過這一時的荒唐，卻帶出了一個很實在的問題：怎麼看也已經年屆風燭，隨時會走。他的死對宋笙會有甚麼影響呢？又假如垂死這過程拖得很長……唉，不想還好，想落惆悵。

但話説回來，預測只不過是預測，不能作準。宋笙不是一早證實了嗎？機會率説他不會出現，他出現了；説他過不了一週歲，他輕鬆地過了。老馬説得對，在現今情況下猜測人均壽命是娛樂多於科學，還是一笑置之罷了。

想不到過不了幾天，那滿身屍蟲的老太婆被處理後陰魂不息，晚上回來請他吃蛆蟲凍餅。宋煥雖然不信預兆，但接二連三的事情都圍繞着同一個問題發生，不容他不面對。他於是開始計劃，同時對兒子做思想準備工作。

準備功夫本來可以做一輩子，沒完沒了地拖延下去。但最近他體內忽然多了雜音，在血脈中巡迴作響，令他感到大限將至，才決心行動。想不到付諸行動後，那嗶嗶響的催命符竟然不藥而癒！不過離開反正是正確的，遲早要面對的事情，趁早主動肯定沒錯。

人生最終一幕既然已經揭開，把結局演好，努力收場是餘生的唯一任務，要盡力而為。

回首往昔，不少零星瑣事仍然歷歷在目。但跟着光陰往前走，越走越近，走到目前，一切又變得模糊，有如沒有戴老花鏡，距離越近越不清楚。這「老花」現象甚麼時候開始的呢？應該也是比較近期的事吧，因為記憶中找不到絲毫頭緒。

　　宋煥最深刻的童年記憶，是一個正在替爸爸打齋超渡的道士。他一手敲木魚，一手在檯底發短訊。

　　他父母都是勤奮實在的會計師，與人合夥經營會計師樓，每天加減乘除，孜孜不倦。宋煥快六歲時，爸爸很冤枉地死於交通意外。爸爸平常甚少夜出。在那不幸的晚上，他參加了會計師學會的週年晚宴，才比較夜歸。根據警方錄像顯示，當時街上很靜，沒有車，但行人過路燈是紅的。爸爸安分地等它轉綠，站了一分零七秒，連警察也覺得出奇。

　　認識宋爸爸的人卻不會覺得出奇。他是個堅守原則，一成不變，一絲不苟的機械型君子。他認為行人都不遵守交通燈的話，社會會失去秩序。「有交通燈為甚麼不遵守呢？更趕也不差一分半鐘吧。」

　　行人紅燈變綠的一刻，他便大步踏出，行使他的道路使用權。同時，一部 V10 引擎的紅色跑車，被它多喝了十杯八杯的主人以時速一百二十公里拐彎出現，與宋爸爸撞個正着。負責的警察相信，跑車當時肯定發出了很大的嘈音。「可惜宋先生只顧留意交通訊號，沒有理會路面情況。」警員的語氣，竟然有些歸咎宋爸爸。

　　這一撞，他就當場死了。現場離家不夠兩百米，但四小時後媽媽才收到警方通知。

　　那是宋煥首次接觸死亡。不過他年紀小，對晴天霹靂的悲劇似懂非懂。多年後，他唯一的記憶是那充滿色彩的道教喪禮。他是獨子，要扮演主要角色。身穿長袍孝服，他覺得自己像個劍俠，帶着父親的亡靈，過完金橋過銀橋，手執長幡，跟着喇叭鑼鼓兜圈，好不威風。他想笑，但看見媽媽的樣子，他也想哭。他直覺知道那天只可哭，不可笑。最後他沒有笑，也沒有哭。

道士們都是兼收並蓄的喪禮專家扮演的。他們的主打戲是道佛儀式。由於佛祖和老子都不來禮儀這套，所以通通都是後世創造的版本：破地獄，鬧天宮，賄賂牛頭，遊説馬面等，都可以按價增減，豐儉由人。客人要求的話，也可以搞基督教或回教追悼會，不過進口儀式要額外收費。

宋煥從小朋友的低角度，看見道士一手敲木魚，另一手在桌下發短訊。他當時對手機有濃厚興趣，所以印象深刻。

爸爸過身後，媽媽把生意賣了，然後加盟一家大會計師樓當助理董事，認為這樣比較安定。其實對宋煥來説，生活一向很安定，與從前並無兩樣：傭人露絲依舊照顧他的起居飲食，媽媽不上班時依舊做媽媽。他的父母本來就十分相似，老實説有點兒重複。現在意外地減掉一個，雖然失去了後補備用，但家庭運作倒變得更高效，徹底消除了一切潛在矛盾。

宋煥便是在這樣的一個安穩勤儉，理性和諧的家庭中成長的。

宋煥天性實在，家庭的影響令他更務實。他自問很有自知之明，甚至説自己頭殼裡不是人腦，是計算機。

中學後，他到加拿大修工科。2035 年畢業回港，加盟一家芬蘭公司做見習。他勤奮可靠，不辭艱難任務，不怨沉悶差事，是個理想員工。五年後，他晉升高級工程師，被調派上海一年。在上海，他認識了夏麗，頓時心猿意馬，發覺自己一直過分潛心工作，把女孩子和終身大事都忽略了。

不過事實並非如此。

他幾年來的確很專心工作。至於戀愛方面,也真的只聞樓梯響,而且響得不久,聲音不大。但他卻沒有完全忘記了女孩子這碼事。

宋煥樣子可以,高高大大,有幾分不自覺的傻氣,人挺隨和,前途又好,是女孩子釣銀龜婿的甲級人選。可惜對他來說,大部分女孩子都深不可測。香港女孩子流行捂着嘴咯咯笑,更令他一頭霧水。

他與老友阿燦工餘一杯啤酒在手,討論着女孩子這個怪現象:「阿燦,女孩子為甚麼老喜歡捂着嘴笑呢?」

「可能像日本娃娃吧。也不是現在才流行,陳美齡時代已經是這個模樣。」

「陳美齡?」

「古時的歌星,我阿嬤的偶像。我小時候被逼看過她的錄像不知多少次。」

「哦……」宋煥一時間被阿燦額頭正中的一顆大暗瘡分了神,心想,能長出這麼大顆暗瘡的人,對女孩子的認識可能不比我多。他呷了一口啤酒,說道:「那天我跟 Lucy 吃日本菜,看餐牌的時候,我說喜歡魚生多過壽司,她便捂着嘴笑不停。」

「嗯……」

「我那句話純粹出於無聊,只不過發點聲音應付冷場,一點也不好笑哦!」

「對。一點也不好笑。」

「沒錯呀!但她笑到失控!」

「你如何反應呢?」

「我告訴她我喜歡魚生多過壽司是真的,不是笑話。」

「那她怎麼說？」

「她捂着臉，笑得更激更失控！」

「嗯……」阿燦緊鎖雙眉尋思，額上的暗瘡充血，紅得發紫，隨時可能會爆：「可能她笑你天生滑稽，與說話內容無關？」

「有可能，她們好像都有這個問題。」

宋煥口中的「她們」，表面都是有潛質的對象，可惜都在宋先生的嚴格評審下迅速落敗。大家首次約會，局促交談不夠二十分鐘，宋煥便不由自主地暗自盤算未來幾十年的「共同生活」：她好相處嗎？會是賢妻良母嗎？將來老了會囉嗦嗎？會是稱心老伴嗎？面對災難她能夠鎮定處理嗎？有風浪她熬得過嗎？他在辦公時間抑制了的各種臆想，會同時爆發。

經宋煥客觀分析過的女人，都有某種駭人短處：不是太深沉，便是太膚淺；不算太肥，便是太瘦；太正派會悶死人，太風騷又吃不消；太聰明，難應付；大笨旦，難忍受。反正難，難，難。

宋煥認為有潛質的對象，都是二十來歲，受過高等教育，中產出身的野心實惠型女士。她們又何嘗不心裡有數呢？她們外表淡定，內心焦急，全神貫注捕捉白馬王子，好向同期畢業的八婆和剩女炫耀。所以初次約會，便急不及待，旁敲側擊面試對方：學位？專業資格？野心？都說來聽聽吧。家裡有幾個人呢？哦，媽媽還在？關係如何呢？呃，已經在儲蓄買房子的首期？太有計劃了，嘻嘻！嘻嘻！嗯，東涌？「你打算在東涌買房子？」她不禁失望形於色，以開玩笑似的口吻說：「我喜歡銀行佬，不是嗎？他們有按揭優惠嘛！否則最好嫁鬼佬，公司有屋，住山頂或南區。嘻嘻，說笑說笑，別當真哦。嘻嘻。」

　　就這樣，一群眼角頗高，要求現實卻不懂實際的剩男剩女，塞滿了當年香港每一個角落。有學者把這社會現象研究一番，說是樓價壓力造成。對不少香港人來說，買樓是真正的終身大事，父母沒錢代買的話，找伴結婚是組班買樓的手段。也有人推測當代港男港女的變態，是長期在遊戲機的虛擬世界中養成的。他們不習慣面對面與真人溝通，覺得渾身不自然。反正不論成因，男女間乾柴烈火這激情玩意，在城市專業階層正面臨失傳。

瘟神

綠水青山枉自多
華佗無奈小蟲何
千村薜荔人遺矢
萬戶蕭疏鬼唱歌

「媽媽你在讀甚麼呀？」

「這是詩。」

「很好聽哦！你寫的嗎？」

「你喜歡嗎？是很久以前一個叫毛澤東的人寫給瘟神的詩。」

「瘟神是誰呀媽媽？」

「瘟神是專派小害蟲吃人的魔鬼！」

「哎呀！小害蟲那麼小，怎麼吃人啊？」

「它們鑽到人的肚子裡，把裡面的東西一點點溶化，小口小口喝掉。它們數量很多很多很多哦小甜豆！」

「它們會不會喝我們呀？」

「不會啦，傻瓜。」

「是不是它們喝飽啦？」

「可能吧，也可能我們不好吃囉！」

「我知我知！因為我們已經死了！」

「你發神經！我們不死！我們永遠不死！你亂說一通，是不是想媽媽打你嘴巴！」

「對不起……媽媽。」

「沒關係，小甜豆。媽媽不想生你的氣。不要哭。來，過來，給媽媽抱抱。」

瘟疫自古就有，專家說平均每世紀發生兩三次。但那是古時，是在專家們出生前的時代。自二十一世紀來，全球性大瘟疫每隔幾年便肆虐一次。至於廣泛流感與瘟疫的具體分別，誰也說不清，主要看傳媒如何定位。有些報章頭條的世紀大瘟疫，最後不過帶走一二十個老人家。但每當大家聽慣了危言，開始不以為意的時候，又會晴天霹靂地殺出個三甲瘟神，把人類殺個措手不及，死亡慘重。

瘟神的病毒兵勇，好像有整盤攻擊計劃：

「聽着！H1N6！你先去巴西和日本搞一趟，讓人類摸不清地理關係。殺人不用多，主要是吸引傳媒大造文章，高呼禽流感！你接着在人煙不多的地方，就阿拉斯加吧，大力屠雞殺鵝。雀屍要多，大堆大堆的嚇他們個半死，也不殺人。先讓他們疲於奔命，用假警報把他們麻醉。然後，嗯，老豬！你搞個厲害一點的變種，記住不能馬虎，要在東歐，中美州，和中國西南部發難。這次要放膽，絕不留手，所到之處，要真的做到萬戶蕭疏，連野鬼都魂飛魄散，逃回地獄，不敢唱歌。他們一旦找到疫苗，你便即時收兵。明白了嗎？」

「明白！」

「好！祝大家好運！早日凱旋！」

有些來得兇猛狠毒，殺傷力大而集中。

2020 年的猿猴感，在短短九個月內奪命三千多萬。九成的遇難者在非洲。外邊的人，看着海嘯般的瘟疫直捲非洲，被嚇得要死，急忙增強檢疫隔離以求自保。國際援助的聲音很大，發達國家都厲聲疾呼，呼籲國際社會盡所能挽救非洲的歷史性大災難。可惜疫苗的價錢昂貴，眾多國際明星演唱義賣所籌得的款項遠遠不足。有人指責藥商壟斷牟利，見死不救。藥商們反駁說科研費用高昂，他們又不是慈善機關，根本沒有力量和義務承擔這個責任。

正當爭論不休之際，猿猴感好像飽餐了一頓的不速之客，不謝一聲便轉身離去，銷聲匿跡。藥商們忍不住補充了一句：「看！研究疫苗的本錢還沒有賺回來，就跑了。還說貴！」

另外一類瘟疫則雷聲大而雨點小。2033 年的 H5N8 差不多同時在世界各國出現。一下子所有的電台報章都集中報導這個突如其來的「末日病毒」。誰知最後埋單，死人不足兩萬，就中國便貢獻了八千。而死者大半是壽緣已盡，有 N8 無 N8 也夠鐘走人的老弱殘兵。

但話說回來，死亡人數只不過是瘟疫破壞力的其中一個指標而已。大家更關心的，是瘟疫帶來的經濟破壞，因為跟錢有關。

從經濟角度衡量，猿猴感因為發生在非洲，所以是小災難。瘟疫爆發後，投資者最擔心的是貴金屬的價錢。幸而大企業和政府通力合作，肚餓的開採工人又供多於求，結果市場價格比預期穩定。相反地，十三年後的 H5N8 雖然不甚致命，經濟後果卻十分離譜。全球航空乘

客量驟降了百分之六十八，零售業跌了百分之二十二，酒樓娛樂事業不見了八成生意，市面一片蕭條。大家都躲在家裡帶着口罩對着電視收看疫情。那是一個由病毒造成的經濟大衰退。

雖然瘟疫的排名視乎取捨而有所不同，大家都基本上同意瘟疫越來越猖狂頻密的原因包括了氣候轉變，高密度飼養禽畜，人口過剩和國際交通繁忙等等，並無新意。不過找出了真正原因又如何？能改變嗎？

再者，全世界那麼多實驗室，日以繼夜拿着細菌和病毒的基因左搬右調，橫切豎接，努力地盲目製造科學怪菌。一個不小心搞亂了些甚麼基因，或者洩漏了一點點……哎呀！死咯！

對宋煥來説，只有一個瘟疫有切身關係。

2066 年的大流感，怎麼看也屬普普通通。

死亡人數：四萬左右，不多不少。

肆虐時間：二十二個星期，不長不短。

受影響國家：九個，不算過分。

經濟影響：大概五百億 DEY（DEY 是 2032 年出爐的所謂國際貨幣，用以代替崩潰了的美元）。不算少，也不算太多。

有幾個地方受影響特別嚴重，香港是重災區之一，死了 11753 人。宋煥有時心想，假如當時的死亡人數是 11752，那麼夏麗不是有 11753 分一的機會仍然活着嗎？但事實上死亡人數是 11753，不是 11752。

據說是豬流感。豬流感？除了在街市櫃台和極少數有錢的無聊人養豬當寵物外，豬基本上已經在香港絕種多年，怎會是豬流感呢？宋

煥覺得很不忿，有點疑惑。不過專家說了算，他也沒有辦法質疑。反正是一種殺豬的病毒要了他老婆的命。

2066 年的豬流感首先攻陷泰國，隨即在中國大陸現身。不出一個月，便跳越太平洋在加拿大鬧事。然後又在歐洲隱隱約約地搞了一陣，才突然掉頭來香港唱主場戲。香港從第一單個案開始，不出二十一天便排名國際榜首，死人最多。

夏麗一向注重早點，認為是一天中最重要的一餐，定要一家人同吃。但那天她感覺不適，沒有替老公和兒子煮早餐，父子倆便隨便弄了些雞蛋麥皮。夏麗也勉強起床，吃了三分一個橙才上床再睡。她很累，喉嚨劇痛。

宋笙有些擔心：「媽從來不會吃完早餐再睡的，不會是中了招吧？」

宋煥安慰兒子：「不會！她差不多整個星期也沒有外出，哪裡惹來的豬流感呢？別大驚小怪。媽也是人。人總會病。」

夏麗當晚進醫院急症。十天後離開人世。

宋煥在醫院陪夏麗度過了她最後的三天，寸步不離。他在床邊看着她逐漸離去，有如一個氫氣球，明明沒有漏氣，卻不斷地萎縮。三天裡，她唯一有氣力說的話是：「你走吧。叫笙千萬不要來。」宋笙其實來過一次，但夏麗當時昏迷了，不知道。由於每次探病完畢都要經過很麻煩的隔離檢疫，所以宋煥決定留下來不回家。他清楚自己隨時會被感染。但假如病毒要帶走夏麗的話，他也想跟上去。相對於被遺留下來，死是簡單得多的解脫。

三天三夜來，他也不睡醫院給他開的摺疊床。他整天坐在夏麗旁

邊打瞌睡，戴着院方提供的大面罩，看上去像頭豬。醫生處方的藥越
下越重，越試越新，夏麗卻越來越迷糊，在譫妄狀態中不斷下沉。宋
煥一直握着她一隻手，另一隻手不停撥掃她的頭髮。這是他剩下唯一
的示愛方法了。夏麗如果不是昏迷了，肯定會叫他停手。但她昏迷得
很深，去得很遠，應該回不來了。如此明顯的事實，瞞不過宋煥雙眼，
逃不過他無情的判斷。

他很安靜地等她過去，默默無語，也無話好說，心裡沒有任何希
望。醫藥，消毒劑，和病人的大小便混合成的死亡氣息，瀰漫着整間
醫院。麻木的宋煥突然想到，那麼多的氣味都能夠滲過面罩，為甚麼
病毒不可以呢？醫生護士們匆匆來，匆匆去，更換滴漏瓶，換尿布，探
體溫，把脈，填記錄表，不自覺地輕輕搖頭。

夏麗昏迷在床上，宋煥呆在床邊，好像一張硬照。在沒有活動的
情況下，很難察覺到時間其實在不停推進，一分不等，一秒不留。突
然間，夏麗蘇醒過來，睜眼看着宋煥，好像有甚麼重要事情要交代，但
話還未出口便閉上了眼睛。就這樣：一睜眼，便去了。停滯了的時空，
被挖了一道裂痕。

「還好，她走前多看了我一眼……」

宋煥握着老婆的手，凝視着她蒼白安詳的面龐。他想抓住這一刻，
還未放開分手的一刻。那最後的一刻究竟是甚麼時候發生的呢？剛
剛？真的已經發生了嗎？他閉上眼睛，希望回憶他和夏麗多年來共同
生活的美好片段，好讓夏麗帶着上路。但腦袋裡一片空白。他們一起
走過的路，現在連半步也想不起來。

一切已成過去。走了。沒有了。想不起來了。

夏麗，唯一令他全心全意地愛的女人，死了。

在正常情況下，醫護人員很快便會把他勸開，方便打理屍體。不過現在不屬正常情況，疲於應付死亡的工作人員比病人和家屬們更茫然，都不再理會慣常的工序守則。他們都很遷就，但聲音已經失去感情。

一位護士走過：「宋先生，太太走啦。」

宋煥好像沒有聽見。

過了一會，又有一把護士的聲音：「太太走了。你自己保重吧。」

過了可能半小時，可能兩小時，也可能大半天，宋煥才放開了夏麗涼冰冰的手，通過面罩深深吸了一口氣。

「宋先生，你想選擇一星期離院手續，還是 24 小時特快程序呢？」

「特快吧。」

「高速特效藥的副作用和收費，你清楚嗎？」

宋煥點了點頭。

夏麗的臉龐看上去仍然有彈性，但雙唇微微分開，開始像個死人了。

「你先到隔離病房休息休息吧，我的同事會替你辦離院和領骨灰的手續。」護士一邊說，一邊把夏麗身上的喉管拔掉。現在夏麗只不過是條屍首，拔喉管的動作可以爽快得多，有如在架上收起晾乾了的衣服。宋煥看在心裡有些不舒服，但沒有吭聲。

「宋先生，流感過身的病人遺體醫院會直接火化。骨灰稍後送到你的住址。沒問題吧？」

「沒問題。」

護士已說不出甚麼安慰說話了。到當時為止，已經有三十二位醫

護人員犧牲了。還活着的都把自己隔離在醫院，避免接觸家人。他們很明白病人和親友的心情，但說不出任何慰籍的說話。大家都像剛復活的行屍，僵硬呆滯地跟着命運一步步走。

　　宋煥脫了面罩，輕吻了夏麗的額頭一下。他本來打算吻她微微張開的嘴唇的，但最後關頭改變了方向。他並非害怕這明顯對他不感興趣的豬病毒，只不過到了要吻下去的一剎那，他突然感覺很大的抗拒。無論他如何深愛夏麗，她現在已經是個死人了。生人與死人，似乎無法親嘴。在夏麗死前的一刻，就算一毫微秒，他還可以親她的嘴。現在太遲了，做不到了。這條微妙的陰陽分界線，也算意想不到。

笙歌・柒

生人勿近

暴雨的聲音猶如瀑布，連鋼琴聲也幾乎聽不見。現在的雨每下必傾盤，瑞涯有好幾年未見過輕盈的微風細雨了。她並不介意狂風暴雨，豪雨可以把鬱悶的濕氣沖走。以水沖水聽來矛盾，但事實如此。

她把鋼琴蓋拉下，不捨地撫摸了幾下，才決斷地站起身，到書桌前坐下。她打開桌上一本簇新的日記本，咬着筆桿細想一會，才在空白的第一頁上寫了幾個字。她禁不住停手欣賞一番：手寫字有如古董，既古老又新意，有趣！

第一記：2090 年 6 月 13 日。大雨滂沱

這是我一生人第一次寫日記。日記本來是秘密的心底話，要鎖起來的，但我希望我的日記有人看，誰都好，越多越好！

從前的字都是打印出來的，現在是一塊塊一串串活現筆下的，十分夢幻！

這麼大雨，宋笙應該不會上山來了。剛才彈了柴可夫斯基的第一樂章，就算是我彈鋼琴的最終樂章吧。我與音樂的緣分看來到此為止。失去了的感覺，怎樣也找不回來，也不想找。剛才把琴蓋一關，好像與多年怨偶終於分手，雖然有些不捨，卻也如釋重負。難

道這又是懷孕症狀？懷孕又不是病，何解有那麼多「症狀」呢？

想深一層：我無目標地彈了幾十年琴，夠啦！從前很多人說我有天分，我看主要因為我是外公的孫女。有天分也好，沒天分也罷，我反正不用賣藝，也不希罕「音樂盲蟲」們對我的殷勤讚美。

彈琴對我來說，不外打發時間。現在看回頭，我們富貴人家好像覺得時間很多餘，甚至討厭，千方百計要「打發」：逛街購物，旅遊消閒，彈琴唱歌，跳舞看戲，都只有一個目的：打發時間！奇怪的是，我們一方面覺得時間太多，要打發，同時又十分怕死，恐怕時間終結。

現在情況有變，我覺得時間很寶貴。我要在自己的時間完結前，儘量留些痕跡給下一代。這日記算是個開始吧。

好……

前天我和宋笙慶祝了他的生日。我本想邀請老馬和尊信參加的。假如不是「萬年曆主」尊信提醒，我根本不知道前天是宋笙的四十二歲大壽。誰知他說今年希望清靜，就我們兩個吃飯便好了。這個世界還有不清靜的可能嗎？不過壽星公說了算，就「清靜」點吧。

他烤了拿手好戲「叫化雞」，香氣四溢。我相信連對面山頭的孤獨師太也可以聞到。孤獨這古怪鄰居和我們互相迴避了那麼久，應該夠了吧！我有個衝動，改天拿隻生雞撞過去探望她，看她如何反應。難道拿刀砍我不成？有個女鄰居多好！想想已經開心！

我用走地雞胸肉和老馬的有機生菜做了沙拉。宋笙似乎心情甚佳，喝了外公那瓶 2062 年的法國名釀後，更停不了口，十分可

愛。他重提他爸爸留下的風車發電設計，説有信心按圖施工。這是他幾個月來第二次提起爸爸的風車了。假如他真的有這決心和能力，便是天大的好消息了！

酒餘飯後，我們開扯到老馬跟莎緹。在沒有輔助娛樂的世界，兩個人很容易相對無言。經常説説老友的「是非」，在所難免。

老馬兩公婆真是天生一對。他們處處互相尊重，情投意合，事事融洽，卻偏偏各有各生活：一個住半山，一個搬到淺水灣，你説奇不奇怪？不過想回來，笙和我也不是同樣古怪嗎？只不過分開的距離較短而已。難道我們這批「死剩種」都是怪人？

吃飽飯後，他老問我是不是很累，有些煩厭。我很想衝他一句：「當然啦，肚裡多了個人，能不累嗎？」但話到唇邊便吞了回去。不急的，再等，等百分百明朗的時候，不説也明。現在説穿了，他可能會懷疑我神經病。

後來我們做愛，令我感覺我們之間仍然很美，但這分美麗最近好像比較刻意，沒有當初那分自然純樸的激情。又是年紀問題？事後我伏在他胸前聽心跳，又覺得一切都很純樸自然。

第二天一早起來，他的心情仍然很好。誰知早餐未過，他便鬧情緒，與外面的霧過不去。唉，男人。幸好他們沒有月經，否則更難以理喻。

「媽媽你為甚麼磨刀呀？」
「準備自衛嘛！」
「甚麼是自衛呀？」

「自衛是防止其他人強逼我們做不願意的事！」

「自衛是防止其他人強逼我們做不願意的事！」

「誰在逼我們呀媽媽？」

「還不是他們兩個？我怕他們會回來找麻煩！」

「我很害怕哦媽媽。」

「就是！他們已經嚇跑你和東東兩次了，還不夠嗎！」

「沒關係哦媽媽。我們會回來的。」

「肯定？」

「肯定！你用這刀怎麼自衛呀媽媽？」

「他們再來的話，我便把他們斬！斬！斬！斬開三百六十塊！」

「好呀！好呀！我也斬！」

「小孩子不許斬人。」

「我要我要！斬兩刀可以嗎？」

「乖，別鬧。只有媽媽可以斬。」

「他們為甚麼那麼壞呢？」

「因為他們不知道自己在做甚麼，卻以為自己很清醒，萬事都懂。這種人最討厭！」

情為何物？

　　瑞涯自從兩星期前開始寫日記以來，只不過漏了幾天，便已經不能肯定日子了。她決定請求尊信給她造個萬年曆。

　　無所謂的日子，再次變得重要，她要把生命的足跡記錄，以供後人參考。音樂有如耳邊風，來去不留痕跡。筆記則可以把光陰備案。奇怪的是，當她重溫過去幾天的日記時，覺得自己在偷窺別人的內心世界，有種奧妙的抽離感。

　　她的日記還有個不可告人的企圖：她故意放在鋼琴上，希望某君趁她不留意的時候，由好奇心驅使，翻它兩翻……

　　第九記：2090 年 6 月 27。晴

　　萬年曆到手了！尊信真爽快，無限感激！一定要記得每天劃日曆，否則有等於無。根據這日曆，我估計預產期是十二月底，是個人馬座的小寶寶？

　　今天我和他罕有地討論了「情為何物」這千古問題，感覺怪怪的。兩個漁翁相聚，一定談魚說蝦，暢論垂釣之樂。運動員碰頭，三句裡頭有兩句不是訓練心得，便是體壇花絮。但情人談情，卻通常不會研究愛情本質或戀愛的最新潮流。可能是話題敏感，風

險太高？又可能是戀人當局者迷，都不清楚自己在做甚麼？反正今天我們破戒討論，又是否表示我們脫離了情人階段呢？

其實話題是我故意帶出的，想不到會演變成哲學辯論，結果把微妙的愛情當作變態心理來剖析。我看他越來越像老馬：聰明乖巧，邏輯泛濫，缺乏情趣，似是而非！唉！

今早閒聊間，我劈頭問他個措手不及：「你愛我嗎？」他望着我傻笑了片刻，才反應過來：「當然啦寶貝！」（我聽到別人叫老婆寶貝，會毛骨悚然。但聽到他叫我寶貝，卻甜入心。暱稱這東西雖然本身與愛無關，卻必須有愛情基礎才說得出口聽得入耳。我最偷偷期望的，是他改口叫我「媽咪」的一天！）我接着問他愛是甚麼？誰料他不假思索地答道：「老實說，我根本不懂愛為何物」。你說氣不氣人？我於是說：「那麼你說愛我，只不過胡說八道。因為你根本不知道愛是甚麼！」

他竟然點頭說沒錯！看來他並未留意到我當時的臉色！

不過他總算有個勉強可以接受的解釋。他說愛是內心感受，好比快樂，也好比憂鬱，都很抽象，難下定義。他還打了個比方：「假如你今天心情漂亮，原因是天氣晴朗，溫度適中，還有某位姓宋的美男才子跟你共進晚餐。但改天來個一模一樣的安排，也跟宋某吃同樣的飯菜，聊一樣的天，你又可能會鬱鬱不樂。為甚麼呢？說不清吧！反正一個人開心時幹苦活也笑，不開心時烽火戲諸侯也不笑。我們根本不明白開心，更莫說下定義了。」

他真的越來越像他的馬師傅！

我追問下去：那麼無條件的愛和奉獻，你又如何看法呢？

245

他說不肯定世上有「無條件」的愛這回事。他還說：假如愛是無條件的話，那麼被愛的人是否可以不予理會呢？因為在任何情況下，「無條件」的愛都不會消失，不會改變，打也不走。一種如此高度自動化的情操，無時無刻不在，永恆不變，豈不有如地心吸力，雖然奧妙，卻不稀奇？

我突然間覺得無限委屈，很想哭，於是再給他一個機會澄清：「你將愛情和地心吸力相比？」

他說：「不是嗎？假如愛是無條件的話……不過，我其實並不認同這個說法……」他大概自知講多錯多，便語無倫次地想找逃生缺口。我很晦氣地說我不想再談論這個問題了。他便趁機說：「呃呃呃！是你開的話題哦！」

「是我開的又怎樣？！」

宋笙問老馬：「師傅，敢問情為何物？」

「甚麼？」

「你聽到啦師傅：我想請教，情為何物呀。」

「小宋。你師傅是修道的，不知磨練了多少日子才基本上扮到情慾不侵。難道你想搞破壞不成？」

「好！讓我把問題改變一下：你愛不愛莎緹呢？」

「甚麼？」

「你聽到就不要再問『甚麼』啦，好嗎？」

「當然愛。為何吾徒有此一問？」

「那麼，徒弟再問師傅愛為何物呢？」

「嗯，不清楚。但間中很清楚，基本上不知道。」
「呃！我大概就是這樣回答瑞涯，幾乎闖禍！」
「你真的這樣答她？你這大笨蛋真活該！」

　　馬依力剛回港定居時，參加了一個健身俱樂部。他估計物以類聚，人以群分，在一個比較健康的環境，沒有工作騷擾，可能會碰到志同道合的人。誰知大部分的會員都旨在減肥，對修為證悟這一套興趣不大。間中有幾個瑜伽班同學，也有意思修行一番，但時間所限，只能從百忙中每週撥冗一節究竟涅槃，每節九十分鐘。他們以每月港幣六百八十元的套票代價，希望得成正果，和免費享用健康飲品一杯。想學瑜伽得道的人，一般陰聲細氣。想減肥的人，一般粗聲大氣。他們給俱樂部帶來了不同的活力，卻都不是老馬的同道人。

　　莎緹當時是兼職瑜伽導師，一身瑜伽打造出來的曲線。馬依力第一次在走廊看見她，便不期然地跟着她走進她教的初級瑜伽班。當其他同學都在掙扎彎腰之際，馬依力禁不住炫耀一下。他腰一彎，把頭夾在兩腿之間，屁股之下。莎緹叉手問道：「初學的？」

　　老馬倒望着她古銅色的膝蓋，有點心猿意馬，不知如何是好。給她這樣一問，血壓倒行逆升，幾乎腦充血。他想抬高視線，大方地正視莎緹，順便迴避令他分心的膝蓋，但視野給自己的屁股擋住，變得進退兩難。

　　他終於找到一個志同道合的對象了。

　　莎緹在香港出生，父母是印度人。十三歲時，家人移居倫敦，搞了間專門敲亞洲和中東旅客竹槓的旅行社。這些地方來的旅客一般不

懂投訴。就算投訴，警察也假裝不懂，是個風險低利潤高的生意門路。

莎緹是個化學家，研究聚合物的分解很有見地。拿了博士學位後，回港修讀博士後，主要是想獨立生活。她做研究有工資，間中在俱樂部教瑜伽補貼。馬依力十分欣賞她聰明的疑世態度：「所有的科研項目都有後台老闆。至於負責監察的政府官員和社會賢達，連甚麼是有機化學，甚麼是投機化學，也搞不清楚，監察個屁。」

老馬問：「那你的專科是甚麼呢？」

「將人家的報告左剪右貼，變個標題，稍做文章，好讓下一手的學者用來剪貼，再賜標題，如是者薪火相傳。」她喝了口「賤湯力」，又補充一句：「謀生而已，無別於小偷和妓女，反正自食其力！」

當時是 2056 年 5 月，某個春不春夏不夏的晚上。三小時後，他們已經嚴重墜入愛河，難以自拔。不久便雙宿雙棲，也可以算是結了婚吧。

他們兩公婆的共同點多的是：日常嗜好，心愛作家，音樂品味，人生哲學等等，都很一致。從任何角度看，他們都是模範夫妻。但兩口子過去十年各有各生活，只間中小聚一兩天。

大概在馬依力開始建空中花園的時候吧。莎緹告訴他：她打算搬到淺水灣去。他只問了句：「甚麼時候我跟你一塊去看房子？」

就這樣，他陪她找地方，搬家，忙了一陣。

就這樣，無緣無故，分了居。

宋笙說他們是死黨，不是情人。

「你何以見得呢？」瑞湟問道。

「你見過他們吵架鬥嘴，互相折磨嗎？」

「好像從未見過……沒錯，你對！」瑞湟恍然大悟：「他們不像一對

相愛的男女。」

老馬和莎緹太和諧了。兩個性情獨立，思想一致，又都不喜歡閒話的人，相處了二十年，甚麼可以說的都說透了。又沒有孩子，還住在一起幹嗎？分開了，之間有些距離，反而不會互視而不見。

去年夏天，瑞涯和宋笙、老馬、尊信一夥人到莎緹家裡燒烤聚會。莎緹位於淺水灣的家，與瑞涯外公的大宅相距不遠。當男的都在外面燒雞烤魚，喝酒吹牛的時候，瑞涯與莎緹在廚房邊弄沙拉邊聊。

瑞涯突然問莎緹：「假如你們有孩子，你看會不會分居？」

莎緹愕然地笑了一笑，才答道：「小孩？就算有都已經是中年人啦，還要爸媽同住，給他製造幸福家庭？我跟老馬其實都不想要孩子。當然，想要也沒有。最諷刺是我的名字原來取自印度教負責繁殖的女神。」

「真的？莎緹是繁殖女神？那麼你一定要保佑我了！」

「保佑你？你想要小孩？」莎緹起初顯得驚訝，但很快便改變過來：「正常的女人都想生孩子。我只是有些變態而已。」然後她停了手，按着切了一半的番茄在砧板上，很認真地問瑞涯：「不太遲嗎？」

「不遲。」瑞涯的答案很爽快，好像一直在等這個問題：「絕對不遲。」

莎緹望着瑞涯，親切地笑了一笑。

第十記：2090 年 6 月 30 日。風很大。

今天渾身沒勁，甚麼也不想做。昨天一根被風吹落的樹幹打破了前窗，寶貝笙拿了隔壁的玻璃在換。我在寫日記，手中筆有

千斤重，幾乎提不起來。反正沒有人對我這日記有絲毫好奇，寫不寫也沒關係⋯⋯

這幾天不時想起笙兩星期前遇見的垂死老人，真可憐。不過大家都沒有選擇照顧的餘地。但意外隨時都可能發生，假如有一天寶貝出了這門口，從此失蹤，我永遠也不會知道他一去不返的原因⋯⋯

這令我又想起孤獨師太。很久很久沒有看見她了。難道已經死了？搬了家？她孤單單的一個人，整天在家裡幹甚麼呢？不停地種菜做飯？她還吃飯嗎？我將來會不會跟她一樣呢？不會的！我會有個兒子（我直覺知道是個男的）。等笙換好玻璃，不如叫他陪我逛逛，探探孤獨師太的老巢？哎，還是不要惹她為妙。

老想着「情為何物」這個問題。滿腦袋的愛愛愛，我快變成林黛玉了！難道這又是快要做媽媽的身心轉變？我很快便要付出比地心吸力更大更厲害的母愛啦！

今天晚上我們約了下山去老馬處吃飯。本來沒有心情應酬的，但走走也好。

第十一記：2090 年 7 月 1 日。很清涼的一個晚上。

昨晚老馬意外地高談闊論情為何物，真的太巧合了！雖然我一向對他的「高見」不大認同，但這回的謬論卻挺有啟發性。在我未完全忘記之前，要把它寫下來。哈！假如老馬知道我把他的「愛情論」記錄存檔，肯定會不可一世！

老馬昨天下午從淺水灣回來，立即趕緊做飯。飯後我們四個

在空中花園各手執一杯（我喝豆漿）談天說地。尊信帶頭提到老馬與莎緹的遠程關係。我看大男人的心裡其實跟小女人同樣八卦，只不過外表裝瀟灑而已。

尊信問的還是那個老問題：「你跟莎緹這對怪人，就算不同住，也沒有必要一東一西呀！你幾十歲啦老友，每次探老婆都要跑馬拉松，捱不了多久啦！」

老馬做了個蠱惑鬼臉，回答道：「我們需要自我空間嘛。」

我插了句：「直徑二十五公里的自我空間？」

老馬說：「哎呀，靚女，有愛情推動，二十五公里算啥？」

換了別人叫我「靚女」，我可能會回贈一句「死老坑」。但老馬叫我靚女時，好像蠻有誠意，令我覺得自己的確很年輕漂亮，老實說有些輕飄飄。他既然提到了愛情兩個字，我便打蛇隨棍上：「好呀！原來馬師傅知道情為何物，我今天非要請教不可了。」說罷，我給笙打了個眼色。

想不到老馬竟然一本正經地解釋起來：「一般人（我估計他指的一般並不包括自己）都只會口裡歌頌愛情，不會思考情為何物。其實男女之情基本上是動物本能，這種自然愛慾，隨緣生滅，並不值得小題大作。」他看着宋笙和我，笑道：「就像你兩位的邂逅一樣。」

笙和我互望一眼，笑而不語。

馬師傅於是繼續：「男女成長到某階段，自然對異性產生慾念，跟其它動物發情並無兩樣。情，就是這樣發出來的啦！唯獨是人類對自然現象都有些不自然的反應，非要加以虛飾，或找個

堂皇因由才安樂，於是發明了所謂『愛』，作為精神枷鎖，扣在與生俱來的慾念上，免得為所欲為。」

老馬稍頓，看見聽眾們很留心，便滿意地說下去：「所以一般的所謂愛，說白了是發源於私處，再蔓延到其它器官的一種感覺。」他邊說邊用右手由小肚掃上心房，含蓄地錯過了他剛才指出的「愛情發源地」。尊信和宋笙被他引得捧腹，令老馬更加興奮：「想想看！我們的男女老祖宗，四百萬年前在山頭相遇，第一個動作是甚麼？握手問好？」

尊信像小學生搶答，舉手喊道：「互嗅屁股！」

宋笙笑到猛拍大腿。真想不到幾個大男人討論愛情會如此開心投入。老馬大讚尊信：「想不到你原來也頗懂人性！」

笑罷，老馬突然滿臉蔑視地說：「後來發明了所謂文明，情慾受到形形色色的監控。古代有父母之命媒妁之言，後來有政府註冊存檔記錄。有人更用一大串道德標準『埋沒人性』，說沒有愛情基礎的性交是禽獸所為云云，等於說君子就算三天未吃飯，面對不合營養規格的飯菜仍然不屑進食，甚至不應有肚餓反應，垂涎三尺，否則便是小人？」

「呃，我就是真君子。飯菜不合胃口，肚子絕對不餓。」尊信頑皮地插口。

老馬沒有理會他，卻留意到我疑惑的眼神，於是主動澄清，說以上的論點乃觀察所得，並不表示個人認同或反對，才繼續說下去：「近至一兩個世紀前，合法性交仍然主要靠父母之命，家庭所需，說到底是命運安排，中外如是。把肉慾與愛情掛鈎，是摩

登發明，説破了無非一種文明臆想而已。」

到我發問了：「馬教授，那麼除了最基本的情慾之愛，就沒有更高層次的愛情了嗎？還有，你説了一大堆東南西北，好像還沒有給『愛』下定義，闡明情為何物哦！」

「哇，靚女，想要俺老命不成？那麼多重大問題，非要加酒不可。」宋笙連忙跳起來替師傅斟酒。

「年輕人反應真快。謝謝。」老馬嘆了一口白蘭地，才慢慢道來：「愛當然可以分層別類，但歸根到底是一樣東西，同出而異名而已。不過無中生有，強作分別，是文明特色，那就讓我隨便吹吹吧。我覺得可以籠統稱之為愛的東西，都是自我生命的一種伸延，通通帶有自私成分。」

尊信用掌輕拍自己腦門，戲劇化地喃喃自語：「哎呀，大件事，講哲學了！」

老馬向他微微鞠了個躬，改正道：「是動物學，不是哲學。」然後轉過來向我慎重地説：「愛基於本能而展現於肉慾，剛才説過了。肉慾很明顯是一種自身延續，因為性行為可以把自己的基因「射」到別人身上（宋笙和尊信兩個小男孩又是一陣傻笑。）是名符其實的自我投射行為。」

老馬得意地讓他們笑了個飽，才繼續下去：「非肉體的投射行為比較隱晦，要留心觀察才能發覺。舉個例：不少父母，有意無意把自己錯失了的光陰和夢想加諸兒女身上，希望他們代還自己未嘗之願，不也是一種延續嗎？

如此類推，甚麼同情、鼓勵、培養、犧牲、佔有、支持等一

般被視為愛心的表現，性質類同。可惜這些表現都缺乏客觀標準，不似得肉慾單純老實和——」他頓了一頓，豎起食指，才把話說完：「——舒服！」

宋笙笑說：「看來肉慾是師傅的首選呢！」

老馬向笙扮了個眼色，才繼續說道：「肉慾之外，天然成分較高的當然是父母對子女的愛。子女是父母活生生的基因承繼人，被父母當為自己一部分來愛護，理所當然。至於其它的『高級愛心』，都十分主觀，很難說得準。舉個例：宗教狂熱分子為一個子虛烏有的神去殺人或者自我犧牲，那是愛的表現嗎？你可能不以為然，但因他們的犧牲而受惠的人卻可能另有看法。要知道，大部分歌頌慫慂這類犧牲的人，自己都活生生的，沒有無端端送死哦！

「總括來說，基本的『真愛』無非是群體動物的天賦本能，與螞蟻黃蜂無異。而『文明』衍生的愛，很多都是些捕風捉影的變態概念，毫無邏輯或人性基礎，更不好下定義。」

「更高境界的博愛，譬如耶穌對全人類的愛或者環保人士對大自然和動物的愛心，你又怎麼看法呢？」尊信問。

「這些所謂『博愛』跟我剛才提到的宗教愛心類似，高級版本而已。再者，《聖經》裡的耶穌充滿民族主義，愛心集中在上帝的選民身上。耶穌不分種族愛世人完全是近代發明，死無對證，與《聖經》也不符。

「至於愛護自然環境，在潛意識裡也不過想保護人類生存的客觀條件而已，對不對？有沒有人會願意用人類絕種來交換某種瀕

危鼻涕蟲的生存呢？況且我從前認識的環保人士，沒有幾個真正熱愛環境，都是些沽名釣譽或者混飯吃的人罷了。」

　　見他們越扯越遠，我便把話題引回主題：「那麼，把『愛』的觀念從肉慾的原始基礎推向更崇高的方向發展，對你來說並非進步，沒有必要？」

　　「沒錯！完全沒有必要！況且何謂崇高，實在見仁見智。愛與其他一切事物無異，善於取捨則為好事，否則可以令人盲目，妒忌，甚至因愛成仇，發瘋失控，害人害己。

　　「其實真正偉大的『愛』，是不會感動蒼白詩人的。當『愛』發揮到至真至盡的境界，會包涵宇宙萬物，一切眾生，不存偏心，再無所謂正邪喜惡的分別心——」

　　「就像地心吸力！」宋笙差不多跳了起來。

　　「地心吸力？」老馬給他突如其來的興奮搞糊塗了。「你意思是有如一股無形無為的強大力量，不偏不倚地把持一切？這個譬喻也可以。反正這股力量不是常人靠本能或思維所能掌握的，要靠修為悟證，好麻煩的哦！」

　　老馬說罷，尊信鼓掌讚賞：「說得好！聽了馬師傅大半天，我現在更徹底不明白情為何物，但居然聽得津津有味！」

　　馬依力向尊信鞠了個躬：「謝謝欣賞。」

　　其實我覺得他所說的，很多都有道理。

　　不過，道理是否就是一切呢？男人根本上就沒有女人與生俱來的感性。由於缺乏這分微妙感性，他們要嘛跟着睪丸素走，做個穿了衣服的猿人。要嘛事無大小都大動腦筋，尋根問底，把人

生過分理性化。可惜睪丸和腦袋都不是找尋人間真愛的合適器官。更可惜的是,女人的感性通常都不足以與男人的理性在語言上角力,尤其對手是老馬這個方可以說成圓,圓可以說成三角的摩登道人。

　　我於是避開辯論,直接問老馬我最有興趣的問題:「對孩子的愛你又有何看法呢?」

　　「我不是已經說過,父母之愛是比較容易明白的嗎?好,讓我補充一下。孩子能夠把男女間的本能關係延長。雖然我沒有個人經驗,但我相信任何人對自己骨肉的本能愛,會比男女間的愛慾持久。男女間的激情如火花,易燃易逝,即使將激情轉化為愛情,再進而變為感情,也不過苟延殘喘。只有小孩可以在愛情的灰燼上點煙花,烤番薯,帶來翻新活力。」他說罷想了一想,才補充一句:「沒有孩子的人,根本無法感受這本能愛的威力。」

　　我急忙指着他道:「絕對贊成!那包括你咯,馬師傅!」

　　「當然當然!我們這批不育人士,通通都沒有親身體驗的機會。」

　　我偷偷笑了笑,心想:「嗯,咱們給點耐心等着瞧吧!」

　　我轉頭看見宋笙望着我傻呼呼地笑。他一點也不知道我心裡的緊張和期盼,但十分享受剛才的交流。我也過足了癮,覺得心滿意足。看着他,一陣愛意突然湧上心頭,解釋不了,也不需要任何解釋。愛就是愛,我愛這個男人,可以徹底釋放所有本能,把他愛個透徹,入心入肺。愛就是這麼簡單,男人是不會明白的。

「你愛我嗎，媽媽？」

「當然愛咯，傻瓜。」

「小東東呢？」

「當然啦！」

「媽媽，愛是甚麼呀？」

「愛是一切，人生的一切。」

「好的壞的也包進去啦？」

「只包好的。有愛，一切也是好的，沒有不好的。」

「你怎麼去愛我們呀媽媽？」

「我照顧你一切，無時無刻在擔心你們，替你們設想，和你們一起，一分一秒也不離開。有人傷害你們，我會要他的命，我不會讓任何東西分開我們，直至永遠。」

「永遠永遠？」

「永遠永遠的每一分一秒！」

「直到我們都死了？」

「放屁！你吐口水再説！我們不死！」

「假如我們不見了呢？」

「不會的！你又在説廢話了！」

「媽媽，假裝嘛！」

「假裝甚麼？」

「假裝我們不見了。」

「不能假裝。沒有了你們，我會死。」

「好呀好呀！媽媽我也愛你！」

不明的大白

第十五記：2090 年 7 月 5 日。萬事不順。一切大忌！

早餐時，我突然無法控制衝動：受夠了！懷孕是驚天動地的絕大好事，也是他有分的好事，也是全人類的好事！我犯了罪嗎？有甚麼不可告人？為何我要自己一個人負擔這秘密，簡直荒謬！

我於是把頭一抬，向他宣佈：「寶貝，你究竟有沒有察覺到我有了身孕？」話一出口，心頭大石當下消失。我鎮定地微笑着，眼眶滿是淚水。數月來的委屈，準備爆發。

他一副半夜三更從熟睡中被拍醒的表情，糊塗地望着我，呆了足足半分鐘才說：「你開玩笑吧？」

我頓時百感交集：悲傷，憤怒，失望，羞辱，同湧心頭，想跳起身給他一大巴掌。千鈞一髮間，我把自己控制下來，忍着眼淚，重整笑容。

看來我一直的憂慮並不多餘，我太瞭解此人了。他果然一下子便認定我不是有神經病，便是更年期作怪。對宋笙來說，所有日常的頭暈身熱喜怒哀樂，都與更年期有關。我並未因此懷疑他的精神狀態，他卻反過來指我有病！

他接着問了一連串愚蠢問題：我怎知道自己有孕哦？有沒有

找個驗孕化學包來確實一下呢？我十分耐性地跟他逐項解釋：「寶貝，當然有咯。但驗孕包不同午餐肉，有幾十年沒有市場了。我找遍香港才找到一盒，十八年前失效的，連裡面的化學劑也消失了，只剩幾點黃斑，連臭味也沒有咯，驗個屁咩？」

我知道自己語氣諷刺，極不耐煩，但仍然寶貝前寶貝後地儘量解釋。我雖然對他的疑惑有充分心理準備，但對他的冷漠反應卻無法接受。我深深吸了一口大氣，再耐心說明我為何肯定自己有孕。但他似乎失去了基本的理解能力，簡直是牛皮燈籠。我現在才知道，他根本連懷孕的基本生理常識也沒有！也不奇怪，他一生人連真的嬰孩也沒有見過，而懷孕常識，在他爸爸教導的求生課程裡不存在，因為沒有必要。我於是嘗試從其它方面分析我們面對的抉擇，希望他吸收。誰料也是枉然，浪費時間。

我說了一大堆之後，他終於悻悻然地噴了句：「好吧！既然你那麼肯定，就當你是有了孕吧。你有沒有想過到時如何分娩呢？」

他一句「就當你是有了孕吧！」差不多把我氣得小產！這是人說的話嗎？但我仍然以大局為重，忍氣吞聲地回答：「如何分娩？我看就按照以前所有的女人的生仔方法照辦吧。」

「生不出怎麼辦？」

「生不出？你是甚麼意思？」我覺得他越來越語無倫次。

「假如堵死了，難產，生不出來，怎麼辦？」

「如有必要，要剖要割要開刀，也得把孩子拿出來。」

「活生生的把你開刀？」

「有必要的話，也沒有辦法。」

他突然變得十分憤怒。我從未見過他發那麼大的脾氣。他説我神經錯亂，又説我變態，暴力，恐怖之類。

「你給我滾！」我當時很激動，有些聲嘶力竭，不知道有沒有嚇怕了BB。

他毫不考慮，轉身就滾了蛋。

我討厭此人，深深地憎恨此人。我最需要他的時候，他竟然把我無情地傷害。宋笙不是人！他不道歉，我永遠也不會再跟他説一句話。

道歉也不成！我一生一世也不會原諒此人。

宋笙！咱們放長雙眼看。我們女人生仔生了幾百萬年，也不需要男人插手。説給你聽只不過給你面子，現在既然已經回復洪荒，我也可以回復上古女人的延續本能。自己生產，負起養兒活女的使命。其實沒有他毛手毛腳的所謂「幫忙」，可能生得更痛快。

我過兩天便去找莎緹，説不定搬到淺水灣去跟她一起，她肯定會瞭解幫忙。可能明天先去找孤獨師太，她是女人，一定會明白。最孤獨淒涼的女人也會被懷孕的喜訊感動。

我現在邊寫邊哭，心跳加速，這對自己和BB都沒好處。好！盡情哭吧！哭完了這一場，做運動，深呼吸，重新做人，做個沒有男人負累的女人！他滾了蛋是好事，越想越好。好！好！好好好！

老虎

宋煥獨居元朗，可能是最徹底的孤獨。

就算被隔離監禁的囚犯，與外面的世界也不過一牆之隔。他可以聽到獄卒為他忙碌，安排起居飲食。獄卒的生計來自囚犯，沒有了囚犯，獄卒都要失業。其實坐牢的不許離開，並無選擇餘地，倒容易安分等候刑滿。獄卒謹守崗位，同樣不能離開，聊天吃飯都在獄中。但他們理論上有權另選工作，奈何命運不濟，每天都要上班坐牢，心理更難平衡。

從前守燈塔的人，每天對着海浪，也很孤寂。但他經常會上岸補給和休假。平日晚上，熟識的燈光在遙遠的天空折亮，也會引發遐思。偶爾有船隻經過，還會帶來一陣好奇和興奮。

連沉船遇難被困荒島的人，也有異於宋煥的處境。一個人在荒島，只要還活着，便可以每天盼望。頸脖越伸越長，可能某天會看到一條船，帶他回家，上電視做英雄，把孤島歷險記説完又説，越説越精彩，直至終老。

與他們相比，宋煥的獨居雖屬自願，卻沒有回路，也沒有盼望的空間。他眼前是條無目的地的單程路，孤零零地伸延下去。只有死亡可以把它終止。

孤寂，將他變成了自己的軸心。在一個人的天下裡，他無拘無束，隨時隨地吃睡拉。興之所至，他會引亢高歌，或者高聲跟自己聊天，有問有答，說個笑話逗自己開心。最諷刺的是，當初離家出走是因為自覺時日無多。到元朗後，身體卻每方面都比過去兩年進步。難道這是因為改變了飲食習慣，或「事到如今，再無掛礙」的良好影響？

元朗這「中站」，看來是終站了。計劃中的幾天小休，已經延期九十多天。宋煥每朝起來，首要任務是畫日子。每天一畫，每紙一百畫。再過五天便要換紙了。他知道如此鄭重記錄日子很多餘，無奈本性難移。他仍然無法接受「活一天算一天，管他何月何年」這分瀟灑。

但每過一天，他便少一分衝勁重拾包袱，往北推進。

他每早天未發亮便起床。老人家就是睡不多，間中睡多了便整天全身乏勁。年輕人多睡一陣，休息充分。老頭子睡多了，感覺像條剛出土的僵屍。

吃過早餐，他會散步到荒田對面的小村莊。一來一回大概要一個小時。間中他會多走幾步到鬼域似的小鎮「逛商店」，到處發掘有用的東西。最遺憾的是，他仍未找到補給蚊香。每早的晨運，目的是運動雙腿，人老腿先衰，一旦雙腿失去能力，有需要跳樓也爬不上天台。宋煥沒有絲毫輕生念頭，但洪荒世界處處陷阱，隨時可遭不測。他做足了心理準備，如有必要，實行自我「人道毀滅」。

當然他希望自己健康長壽，到要走的時候，最好在夢中溜走。他曾經實驗睡前努力幻想各種恐怖景象，試圖引發嚴重噩夢，把自己在夢中嚇死，可惜沒有成功。無論如何，壽終正寢是宋煥剩下的唯一任務，要盡力安排。

晨運完畢，等着要做的家務可多呢：修剪果樹，摘野菜，斬柴，弄果醬，打水，屋頂補漏，洗衣做飯等等。他通常不吃午飯，中午時分會小睡片刻。黃昏前他喜歡到小溪洗澡網魚，或設陷阱捉鴿子田鼠。

一天很容易便過去。晚飯後，又是坐在樹下聽蛙叫蟲鳴的時候了。

他喜歡回憶美好的日子。有時人在上海，與夏麗剛剛邂逅；有時一家三口閒話家常，煮飯洗碗，逛街爬山。真正的幸福，莫過於懂得享受簡單生活。

意想不到的，是他偶然會在白日夢中上班，埋頭思考一些技術難題。間中他也會想起童年往事，和一早忘記了的媽媽。可能腦袋開來翻舊檔，準備隨時與作古親人重聚吧。

他有時會回到當下，計劃家務，甚至處心積慮，詳細考慮各種緊急應對：摔一跤，裂了髖骨怎辦？患上嚴重感冒、登革熱，又可以如何處理？連遭到華南虎襲擊，宋煥也盤算過。

越想越遠的時候，他也會想到自己臨終的一刻。

假如他知道生命只剩一分鐘，他會如何運用這 60 秒的餘生呢？人到最後關頭，四大皆鬆，身體已經無力作垂死掙扎了。假如早有準備的話，腦筋大概還可以多轉幾圈。只剩 60 秒了，甚麼事最值得回憶，讓它陪伴過渡往生呢？

在皎月當空或漫天繁星的晚上，他的思緒更會跨上天馬，任意行空。他會飛到穹蒼盡頭，在宇宙大爆炸的前沿探視未來。但未來尚未發生，只有一片漆黑。突然間，黑暗中爆出亮點，跟着一點變十，十點化千，處處生輝，令他眼花繚亂。原來天外有天，宇宙之外有無窮宇宙，都在奔向永恆，好比億花齊放，又似萬馬奔騰。宋煥把想像力增

速至超越光速億萬倍，希望一躍而到無限遠的盡頭，看個究竟。誰知想像力雖然可以穿牆越壁，瞬間橫跨時空，卻無法到達「無限」的盡頭。就算將來做了幽靈鬼魅，或成仙成佛，「無限遠」這沒甚吸引力的宇宙之謎也不能破解。

既然無限遠去不成，也不勉強。

眨眼間，他老老實實地回到銀河系近郊。原來夏麗一直在那裡等他呢！「你怎麼現在才到？人家等你等急啦！」她一手拉着他，遨遊星際，共渡銀河。她看上去仍然是他們初相識時的模樣，只有二十五歲。她有時也會以去世時的四十多歲面貌出現。但宋煥在自己的腦海中，卻永遠是個七十多歲的老頭，甚至比鏡中的自己還要老。

宋煥雖然在白日夢裡老態龍鍾，在現實中卻依然健碩，充滿冒險精神。

他終於過了邊界，到了深圳。

廣東一帶，自古都是中國最重要的米缸之一。不久前，翠綠肥沃的糧倉，被灰塵滾滾的工廠取替了，田野間出現了一道連綿不斷的工業長城。與萬里長城相比，這條灰色的現代長城不拒外敵。長城內無數工人埋頭苦幹，製造大量多餘消費品，以滿足全世界多餘人口的多餘消費。灰色長城內是個逆向的廢品回用工場，每天消耗大量有用資源，生產廢物：爸爸的第三十六條領帶，媽媽的第三部智能手機，跑不動的肥仔的第八對運動鞋……

一般產品只有幾個月壽命，耐用的東西會遭消費者厭倦唾棄。短命的產品更能緊貼時尚，推動貨如輪轉。價廉物賤，隨買隨扔，既可

壓抑通漲，又有助搞活經濟。稻田變了工廠，不再生產大米。農民改行生產「愛瘋」，努力賺錢，好用五倍價錢買進口米吃。

這世界工廠已再度綠了起來。大樹把圍牆推倒，騎着荒棄了的生產線開枝散葉，工業村變成了吳哥窟。

宋煥本以為大陸那邊的人氣會較旺。從十六七億人減下來，爛船也剩三斤釘。誰料過了邊境大半天，人影也不見一個。他越走越遠，漸漸離開了灰色長城。

不遠處有座翠綠森林，被夕陽套上了橙紅外衣。大氣中充滿青苔氣味，野果濃香。走進森林，宋煥驚見處處野果：蘋果石榴，荔枝木瓜，橘子蜜桃，香蕉西瓜，還有從未見過的奇花異果，都不論季節，結了果實。這裡跟他出走前所想像的目的地，竟然一模一樣，令他既驚喜，又出奇。

前面有條細長瀑布。一線水柱沖青天，氣勢磅礡而不失優雅。一株千年迎客松兀立於上。它腳下的婆娑世界，從無到有，再由有復無。由青綠變死灰，再淪為鏽黃，然後又回復青蔥。孰是孰非已經無人論證，千年老松當然也懶得理會。

宋煥筋疲力盡，但心裡平靜祥和。他坐在小溪旁，聽着潺潺水聲，感受着清新撲面的水氣，很快便睡着了。

沉睡中，他矇矇朧朧感覺到有東西在嗅他的頭頂。他逐漸蘇醒過來，但保持鎮定，連呼吸也儘量放輕，靜靜地冒冷汗。心臟是塊不隨意肌，不顧當前情況，拚命砰砰猛跳。只怪自己粗心大意，在陌生野外隨便入睡。

突然間，那東西開始舔他的頭頂，一條粗壯的大舌頭，一下一下，

不慌不忙的在舔。

哎呀！這裡離深圳動物園不遠。深圳動物園最聞名的是——是老虎呀！

千萬別動！

由它舔。舔個飽之後，它可能覺得味道不對，自動離開。也可能……反正不能動。

現在宋煥真的只有幾分鐘的餘生了。如他所料，身體動彈不得。應該想些甚麼東西送自己終呢？

他甚麼也想不起來。

就這樣，空空洞洞的，他又迷迷糊糊地睡着了。

他浮沉於半睡半醒之間。

他從半睡中朦朧浮醒，感覺到身旁有隻熱烘烘的野獸，呼着血腥口氣。

他終於醒過來了。

天色仍然很黑。體內的鬧鐘告訴他大概早上四五點。體外的感應告訴他那頭老虎仍然在附近。它為甚麼還沒有把自己吃掉呢？難道還未到老虎吃飯時候？

晨鳥啾啾囀鳴，聲音很熟悉……

呃，他究竟身在何方呢？

他輕輕把眼睛打開一縫，看見元朗小屋的天花。沒錯，是元朗。原來剛才的深圳歷險，不過南柯一夢。

但是……他確實嗅到野獸的氣息，而且越來越清晰。現在甚至可

以隱約聽到它的呼吸。

這絕對不是在夢境！

莫非深圳雖為夢境，老虎卻是當真？

他屏着氣，決定等天亮再説。

患失眠的人都知道，睡在床上等天亮是拉長光陰最有效的方法。宋煥越不敢動，身上每個細胞和每條神經便越跟他作對，痕癢酸痛一起來。好不容易才等到一線晨光，把窗框從黑暗中勾畫出來。外面的雀鳥在窗外吱吱喳喳，似乎在爭先恐後等看老虎吃人。

睜眼前，宋煥提醒自己，假如張眼所見的是個血盤虎口，要保持鎮定，以免在死前一刻失去尊嚴。從容！一定要從容！他慢慢打開眼皮，看到剝落的天花。他以最慢動作把頭轉側，看見它坐在離床兩米之處，觀察着自己的一舉一動。

小黃狗看見宋笙有動作，立即警覺地站起來。帶黑斑的舌頭微微外露，尾巴豎起，謹慎地擺到左邊，頓一頓，然後擺回來。

宋煥吞了一口水，笑道：「狗大哥，差點給你嚇死咯！」小黃狗躊躇了半響，才把尾巴擺動三數下，初步表示友善。宋煥伸出一隻手：「來！過來！」小黃狗走近一步，宋煥勉強接觸到它打了結的髒毛。它再走近一步，讓宋煥撫摸。尾巴很投入地擺動，十分興奮。

「厭倦了自由嗎？又想重操故業，當人的寵物？哎，你怕不怕丟臉呀！」宋煥把狗頭親切地撥了幾下。小黃狗湊過來舔他的臉。「哎唷你很臭哦！你今天一定要沖涼！」

宋煥像個生鏽機械人，把自己從床上慢慢撐起，一邊跟小黃狗説話：「就叫你小黃好嗎？不好，你是老虎。沒錯，來！老虎！我們弄早餐去！」

清醒的孤寂

劇烈的偏頭疼把莫弦音折騰得滿頭冷汗。她低聲呻吟，連轉身也感吃力。她很想弄條濕毛巾把眼睛蓋上，但無力下床，唯有用盡氣力脫了身上的 T 恤，用來蒙上雙眼。

到處都是光，好比尖錐在眼皮上找裂縫，拚命錐插，非要把她插死為止：死吧！死吧！死吧！

除了劇痛，她沒有其它感覺。大滴大滴黏滯的眼淚，冷冷的，沿着面頰流。

她終於在時間斷層中蘇醒過來，不肯定自己是死是活。口裡一點水分也沒有，舌頭貼在上顎，嘴唇龜裂。

外邊很靜，腦袋裡也很靜，得她心寒。

怎麼音樂沒啦？莫札特呢？

哎呀，孩子們呢？

小甜豆？小東東？

小甜豆……

「小甜豆……

「東東……

「我的小甜豆……小東東

「求求你⋯⋯不要把他們拿走⋯⋯為甚麼⋯⋯」

她坐在初次見到小甜豆和小東東的天台圍牆上,凝視着眼前的世界,但沒有焦點。她不再傷心。悲傷已老早變成憤怒,烈火般的憤怒,燃燒着她的五臟六腑:心,肝,脾,肺,腎,通通都化為灰燼,都沒啦!

現在連憤怒也熄滅了,也沒啦!

甚麼都沒啦!

漆黑的世界裡只有一點亮光。老遠的,就那麼一點點。

她好像有天眼通的吸血僵屍,一下子把目光投射到亮光處。她看見瑞涯,那個跟她差不多一樣寂寞的女人,獨坐窗前發呆。玻璃反射着蠟燭,靜靜地燃燒。那個女人在沉思。

突然間,她失去了遠景,再看不見那個女人。眼前只有濃密的黑暗,不透風的黑暗,把她緊緊包圍,慢慢窒息。

腦袋裡的音樂會散場後,只有死寂。

「你變態!」她抬頭對天喝罵。「玩夠了嗎?」

上蒼沒有反應。殘缺的新月躲在烏雲背後,不敢露面。

「沒膽鬼!都是沒膽鬼!」

她很想抽煙,但身上沒有。她輕輕唱起小甜豆最喜歡的催眠曲。她今晚的聲音特別清脆,好像會隨時破裂,粉碎。

　　山谷的對面

　　吹來陣陣輕風

　　它來自老遠

經過夢幻滄海

穿遍月影銀宮

才來到小乖乖的睡夢中

乖乖快快睡

快快睡咯小乖乖！

在夢裡，我把你緊緊抱着

在夢裡，我們讓一切成真

黎明再來的時候

我們乘着露水

升上天空

飄着，飄着，回到老遠的家

再也不見影蹤……

唱罷，她側頭聆聽自己的腦袋。

仍然沒有聲音。

莫扎特回來了沒有？小甜豆小東東回來了沒有？

一片死寂，靜得發慌。她狠狠地打了個寒顫。

她低頭望着腳下濃密的漆黑，聳身跳了進去。

在短暫的飛翔中，莫弦音再次聽到了外面的聲音：沙沙的風聲，穿過她曾幾何時黑長柔滑的秀髮。她最喜歡的紫色長裙，在氣流中急促地打着拍子。

終曲

　　宋笙滿肚晦氣，沿着小徑大步下山。他離開瑞涯時肝火遮眼，忘了拿「打狗棒」。現在赤手空拳，心裡很不踏實。

　　「假如今天命送狗口，要她終身抱憾！」想到瑞涯終身抱憾的淒慘模樣，他稍為消氣。

　　他不由自主地重溫剛才的吵架片段，開始感覺後悔，後悔剛才不忍口，少說兩句。為甚麼對自己最心愛的人，反而一句不讓呢？換了其他人說幾句難聽的話，他可以大方算數。唯獨是與瑞涯鬥嘴，他半句不饒，這是甚麼心態呢？

　　就算她糊塗，錯得很離譜，將更年期當懷孕，也沒有必要發這麼大脾氣呀！再者，當年他們剛相好的時候，假如瑞涯鬧同樣的笑話，他只會覺得滑稽，可能笑足一天，不會一肚子無名火。難道這就是愛情成熟的樣子嗎？

　　瑞涯縱使荒謬，但她面對自己高齡懷孕的幻覺，不但沒有驚惶，反而十分鎮靜，保持邏輯，也算值得佩服。他為何不假意高興，暫時應酬，待她發覺是一場烏龍後，互相抱頭大笑了之呢？為何他剛才好像失了控，一定要當場證明她錯呢？難道他潛意識裡其實害怕瑞涯真的有孕呢？

到了羅便臣道，他不左轉回家，繼續下山，走向中環。

問題究竟出在哪裡呢？

今早他和瑞涯吃過早餐，正在閒扯。他看見尊信給她造的日曆，順口問她為何突然想要一份。「甚麼日子不都是一樣嗎？」除了尊信和爸爸宋煥，其他人對「日子」這回事早已失去興趣。

「因為我有了。」她望着他説，笑容燦爛。

「有了……？」

「有了 BB 呀！」那笑容還在，可收可放的樣子，好像在等待他的反應才決定動向。「大概三個月了。」

宋笙覺得瑞涯不似在開玩笑，於是坐直身子，問個清楚：「有沒有去藥房找個驗孕包測過？」

瑞涯語氣很不耐煩，充滿諷刺：「當然有啦老公，可惜這些驗孕包老早沒有市場了，最新鮮的也已經作廢多年啦。」她頓了一頓，深深吸了口大氣。「哎，我是女人，還不清楚自己有沒有懷孕？難道沒有化學鑒證，生仔不算數？」

宋笙還在消化這突然的消息，於是繼續問道：「會不會是更年期呢？」

「你説甚麼？！」瑞涯似乎對宋笙的合理推測很反感。

「我的意思是有些更年期的症狀跟懷孕很相似，譬如經期……」宋笙急忙解釋。

誰料瑞涯的反應越來越離譜：「宋笙！我簡直不相信我自己的耳朵！」

　　反正就這樣你一句我一句，大家越說越離題。對宋笙來說，這個消息不只突然，簡直荒謬。瑞涯已經四十八歲了。就算在以往人口過剩的世界，女人也極少在年近半百的高齡首次懷孕。再者，就算瑞涯真的有了，他們也得考慮應否把一個新生命帶來這個鬼域世界，孤零零地自言自語過一生。

　　宋笙越努力解說，瑞涯的臉色越轉紅變紫，但始終保持鎮定，不斷嘗試從另類角度解釋：「你是否猜測太多呢？老馬不是叫我們做文明過後原始人嗎？他說得對呀！我們現在是原始人了，原始人一切依賴本能，不囉唆，不會甚麼事都假設一番，分析不停哦！假如我們的人猿老祖宗當初分析形勢，結論是我們跑不夠馬鹿羚羊快，牙齒不夠虎豹豺狼尖，生孩子出來是把他送死，於是決定做個負責的大馬騮，實行避孕，今天會有我們嗎？會嗎？！」

　　見宋笙不答，瑞涯便繼續說下去：「幸好我們的祖宗是真男人真女人。他們想幹便幹，能生便生，越多越好，生了才算。天生天養的事情，輪不到我們多事。」

　　瑞涯越說越緊張，站起身來，一副律師結案陳詞的姿態：「很簡單，假如你生在一千年前，而你預知到一千年後人類會絕種，那麼你是否會自願不育呢？」

　　宋笙說他如果真的能夠預見未來世界的情況，大概也不會有胃口生兒育女。

　　瑞涯呼了一大口無奈之氣，才再繼續下去：「笙——」她很少這樣稱呼他的，氣氛開始有點不尋常。「——科學一早已經告訴了我們，人類有一天會跟着地球被太陽燒掉。老馬也說這是佛教的甚麼宇宙火

劫。怎麼也好，大家都知道早晚會集體滅亡，為甚麼仍然努力活下去呢？因為活下去是我們的本能！因為傳宗接代是我們的本能呀！

「我也明白，有一段時期我們確實繁殖太多，但現在不同以往，我們是全人類剩下僅有的星火了，責任重大呀！沒有時間再胡思亂想了，放心讓本能帶路吧！

「試想盤古初開第一個男人，編號 001，他根本不知道自己有一天會老，會死。他完全沒有這個知識和概念，只知道人要活下去：活一天算一天，活一秒算一秒。一有機會便生孩子。這才像個人嘛！」

宋笙這一刻真的有點兒糊塗了，難道她真的有了？否則怎會突然間口若懸河，鬼上身似的滔滔不絕？她體內一定有某種結構奇特，作用高深的激素在搞鬼。

「夢想！」瑞涯堅決地說，有幾分大聲疾呼的味道。

「呃？」宋笙仍然在考慮激素的問題。

「我說夢想呀！人類與其它動物不同，因為我們有夢想。夢想把我們突出，夢想把我們提升超過所謂『合理』與『不合理』的理論範圍。夢想令我們衝破機會率的限制，創造奇跡。夢想給我們力量改變天數，挑戰命運！」

「哇！」宋笙儘量不表露心裡的驚訝和佩服，只頑皮的加了句：「噩夢算不算夢想？」

瑞涯不作聲，把頭轉過去對着遠方深呼吸。

宋笙對着她的背面說：「瑞涯——」他也開始叫她的全名，看來事態有進一步惡化的跡象「——除了夢想，我們還有判斷力，對不對？好啦，就當你真的是有了孕，我們很快便要為人父母了。做父母的都

想自己的孩子快樂幸福。但根據我們的判斷，他的未來會寂寞得令人發瘋，生不如死。你做媽媽的忍心嗎？」

瑞涯更不耐煩了。「我剛才說了一大堆，你究竟聽進了沒有？在文明過後的洪荒，生命不再圍繞着甚麼家庭幸福，事業滿足，婚姻愉快和退休金豐厚的問題上兜圈啦。生命就是活着，自己活着，帶動人類整體活着，再沒有其它啦！

「你前幾天才承認你不知道『快樂』是甚麼一回事。你今天又突然對孩子未來的『快樂』關心起來。你不覺得矛盾嗎？你還是想得太多了。現在是行動的時候，不是空想的時候。不要再天馬行空了。你能不能看在我們份上，忘記過去，忘記未來，停止分析？不要再把自己困在一大堆自制死結之間作抉擇了。求求你，跟我一起面對目前吧。」

瑞涯把口氣調整了一下，溫柔地說：「寶貝，相信我吧。我真的沒有瘋。我十分清楚我們面對的情況，不要再懷疑我了。我們要同心合力做好準備，等小孩子出生。要做的事情很多哦。」

宋笙默默地思量瑞涯的話，突然考慮到一個技術上的問題：「好，我不懷疑你，不過你有沒有想過如何分娩？」

「如何分娩？我之前幾十幾百萬年來的女人怎樣分娩，我便『照版煮碗』，你看如何？」

宋笙覺得瑞涯的答案很不合理，但又說不出甚麼地方不合理，於是把擔心的問題再說白一點：「堵住了，生不出怎麼辦？」

「如有必要，把我剖腹也要把孩子拿出來。」

「活生生的把你剖開？」

「別無選擇的時候，也沒有法子。」

宋笙簡直不相信自己的耳朵。瑞涯鎮定平淡的幾句，對他來說是晴天霹靂，整個人好像觸了電。他感覺胸口一陣劇痛，好像活生生被人用手把心臟捏停。他感到極度悲傷，而悲傷迅即化為憤怒，一種他從未試過的憤怒，令他很想狂吼。他滿臉通紅，語氣冰冷地對瑞涯說：「你不單只有病，還變態。」

瑞涯的眼淚，像決堤一樣湧出來。但她的聲音比宋笙的更冷，更鎮定：「你滾蛋吧。」

他一句不回，轉身便滾了蛋。連心愛的打狗棒也忘記了拿。

宋笙坐在皇后碼頭尊信專用的繫纜柱上，不斷地重複反思，腦袋完全不受控制。他情緒慢慢穩定下來，不再憤怒，卻越來越惆悵。不論瑞涯是有孕還是收經，她今天說的一番話，針針到肉地指出了很多他從來不去面對的問題。正如她所說，自己想多，說多，行動不多。

當然不多啦！行動來幹嘛？他一生人根本沒有遇見過甚麼非幹不可的事情。

他自小便受父親教導訓練，準備面對洪荒，做個堅強的生存者。他可以一天跑兩趟馬拉松，絕對是個長跑健將，完全不需要交通工具，連單車也可有可無，夠「堅強」吧？其實文明過後的洪荒世界，比宋爸爸預計的舒服得多。文明時代留下了大量剩餘物資，給了宋笙這批「原始人」極大的日常方便。大自然的狂風暴雨對他們影響不大。飛禽走獸對人類仍然顧忌，暫時還是怕人多過吃人。連文明時期最恐怖最難防範的東西 —— 壞蛋惡棍 —— 也銷聲匿跡。甚麼東西大家都可以隨便拿去，壞蛋哪來生存空間？

　　宋笙的生活其實比文明時代的人輕鬆得多。物資過剩的昨天照顧
了他今天的需要。絕了後的明天，又免了他操心計劃將來。跟前人相
比，他是實實在在的自由無憂。瑞涯剛才叫他活在當下。其實他自幼
便活在當下，不需要靜坐冥想尋求開脫，是個十足十的幸運兒。

　　小時候，大人都稱讚他是個了不起的 Z 壹族，宋笙真乖！現在
四十二歲了，他仍然是個大乖乖，沒有怎麼成熟過。也難怪：他根本
從未有過機會長大，也沒有需要成熟。試想，宋笙成熟了會是個甚麼
樣子呢？中產專業人士？好爸爸好老公？胸口有毛的原始人？他從來
沒有必要面對任何責任，又何來責任感可言呢？他不用供樓交租，更
不用為事業奮鬥。他沒有組織家庭的壓力，也沒有生兒育女供書教學
的煩惱。直到今天，他人生唯一的「責任」是好好地活下去。睡好了吃，
吃飽了吹牛跑步，有女人的時候摟着睡覺。直到今早為止，生命對宋
笙的要求不過如是。他人生最大的挑戰是將來老了可能要獨自等死。
哎呀，怪可憐的！可憐歸可憐，總算不上甚麼高難度動作吧！

　　從來就沒有人試過對「BB 笙」有任何期望或要求。

　　該死的瑞涯是唯一的例外！

　　她第一次令宋笙感到「壓力」，是當她決定從石澳搬出來的時候。
她順理成章地以為會般到宋笙那裡，與他雙宿雙棲。但宋笙從未想過
同居。他認為大家有自己的「私巢」，保持空間，更有利感情發展。反
正有的是地方，又何苦擠逼呢？瑞涯很驚訝，也很失望，但沒有吭聲。
「好主意！」她說：「那麼我搬到山頂去吧。」她自此隻字不再提同居
的事。

　　今早她又出手了！這次更加離譜，竟然期望宋笙升格做爸爸！

宋笙突然明白到，原來沒有過去和未來，是最徹底的解脫。過去了的事情，陰魂不散只會造成悔咎或芥蒂。而「未來」，往往逼使人們放棄今天的自在逍遙，去為了一個變幻無常，無法捉摸的憧憬來憂心和囤積。怪不得那麼多精神病和宗教狂，一天到晚祈求世界末日了。

宋笙自出娘胎便沒有這個包袱，但由於一直身在福中，自然感覺不到福氣。瑞涯懷孕的消息，不論真假，對宋笙來說何止突然，簡直是畢生最大的挑戰；他一向不以為意的灑脫人生，無端受到強烈衝擊，令他猝然醒覺！

那麼瑞涯又如何呢？宋笙想：她年紀雖然比自己大，但也是 Z 壹族的世代呀？還是個嬌生慣養的千金小姐呢！為甚麼她可以一下子變得如此強悍呢？

因為她是女人！

對！女人面對這洪荒局面，比男人的適應能力高，可以更快找回長期被文明壓抑了的本能。最受嬌寵的女人，也要每個月應付經期和一大堆激素的煩擾，她們沒有條件完全脫離本能。現在瑞涯以為自己有孕，所有原始能量頓時湧現，把文明往跡洗擦一空，讓她在極短的時間內「進化」成十足十的蠻荒英雌。所以她可以甚麼也不想，憑一股蠻勁勇往直前。為了將來，為了後代，她不顧一切。生仔不出便生劏，沒有甚麼大不了。

後代？想到後代，宋笙又渾沌了。究竟還有沒有下一代呢？難道瑞涯真的有了 BB？有可能嗎？

甚麼叫做沒可能呢？他自己的出生，不也是「沒可能」嗎？不也發生了嗎？他活了下來，當時很多人也認為不可能，不也發生了嗎？他

和瑞涯相遇，從機會率來看也差不多不可能，也發生了呀！老馬常說人類的出現本身便是個天大奇跡，也發生了呀！

人不自作聰明，胡亂預測的話，一切可以發生的事情都有可能發生，機會率的根本意義不大。也許他跟瑞涯命中注定要重新繁殖人類呢？瑞涯只不過四十八，尊信不是說過《聖經》裡有很多比她老幾十歲的老太婆生仔嗎？還生一大堆呢！

不過……這一切都是胡思亂想吧！事實上瑞涯已經年紀不輕。在沒有醫療設施的情況下，一個四十八歲的第一胎高齡產婦，有機會順產嗎？

假如……

宋笙低頭看到碼頭下的魚群，圍繞着沉船熙來攘往，忙得要死。為了啥？還不是為了吃，為了生育，為了延續？它們那麼拚命都是為了子孫，心裡面甚麼打算和顧慮也沒有，一切憑本能辦事。

對。還假甚麼如呢？想那麼多幹嘛！

他突然聽見海上傳來幾聲嬰兒啼聲，就像他媽媽死後，他偶然仍會聽到她叫喊自己「洗手吃飯咯！」的聲音一樣虛幻，實在，不可能。剛才那哭聲也是幻覺嗎？他留心再聽，卻只有海浪沖擊碼頭的聲音。可能是海鷗吧。假如……

不！不再假如！

「瑞涯說得對。我連當原始人也不配。在這洪荒世界，我連條魚也比不上！」宋笙自言自語地自我批判了一下。

他突然想到瑞涯的乳房，最近真的好像豐滿不少。難道她真的有了？或許是人發胖了？更年期？

又來胡思亂想了！時間自然會揭曉，無需多想！還有，要徹底戒掉「更年期」這三個字！

所謂「下一代」的問題，今早才首次在宋笙的視野出現。想不到在短短的幾小時內，已經急劇發展成人生焦點。本來安穩自在的生活，一下子被倒轉過來。

「厲害！果然厲害！」他吸了一口大氣，好像測試自己應付這厲害考驗的決心。這口大氣很關鍵，是個里程碑。從這口氣開始，他要重新做人。他已經陰差陽錯地踩進了人生的成熟階段，說不定還有更重大的責任埋伏在前。他要做個堅強勇敢的原始人。說不定幾千年後，另一個人口過剩的世界裡蠕動着的都是他和瑞涯的子孫呢！他突然覺得自己任重道遠，有種偉大感覺。

他轉身走向山頂小徑，腳步急促。

一連串的問題在心裡翻騰。瑞涯是否應該搬到羅便臣道跟他同居呢？其實一早便應該如此啦！好，只要瑞涯原諒今早的事情，他便第一時間正式向她求婚！

不過「宋 BB 二世」，會一個人孤苦伶仃地長大……

不會的！忘記了當年瑞涯在石澳說的話嗎？一定還有其他的人的。也一定會有因緣巧合安排相遇，就像他和瑞涯的邂逅一樣。但是……經過了千山萬水和種種巧合，終於碰面了，發覺原來是同性的，那又怎辦？

又來假如了！

假如是同性的，便交個朋友，一起再找對象交配！原始人就是那一套，沒甚大不了。

可能他們一家人應該搬過九龍，與大陸免了一水之隔，將來碰到其他人的機會會較大。對，這想法合理。

起個甚麼名字好呢？宋星？男女均可。星星之火，可以燎原。要不要來個芬蘭名紀念一下祖母？Jari？Satu？現在動腦筋想名字可真夠傻瓜了！宋笙傻呼呼地笑了出來。

假如這一切原來真的是一場誤會，所有的激動和希望不過笑話一場……雖然會很好笑，但宋笙竟然不禁有些失望。

不會吧，她是女人，難道連自己是懷孕或收經也分別不出？還有，假如……又來「假如」啦！

宋笙拋下了最後一個「假如」，腳下加快，大步跑往山頂小徑，邊跑邊高聲唱着他的心愛名曲：

> Che bella cosa e'na jurnata'e sole,
>
> n'aria serena doppo na tempesta!
>
> Pe' ll'aria fresca pare già na festa
>
> Che bella cosa e'na jurnata'e sole!...
>
>
> 如此晴朗的一天，實在太美麗了
>
> 風雨過後，空氣又回復祥和……

責任編輯	楊克惠
書籍設計	林　溪
排　　版	周　榮
印　　務	馮政光

書　　名	笙歌
作　　者	譚炳昌
出　　版	香港中和出版有限公司 Hong Kong Open Page Publishing Co., Ltd. 香港北角英皇道499號北角工業大廈18樓 http://www.hkopenpage.com http://www.facebook.com/hkopenpage http://weibo.com/hkopenpage Email:info@hkopenpage.com
香港發行	香港聯合書刊物流有限公司 香港新界大埔汀麗路36號3字樓
印　　刷	美雅印刷製本有限公司 香港九龍官塘榮業街6號海濱工業大廈4字樓
版　　次	2020年9月香港第1版第1次印刷
規　　格	32開（148mm×210mm）296面
國際書號	ISBN 978-988-8694-30-3